信者ゼロの女神サマと始める異世界攻略
Clear the world like a game with the zero believer goddess
世界最強の精霊使いと女神の願い〈上〉
12
大崎アイル Isle Osaki
〈illust〉Tam-U
『よく帰ってきたわね、マコト』
そこには――
両手の指に派手な宝石の指輪をはめ、
幾重にもネックレスをしたノア様が立っていた。
――ノア様が成金女神みたいになってしまった。
マコト

古竜の王が纏う真っ黒な瘴気。
水の大精霊たちの
透き通った青い魔力。
黒と青の世界が、
押し合いせめぎ合っている。
どうやら力は
拮抗しているようだ。
その時。
ゾクリとする美声が
耳に届いた。
アシュタロト

「あらあら、楽しそうなことをしているわね？」

「……高月くん、……抱いて」
「……いいよね？　マコト」
アヤ
ルーシー

信者ゼロの女神サマと始める異世界攻略

12．世界最強の精霊使いと女神の願い〈上〉

大崎アイル

OVERLAP

Clear the world like a game with the zero believer goddess

登場人物

〈マコトの仲間達〉

高月マコト

異世界に転移したゲームジャンキーの高校生。女神ノア唯一の信者として彼女を救うべく、異世界を攻略中。

ルーシー

木の国出身のエルフで、火魔法を得意(?)とする。マコトの最初のパーティーメンバー。

佐々木アヤ

マコトのクラスメイト。転移時にラミアへ生まれ変わるが、水の国の大迷宮にてマコトと再会。

フリアエ

太陽の国に囚われていた月の女神の巫女。マコトと守護騎士の契約を結ぶ。

ふじやん

マコトのクラスメイト。水の街マッカレンにてフジワラ商会を設立する。

ニナ

獣人族の格闘家。奴隷落ちしていたところをふじやんに買われる。

木の国《スプリングローグ》

国の大部分が森林に覆われている。エルフや獣人族などが多く住む。

水の国《ローゼス》

水源が豊かで観光業が盛んな国。軍事力では他国に遅れを取る。

ロザリー

ルーシーの母。木の国の最高戦力で「紅蓮の魔女」の異名を持つ。

ソフィア

水の国の王女にして、水の女神の巫女。マコトに勇者の称号を与える。

レオナード

水の国の王子にして、水の女神に選ばれた「氷雪の勇者」。

太陽の国《ハイランド》

西大陸の盟主。人口、軍事力、財政力で大陸一の規模を誇る。

桜井リョウスケ

マコトのクラスメイト。正義感が強く、「光の勇者」として魔王討伐を目指す。

ノエル

太陽の国の王女にして、太陽の女神の巫女。桜井くんの正室。

大賢者(モモ)

大陸一の魔法使い。千年前に救世主アベルと共に大魔王と戦った。

ジェラルド

五聖貴族・バランタイン家出身の「稲妻の勇者」。マコトをライバル視する。

ジャネット

ジェラルドの妹。ペガサス騎士団の隊長を務める。

横山サキ

マコトのクラスメイト。桜井くんの嫁兼副官で、太陽の騎士団に所属。

火の国《グレイトキース》

国土の半分が砂漠に覆われている。
武術が盛んで、強力な傭兵を擁する。

オルガ

火の女神に選ばれた「灼熱の勇者」。好戦的な性格で、アヤをライバル視する。

タリスカー将軍

火の国の軍部における最高責任者。オルガの父親でもある。

商業の国《キャメロン》

交易が盛んな国。カジノの運営や金融業も活発に行われている。

エステル

運命の女神の巫女。未来を視通す力があり、絶大な人気を集める。

女神

異世界の神々。現在は神界戦争に勝利した『聖神族』が異世界を支配。
太陽、月、火、水、木、運命、土の七大女神がその頂点に君臨する。

ノア

『聖神族』に追いやられた古い神の一柱。現在は「海底神殿」に幽閉中。

エイル

水の女神にして七大女神の一柱。華やかな見た目だが、計算高く腹黒い。

イラ

運命の女神にして七大女神の一柱。魔王討伐のため「北征計画」を提言する。

イラスト／ Tam-U

12. the World's Strongest Spiritist and the Wish of the Goddess

CONTENTS

Clear the world
like a game
with the zero believer goddess
Map
魔大陸
王都ファゴット
王都コルネット
月の国《ラフィロイグ》
商業の国《キャメロン》
土の国《カリラーン》
太陽の国《ハイランド》
王都シンフォニア
王都ホルン
木の国《スプリングローグ》
火の国《グレイトキース》
魔の森
大迷宮
マッカレン
カナンの里
水の国《ローゼス》
王都カムラン
N
W
E
S

プロローグ　再会

「あぁ……、久しぶりのマコト様の肌……はぁ……はぁ……」

俺は現在モモの屋敷で検診を受けている……のだが、やけにモモの息が荒い。

「あの……大賢者《だいけんじゃ》様。服を脱ぐ必要ってあった？」

俺が聞くと、モモが「キッ」とこちらを睨《にら》む。

「二人きりの時に、大賢者様と呼ぶのは禁止です！」

怒られた。うっかり人前でもモモって呼びそうで怖いんだけど。

現在のモモは太陽の国《ハイランド》の最上位に偉い人物なので、うかつな言葉遣いはできない。

「はいはい……モモ。で、俺の身体《からだ》はどうなんだ？」

「んーとですね」

モモの冷たい手が俺の身体をペタペタと触る。俺はされるがままだ。

くすぐったいが仕方がない。千年寝ていたのだ。

まずはリハビリが必要と考えていたのだが。

「どこも問題のない健康体ですね」

「そうか……少し身体が重いけど、一応普通に動けるな」

思ったよりも平気だった。

(当たり前でしょ。私があんたの時魔法を指導してあげたんだから！)

頭の中で響く運命の女神《イラ》の声。今回の冷凍睡眠《コールドスリープ》は、単純な水魔法だけではない。

運命の女神《イラ》様に教わった時魔法のアレンジも加えてある。

なんでも時間ごと凍らせるとかなんとか……凄《すご》い魔法だった。

「イラ様、おはようございます。無事に目覚めることができました」

俺は小さく頭を下げる。

「あれ？　マコト様、……運命の女神《イラ》様と会話してるんですか？」

モモが不思議そうな顔をする。

(何よ、文句あるの？)

「冷凍睡眠《コールドスリープ》の方法ではお世話になったからね」

俺一人の力ではこの時代に戻ってこれなかっただろう。

モモは不思議そうな表情をしたままだ。

「てっきりマコト様が信仰している例の邪神な女神様と最初に話すのかと思っていたので」

「っ！」モモの言葉にはっとなる。しまった。

千年後《げんだい》に戻ってきたのに、最初に挨拶するべき女神様《ひと》がいた。

「の、ノア様！」

慌てて叫ぶ。しかし返事はない。

俺は短剣を両手で握り、跪《ひざまず》いた。女神様に深く祈りを捧《ささ》げる。

それでもノア様からの声はなかった。

「え？　あれ……？」

まさか忘れられた？　もしくは拗《す》ねている？　どちらもありそうだ。

（だ、大丈夫よ！　ノアのやつはきっと忙しいのよ）

「マコト様！　そんな悲愴《ひそう》な顔をされなくても……」

イラ様とモモに大いに心配されてしまった。

「ま、まぁ、気まぐれな女神様《ひと》だから」

ひょっこり夢の中に現れてくれる……はず。

「なぁ、モモ。外の様子を見たいから食事でもしながら今までの歴史を教えてくれないか？　俺の認識している情報との違いが知りたい」

「わかりました！……いきなり出歩いても平気ですか？」

（あんた、少しくらい休んだほうが良いわよ）

モモとイラ様に呆《あき》れられた。本当は休んでいたほうがいいんだろう。でも気になるのだ。

千年後がどうなっているのか。あと、猛烈に空腹が襲ってきた。

何か食べたい。俺は強引にモモを説得し、太陽の国《ハイランド》の王都に繰り出した。

「それほど変わってない……のかな？　王都シンフォニアは」

決して太陽の国《ハイランド》に詳しいわけではないが、賑《にぎ》わいは記憶にある通りだった。

ただ、少し違っている点もある。

「人族だけじゃなくて、多種族が入り交じってる」

かつての王都シンフォニアには、厳格な種族階級があった。

人族を頂点として、エルフや獣人族は明確に差別されていた。それが緩和されている。

もっとも魔人族と人族の関係は、相変わらず良くないらしい。

厄災の魔女《ネヴィア》の悪評は、未《いま》だに健在だそうだ。

そういえば月の国《ラフィロイグ》は復活したんだっけ？

（ええ、それに関しては高月《たかつき》マコトが守護騎士をしていた月の巫女《フリアエ》ちゃんが魔人族を率いて頑張ってるわよ。元々魔法に秀でた種族だから、ここ一年で大国に成長したわ）

（たった一年で大国に!?）

「はぁ……さすがは姫」

フリアエさん苦労したんだろうなぁ。

他にも歩きながら現代の状況についてモモから教わる。

「俺が千年前に行ってから一年も経過したのか……」

計算では、過去へ時間転移《タイムスリップ》した後すぐのタイミングで目を覚ますはずだったのだが。

（し、仕方ないでしょ！　永遠の時を持つ女神にとって一年なんて誤差なのよ！）

まぁ、贅沢《ぜいたく》は言いませんよ。無事に戻ってこれた。それがなによりだ。

そして、一番気になっていたこと。

「モモ。大魔王《イヴリース》はまだ倒されていないんだな？」

「はい、その通りです」

俺は灰色の雲に覆われた空を見上げる。

「暗闇の雲じゃないんだな」

「ええ……、どうやら復活した大魔王《イヴリース》の力はかつて程のものではないようです」

「もしくは、そうやって油断させている……のか」

楽観はできない。その時、俺の目に留まるものがあった。

「えっと……これって、もしかして」

俺は大通りのど真ん中に立っている銅像を見て、思わず声が出た。

以前は、救世主アベル一人だった。それが複数人の銅像に変わっていた。

光の勇者——アベル。

聖女——アンナ。

白の大賢者――モモ。

魔弓士――ジョニィさん。

大きく翼を広げる聖竜――メルさん。

ここまではいい。

そしてもう一人……短剣を構える謎の人物がいた。

「なぁ、モモ。あれは誰だ？」

「え？　何を言ってるんですか。そんなの決まって……」

（高月マコトに決まってるでしょ？）

顔がひきつる。いやいや、歴史が変わりまくってるんじゃ……。

（いいのよ、それくらい。アベルが殺されて暗黒時代が続くよりは遥《はる》かにマシなんだから）

「そりゃそうでしょうけど……」

やっぱりやり過ぎたのかなぁ。でも、千年前は必死だったしなぁ。

そんなことを考えながら、王都シンフォニアをぷらぷらと歩く。

飯時だからか、通りの店から良い匂いが漂ってくる。

「モモ、どこかの飯屋に入ろうか」

「はい！　マコト様」

現在の大賢者様は、子供っぽい魔法使いのローブを着込んでいる。

まさか、太陽の国《ハイランド》の最重要人物の一人とは誰も思わないだろう。

だから、口調は普段通りだ。ふらっと入ったお店は、人でごったがえす騒がしい酒場だった。俺とモモはカウンターに並んで腰かける。そして、気づいた。

「あ……お金がないかも」

現代の貨幣は持ち合わせていない。どうしようか……と困っていたら。

「何かオススメを持ってきてください。お釣りはチップです」

とモモが銀貨を数枚握らせていた。

「はーい！　すぐ持ってきますね」

愛想の良い店員さんの言う通り、あっという間に目の前に料理が並んだ。

色鮮やかな野菜のサラダ。骨付き鳥肉にスパイスをまぶし揚げたもの。トマトソースにチーズがかかったパスタ。フォークを手に取り、恐る恐る口に運ぶ。

「美味《うま》い……」

千年ぶりの飯をゆっくりと味わった。ふと隣のモモの手が止まっていることに気づいた。

「食べないのか？」

「……私はもっと欲しいモノがありますから」

俺の顔をねっとりと見つめるモモ。ニィと笑う口元から、小さな犬歯が光っている。

「……あとでな」
「はーい☆」
流石《さすが》に食堂の中で血を飲ませるわけにはいかない。
千年待っててくれたのだ。俺の血で良ければいくらでもあげよう。
俺は骨付き鳥を食べながら、食堂を見回し一枚の絵画がかかっていることに気づいた。
絵画に描かれているのは、七柱の女神様。以前に見た時はいつも六柱だった。
どうやらここも歴史が変わってしまったようだ。何となく女神様の面々を眺める。
太陽の女神アルテナ様。
火の女神ソール様。
水の女神エイル様。
木の女神フレイア様。
土の女神ケレス様。
運命の女神イラ様。
そして月のめが…………あれ？
「え？」
思わず席を立ち、二度見した。
実際の容姿とは少々異なっているが、あの特徴的な御姿《おすがた》は間違いなく……。

「ノア様？」

紛れもなく俺が信仰する女神様だった。

「あら、お客さんもノア様の信者？　最近流行ってますよねー。流石は美の女神様」

「えっ…………は、流行《はや》ってる!?」

さっきの愛想の良い店員は、笑顔で言うだけ言って去っていった。

（ノアはあんたの貢献で、西の大陸で八番目の女神になったわよ。忘れたの？）

そうだ。俺が千年前に時間転移する前、太陽の女神様《アルテナ》と約束をしたんだ。

女神ノア様を女神教会における八番目の女神様にしてくれるって……。

まさかこんなに堂々とノア様の絵画が飾られているとは……。かつては邪神扱いされていたはずだったのに。しかも、流行ってるとか。

「モモ、ノア様の信者って多いのか？」

「目を覚ましてから最高の笑顔なのが少し腹が立ちますね……。新興の女神ですから、信者数はまだ一番少ないですけど、ここ最近で急速に信者数を伸ばしてますよ。特に水の国《ローゼス》に信者が多いみたいですね。水の女神《エイル》と女神ノアが仲が良いという噂《うわさ》があって、水の巫女《みこ》もそれを肯定してますから」

「おぉ……」

水の国《ローゼス》にノア様の信者が増えている。

最初に異世界に来た時は、俺一人だけだったのに。

じーんと、胸にくるものがあった。

「マコト様、食べ終わったならそろそろ店を出ます？」

俺がぼんやりと感傷に浸っていると、モモにくいくいと袖を引っ張られた。

「そうだなぁ……」

空腹が収まり、現代の状況も少しわかった。次は、俺を待ってくれている仲間に会いに行きたいがどうやって連絡を取ればいいだろう。

携帯電話なんてこっちにはないし……。水の街《マッカレン》に行ってみるか？

ルーシーやさーさんがいるかも知れない。

いや、フリアエさんがいる月の国《ラフィロイグ》のほうが可能性が高いだろうか？

うーむ、と頭を悩ませていた時。

「タッキー殿!!」

大きな声で名前を呼ばれた。ドスドスとかけてくる人影があった。

隣にはうさぎ耳の女性。見間違うはずもない。

「ふじやん！」

俺は声のほうに駆け寄る。そこにいたのは、一緒に異世界にやってきた親友だった。

「戻られたのですな！　よかった……、よかったですぞ！」

「ああ、ついさっきね。ただいま、ふじやん」

「高月サマ！　お元気そうでなによりデス！」

「ニナさんもご無沙汰してます」

親友とその奥さんとの再会を祝った。

「よく俺がここにいるってわかったね」

「運命の巫女《エステル》様とは、よくお話をしておりますからな」

エステルさんか……、ということは陰で糸を引いているのは。

（私よ！　あんたが戻ることを待っている仲間に教えてあげておいたわ）

（ありがとうございます、イラ様）

こういう配慮は本当に素晴らしいと思います。

（おい、あれフジワラ商会の会長だろ？）

（会話相手の男は誰だ？　見かけない顔だな）

（どっかの貴族のボンボンじゃないか？）

（さっきは連れの子供に金を払わせていたな）

（金持ちがいい気なもんだ）

『聞き耳』スキルからそんなヒソヒソ声が聞こえてきた。

ふじやんは太陽の国《ハイランド》でも有名人になっているらしい。

「場所を変えぬか？　ここは目立つ」

俺と話している時とは違う低い声。

高圧的な大賢者モードのモモだった。

「おや、これは挨拶が遅れました。タッキー殿のお知り合………！」

「旦那様、どうしま……え？」

ふじやんとニナさんが目を見開く。

どうやら、俺の連れが大賢者様だと気づかなかったらしい。

「支払いは済ませてある。空間転移《テレポート》で運んでやろう、どこがいい？　王城か？」

「ふ、フジワラ商会で客室を用意します。いかがでしょうか？」

ふじやんが焦りつつも冷静に提案する。

「よかろう。確か三番街の大通りだったな」

モモがそう言った瞬間に、視界がぼやけた。

◇

現在、俺とモモは高級そうなふかふかのソファーに腰掛け、高級そうなクッキーを齧《かじ》り、高級そうな紅茶を飲んでいる。

ふじやんとニナさんには現状について、いくつか教えてもらった。

商売は順調のようだ。ただ、会話の内容から本題ではないように感じた。

「ふじやん、誰かを待ってるの？」

「そろそろだと思いますぞ」

誰という情報は教えてくれなかったが、何となく予想がついた。

ふじやんの持つ情報網《ネットワーク》は凄《すさ》まじい。水の街《マッカレン》では、それで成り上がっていた。

情報を早く知ることができるということは、早く伝えることもできるはずだ。

俺が戻ってきたという話を、ふじやんが第一に知らせるとしたら……、それはきっと。

一瞬、部屋を眩《まばゆ》い光が照らした。

それが空間転移《テレポート》の光であることに気づく。誰かがこの部屋に進入した。

「………マコト？」

「…………高月《たかつき》くん？」

懐かしい声で名前を呼ばれた。

「る……」

彼女たちの名前を呼ぶよりはやく、気がつくと俺は二人の女の子に押し倒されていた。

一人は赤毛のエルフの女の子。

久しぶりに感じる彼女の体温は、やっぱり高かった。

そして、記憶にあるより髪が短くなって赤く輝いている。

もうひとりは、濃い茶色の女の子。

以前は、肩にかからないくらいだった髪が長くなっている。

少し大人っぽくなったように見えた。

だが、外見の変化より目を引くのは二人の表情。

真っ赤な顔をくしゃくしゃにして、彼女たちの両目からはぽたぽたと熱い水滴が俺の顔に降り注いだ。

「ただいま、戻ったよ。ルーシー、さーさん」

「バカ！　待たせ過ぎよ！」

「……おかえり、高月くん！」

こうして、俺は仲間と再会することができた。

一章　高月マコトは、仲間と再会する

「マコト……」「高月くん……」

俺は少し雰囲気の変わったルーシーとさーさんに押し倒されている。

涙ぐんだ二人を見て、懐かしさで目頭が熱くなる。が、ここはフジワラ商会の客室。

ふじやんやニナさんは当然いるし、大賢者《モモ》様が不機嫌な顔でこちらを睨《にら》んでいる。

T（ime）P（lace）O（ccasion）は、弁《わきま》えねばなるまい。

と思っていたのだが——どうやら二人には関係なかったらしい。

「……やっと……、やっと会えたよ……高月くん」

と言って俺を押し倒したまま抱きついてきたのはさーさんだった。

「ちょっと、アヤ!?　ずるい！」

ルーシーの慌てたような声を無視して、さーさんは俺の頭を腕に絡める。

う、動けない。

「んっ……」

そして、さーさんにキスされた。

（ちょっ！）

驚く間もなく唇を塞がれる。
「あー!!」
ルーシーが大声を上げる。
「よくも抜け駆けしたわね！　アヤ！」
てっきりさーさんを止めてくれるかと思ったが、ルーシーまで俺に抱きついてきた。
（お、重っ！）
女性に言ってはいけない言葉が浮かんだ。
が、いくら華奢《きゃしゃ》な女の子とはいえ二人に上から抱きつかれると重い。
そして、そもそも口を塞がれているので何も喋《しゃべ》れない。
「マ～コ～ト～……えいっ！」
ルーシーはさーさんを押しのけるように俺にキスをしてきた。
（っ!?　えっ!?）
脳が混乱して、現状の認識が追いつかない。
俺はいま…………ルーシーとさーさんに同時にキスされている？
（うわっ……、引くわぁ～、やらしぃ～）
運命の女神《イラ》様、茶々入れじゃなくて助けて！
（どうやって助けるのよ。押しのけりゃいいでしょ、男なんだから）

俺の非力じゃ、まったく動けないんですよ！

「……ん……チュ……マコト♡」

「……はぁ……高月くん♡」

ルーシーとさーさんの長い長いキスが終わらない。

自分の視界は二人の顔で塞がれているので、『RPGプレイヤー』スキルの視点切替で自分たちの様子を見た。

うん、完全に俺は襲われてますね。

あとルーシーとさーさんがおそろいの腕輪をつけていることに気づいた。

仲良しだなぁ……。というかそろそろ息が苦し……。

「おまえら、いい加減にしろ」

突然、視界が開けた。身体《からだ》が軽くなり、自分の身体が宙に浮いていることに気づく。

「モ……大賢者様？」

どうやらモモが空間転移《テレポート》で、俺を引っ張り出してくれたらしい。

俺が居なくなったことに気づいてないルーシーとさーさんは、まだ二人でキスを続けている。……何だこの状況。

「あれ？」

先に気づいたのはさーさんだった。

「るーちゃんだけ？　高月くんは？」「あら？　マコトはどこ？」

二人は唇を離し、口元を拭いながらこちらを振り向く。

「おい、発情したメス猫ども。大概にしろ」

大賢者様《モモ》が機嫌の悪い低い声で話す。

「げ、大賢者先生」「あ、大賢者さんだ」

ルーシーがヤバという顔をし、さーさんがあちゃー、と呟《つぶや》く。

「いやぁ、久しぶりの再会でしたからな。お二人とも取り乱してしまいましたな。では落ち着いたところで改めてタッキー殿の話を……」

ふじやんが場を仕切り直そうと、パンパンと手を叩《たた》く。

ふぅ、やっと落ち着いて話ができそうだ。と思った時、ぞくりと悪寒が走った。

「…………精霊使いくん」

大賢者様《モモ》の声が低い。その呼び方を、モモにされるのは久しぶりだ。

口調は白竜さん《メル》のが移ったのだろうか。

「な、なんでしょう？……大賢者様」

「腹が減ったたな」

「それって……」

「血をよこせ」

「いま!?」

二人の時じゃなかったのか?

戸惑うまもなく、ぐいっと襟を引っ張られた。

首元にモモの冷たい息を感じる。

「えー!」「ちょっと!」

ルーシーとさーさんが大声を上げる。

ふじやんとニナさんは困ったように顔を見合わせているが、止める気はないようだ。

この二人ってモモが吸血鬼《ヴァンパイア》だって知ってたっけ?

あ、ふじやんに『読心』スキルがあるから平気か。

ふじやんがやれやれ、という顔をしている。

「カプ」

モモに首元を噛《か》まれた。コクコクと、小さな喉が鳴る。

千年待っててくれたのだ、好きなだけ飲んでくれ。と思っていたのだが……。

「ちょっと、あの……、何故《なぜ》服を脱がせ……」

モモの小さな手が俺の身体をまさぐる。前のボタンが次々に外されていく。

モモ……、いつの間にそんなやらしい娘に。

「……………」

そして、ルーシーとさーさんの視線が痛い。

…………コク…………コク…………コク…………

大賢者様は、なおも血を飲み続ける。

が、どうもその飲む速度が遅いというか、あえてゆっくり飲んでいるような。

（長いなぁ……）

俺はだらんと身体の力を抜き、されるがままになっていた。

客室内は気まずい雰囲気に包まれる。一分、二分と過ぎてゆき。

「いつまで飲んでるのよ！　大賢者先生」

短気なルーシーが最初にキレた。

「離れてぇ～！　大賢者さん！」

さーさんがモモを引き剝がそうとする。

「おい、離せ小娘ども！　邪魔をするな！」

モモのほうが見た目は小娘なんだよなぁ……。

「マコトも！　デレデレして！」

「高月《たかつき》くん～、ちっちゃい子が好きなんですかぁ～？」

「おまえ、ちっちゃいとか言うな！　胸の大きさは変わらん」

「なっ!? 私のほうがあるもん！」

「ふっ、レベルの低い争」

「「……は？」」（さーさん＆モモの威圧）

「ひぃえぇ！」

ルーシーが地雷を踏んでいる。

「えっと、みんな落ち着い……」

俺が三人に冷静になるように、なだめようとした時、小さなざわめきが聞こえた。

「××××××《キャー》」　「××××××《オコッテル？》」

「××××××《オコッテルー》」　「××××××《コワイコワイ》」

「×××××××《タイヘンタイヘン》」　「×××××××《ニゲロー》」

水の精霊たちが騒がしくなった。おや……？

そして、部屋の温度がガクンと下がる。

「さ、寒いです！　旦那様」

「これは一体……」

ふじやんとニナさんの声が聞こえた。

さっきまで騒いでいたルーシーとさーさんと大賢者様も、異変を感じて静かになる。

俺はと言うと、水の精霊たちが騒ぎ出した原因となった人物の方向に視線を向けた。

そこには一人の女性が立っていた。

薄く青みがかった長く艶やかな髪。深い蒼《あお》い瞳。

シンプルなドレスが、彼女の美しさを際立たせていた。

水の巫女《みこ》――ソフィア・エイル・ローゼス王女。

彼女は俺、とその周りのルーシー、さーさん、大賢者様に目を向けた。

氷のように冷たい目を。

「あら？」

一言、ソフィア王女が呟くとさらにズズズ……と部屋の温度が下がった。

ふじやん、ニナさんが震えている。このままでは良くない。

「××××××××××《水の精霊、温度上げて》」

ふじやんたちが風邪を引く前に、俺はこっそり部屋の冷気を調整した。

「……そこにいるのは勇者マコトですか？」

俺の名前が呼ばれると、ルーシーとさーさんと大賢者様がばっと俺から離れた。

「お、お久しぶりです、ソフィア」

ぎこちなく俺が答える。

「ふふふ……、水の女神様《エイル》から目覚めたばかりと聞いたのですが、さっそくお楽しみのようですね」

口調は優しいのだが、目が全然笑ってない。

「「「「…………」」」」

誰も喋《しゃべ》らない。

「どうされました？　どうぞお続けください」

声だけは優しく、ソフィア王女が微笑《ほほえ》む。

「わ、私は大丈夫ー、うん、大丈夫よ、ソフィア」

「う、うん。高月くんとはあとでも話せるし」

「そ、そうだな。マコ……精霊使いくん、あとで屋敷までくるように」

モモは、シュインと音を立てて空間転移《テレポート》で消えてしまった。あ、逃げた。

「そうですか。では、勇者マコト。こちらへ来てください」

とソフィア王女が俺の手を摑《つか》む。

「ど、どちらへ？」

「ハイランド城です。あなたとの再会を待ちわびている人は大勢いますから」

そう言ってグイグイ引っ張られた。

「挨拶回り、がんばりなさいよーマコト」

「はやく帰ってきてねー、高月くん！」

ルーシーとさーさんは、ひらひらと手を振っている。ついてくる気はないらしい。

扉の外では、水の国《ローゼス》の騎士さんたちが待っていた。

守護騎士のおっちゃんも健在だ。

「勇者殿！　お元気そうですな！」

「ひさしぶりだね、おっちゃん」

「行きますよ、勇者マコト」

再会を喜ぶ間もなく、俺は馬車へ押し込まれた。

◇

ガタガタと馬車に揺られる。

馬車の中は、俺とソフィア王女の二人きりだ。

「…………」「…………」

ハイランド城へ向かう馬車の中で、しばしの無言が続いた。

俺とソフィア王女は向かい合って座っている。

ソフィア王女は、「つーん」と横を向き街の景色を眺めている。
いや、ちらちらこっちを見ているあたり景色が見たいわけではなさそうだ。
「えっと……、元気でしたか？　ソフィア」
俺が恐る恐るソフィア王女に話しかける。すぐに言葉は返ってこなかった。
根気よく待つ。たっぷり時間を空けて、ぽつりと返答があった。
「……………………バカ。待ってたんですからね」
小さく、お叱りの言葉をいただいた。突然、ソフィア王女が立ち上がった。
揺れは大きくないが、移動中の馬車だ。
「危ないですよ」と声をかける前に、ソフィア王女はストンと俺の隣に腰掛けた。
広くない馬車内なので、互いの肩がどうしてもくっついてしまう。
腕が絡まり、手をギュッと握られた。
俺がソフィア王女のほうを見ると、彼女も俺のほうを見つめている。
鼻がくっつきそうな距離。
二重の呼吸音が聞こえる。温かい息が、顔にかかった。
「「……」」
俺は何も言えず、ソフィア王女も何も言わない。
ゆっくりとソフィア王女の顔が近づいてくる。

宝石のような蒼い瞳に吸い寄せられ——気がつくと俺は押し倒されていた。

◇

馬車内では、ソフィア王女にたっぷりと『甘え』られた。

フジワラ商会を出発してから十五分ほど。

目の前には、雄大なハイランド城がそびえ立っている。

馬車を降りる時、そんな会話をした。

「……何でそんなに冷静なんですか、貴方《あなた》は」

「顔が赤いですよ、ソフィア」

「……ふぅ」

小さく息を吐き、心を落ち着けるような仕草をしているソフィア王女。

少しイタズラ心が芽生えた。

ちらっと後ろを見ると、護衛の騎士たちは少し離れた位置に立っている。

王城の敷地内なので、安全性は問題ないと踏んでいるんだろう。

「……さっきは激しかったですね、ソフィア。まさか馬車の中であんな……むぐ」

「っ!!」

凄《すご》い目で睨《にら》まれ、凄《すさ》まじいスピードで口を手で塞がれた。

ついでに、顔が真っ赤に戻っている。

「……黙りましょうか？」

「はーい」

コロシマスヨ？　と目で訴えてくるソフィア王女の言葉におとなしく頷《うなず》く。

衛兵にハイランド城の大きな扉を開いてもらい、長い通路を進む。

何度か歩いたことはあるはずだが、いまだに慣れない。

「ところで、誰に会いに来たんですか？　ノエル王女ですか？」

俺は尋ねた。

「ノエル様は、時間を取れればよいのですが……。他にいるでしょう？　あなたに会いたがっている人が」

そう言われると幾人かの顔が思い浮かんだ。

太陽の国《ハイランド》にいる俺の親しい人物と言えば……。

「高月《たかつき》マコト！」

突然、名前を呼ばれる。そして目の前に、金色の物体が迫っていた。

「帰ってきたんですね！」

「ぐえ」

かなりの勢いでぶつかって、いや抱きついてきたのは女騎士だった。

輝くような金髪《ブロンドヘア》に、キラキラした金色の鎧《よろい》。

こんなド派手な女騎士は俺の知り合いに一人しかいない。

「お久しぶりです、ジャネットさん」

「あら、呼び捨てで良いのに。ねぇ、あなたの話を聞きたいわ。これから私の部屋にきなさい」

最後は命令だった。

高飛車な女騎士の名前は、ジャネット・バランタインさん。

『稲妻の勇者』ジェラルドさんの妹であり、太陽の国《ハイランド》の大貴族のお嬢様。

当初は嫌われていたはずだが、一緒に木の国《スプリングローグ》で冒険したあたりから親しくなった。

俺の手をガシッと摑んで離さない。

「ジャネット、私たちはこれから行くところがあるのです。あとにしなさい」

ソフィア王女が俺たちの間に割り込んできた。

「あら、いたの？　ソフィア。気づかなかったわ」

ジャネットさんが、挑発するような物言いで返す。

「……その目は節穴なんですね？　斥候部隊であるペガサス隊をおやめになったら？」

「……あなたの地味過ぎるドレスが目に入らなかったの。悪かったわわね」

「あら、流石《さすが》はそのような品のない黄金の鎧を身につけている人は言うことが違いますね」

「物の価値のわからない女ね」

「その言葉、そっくりかえしますよ」

「「……ふふふ」」

不敵な笑みを浮かべて、睨み合うソフィア王女とジャネットさん。

いかん、このままでは水の国《ローゼス》の王族と太陽の国《ハイランド》の大貴族の間で争いが起きてしまう！

と冷や汗をかいていると、ジャネットさんがこちらへ振り向いた。

「高月マコトが困っていますよ」

「それはいけませんね」

二人は睨み合いを止《や》め、さっと表情が柔らかくなった。

「ソフィア、冗談はこれくらいにして私だって話を聞きたいわ」

「ええ、わかっていますよ。今日の夜はフジワラ商会の屋敷で勇者マコトの帰還祝賀会《パーティー》を行う予定です。あとで使いの者を送ります」

「わかりました。高月マコト、あとでゆっくり話しましょうね」

「はあ……」

その予定、俺は初耳なんですけど？　でもまぁ、手際のよいふじやんのことだ。

きっと裏でソフィア王女に提案をしていたのだろう。

俺としても、知り合いに戻ってきたことを報告できる場を設けてもらえるのはありがたい。それはそうと、気になることが一点。

「もしかして、ジェラルドさんもそこに？」

恐る恐る尋ねた。

彼がくるなら、千年前の魔王との戦いなどを一晩中問い詰められそうだ。

が、ジャネットさんは悲しそうに首を振った。

「残念ながら……、兄は大陸の北端にある『前線基地』に駐屯しています」

「前線基地？」

「魔大陸の魔王軍が攻めてきた時の、第一防波堤になる連合軍の基地です。大魔王《イヴリース》が復活して以来、常に複数人の勇者が常駐することになっているんです」

「なるほど……、そうなんですね」

聞くところによると、現在は『稲妻の勇者』ジェラルドさんと『灼熱《しゃくねつ》の勇者』オルガさんが前線基地に赴いているそうだ。

てことは。

「そのうち俺も『前線基地』に行くわけですか？」

一応、俺は水の国《ローゼス》の国家認定勇者だ。

これは忙しくなるぞ、と思っていたら、ソフィア王女とジャネットさんが目を丸くした。

「あら、高月マコトは本当に現状を何も知らないんですね」

「ええ、これから色々説明するつもりです」

「……？」

二人の会話についていけない。俺は変なことを言ったんだろうか？

「じゃあね、ソフィア」

「ええ、ジャネット。またあとで」

二人は軽やかに笑顔を交わしている。

さっきまでの険悪な雰囲気が嘘《うそ》のようだ。

「ジャネットさんとは親しいんですか？」

「ええ、水の国《ローゼス》の魔物対策にはバランタイン家の騎士団をお借りしてます。代わりに、我が国の僧侶を派遣していたり最近は家同士の繋《つな》がりが強いですね」

「へぇ」

確かに以前、そんな話を聞いた記憶がある。

「あとは、個人的に勇者マコト《あなた》についてよく話していました」

「……そ、そうですか」

一体、俺について二人は何を話していたんだろう？

聞きたいような、怖いような。結局、深くは尋ねなかった。

ふと、ソフィア王女が俺をじっと見つめていることに気づいた。

「一つ言っておくことがあります」

「はい」

ソフィア王女の真剣な声に、すこし緊張感を持つ。

「高月マコト……あなたは今、勇者ではありません」

「……………え？」

衝撃を受けた。そんな……、俺って勇者をクビになったの？

（なわけないでしょ）

運命の女神《イラ》様がツッコんできた。聞いてたんですか。

「勇者マコトが千年前に渡った後……、水の国《ローゼス》の国家認定勇者が活動できないことを国民に説明する必要がありました。しかし、過去への時空転移は公にはできない。そのため、勇者マコトは魔王ザガンとの戦いで重傷を負い、戦えなくなった、という公布をしました。その際、国家認定勇者ではなく『名誉勇者』に格上げされました」

「名誉勇者……？」

永久欠番みたいなものだろうか？　なんでそんな面倒なことを。

（勇者は、国にとって武力の象徴だもの。突然姿を消したら、民が不安になるでしょ？

だからなにかしらの説明は必要なのよ）

イラ様の説明になるほどと頷く。突然千年前に向かうことになった俺には頭が回らなかったが、残されたほうにも色々と都合があったようだ。

（ちなみに『名誉勇者』は現役扱いされてないから大魔王《イヴリース》との戦いに参加する義務はないわ）

そういうことか。さっきのジャネットさんの言葉の意味が理解できた。

俺は『前線基地』に行く必要がないらしい。とはいえ。

「一応聞きますが……、あなたは国家認定勇者に復帰しますか？　あなたの待遇は水の国《ローゼス》にとって最上位のものを約束します。地位も財も望むがままです」

ソフィア王女が上目遣いで尋ねてきた。

「ん～、名誉勇者のままだと不都合あります？　どちらにせよ大魔王《イヴリース》とは戦いますよ」

「…………あのですね。無理をして大魔王《イヴリース》と戦う必要はないのですよ？　現役の勇者ではないのですから」

イラ様と同じようなことを言う。

が、答えは決まっている。

「俺は大魔王《イヴリース》と再戦するために現代に戻ってきたんです」

「この男は……。わかりました、国家認定勇者復帰の手続きを進めます。表向きは身体《からだ》を動かすことすらできないということで、民に説明していますからしばらくは大人しくしていてください」

「はーい」

どうやらすぐに『前線基地』とやらに行くことはなさそうだ。

ちょっと、興味あったんだけど。その時、思い出したことがあった。

「ノア様のことを水の国《ローゼス》で広めてくださったそうですね」

「ええ、水の女神《エイル》様からも許可をいただきましたし……、何より勇者マコトの信仰する女神様であり、太陽の女神《アルテナ》様が正式に女神教会の八番目の女神として認められましたから。無下にはできません」

「ありがとうございます」

俺はお礼を述べた。

「礼を言われるほどのことはしていません。ところでノア様とはもうお話ししたんですか？」

「それがまだなんですよ」

やや不満げな声がでてしまう。

てっきり千年後に戻ったらすぐに話しかけてくれると思っていたのに。

「そうですか。これはエイル様からのお言葉なんですが……女神ノア様の勇者と巫女の選定について伝えて欲しいことがあります」

「ノア様が選んだ勇者と巫女《みこ》？」

ガーンと、何となくショックを受ける。しかし、そうか。

大陸公認の女神となったということは、当然勇者や巫女が選ばれることになる。

俺は『使徒』という役職なので別口だし。

水の女神様《エイル》の場合、レオナード王子が勇者。ソフィア王女が巫女だ。

……ノア様の選んだ勇者と巫女かぁ。

仲良くなれるだろうか？　性格が合わなかったらやだなぁ。

「勇者マコト、違います。ノア様が勇者と巫女を選定してくださらないのです」

「選んでいない？」

「はい……、八番目の女神の義務を果たしていないとエイル様もややお怒りです」

「何をやってるんだ……ノア様は……」

そんなにポンコツだったのか？

いや、あの女神様は抜けたふりをして抜け目ない。

どこかの女神様とは違う。

（どこかの女神って誰よ？）

イラ様のことじゃありませんよ？

(嘘つくんじゃないわよ！　あんたの頭の中に私の顔が浮かんだのが視《み》えたのよ！)

失言を深くお詫《わ》び致します。

「お願いしますね、勇者マコト」

「はい、任されました」

お会いした時に聞いてみよう。

ここでソフィアの表情が変わる。

「ところで貴方《あなた》が居なくなったあとのルーシーさんとアヤさんの活躍についてはもう聞いていますか？」

話題が変わった。

「いえ、会って速攻で襲われましたので」

「はぁ……、そうでしたか。水の国《ローゼス》は勇者を一名失ったということで一時は暗い雰囲気となっていたのですが、ルーシーさんとアヤさんが冒険者として活躍してくださりました。今ではアヤさんが神鉄級《オリハルコン》、ルーシーさんは白金級《プラチナ》かつ火の聖級魔法使いということで、大陸でもその名を知らないものはいないほどの高名な冒険者パーティーになりました」

誇らしげにソフィア王女が言った。

「え……？　神鉄級《オリハルコン》冒険者に聖級魔法使い……？」

たった一年で!?

「その顔は初耳のようですね。彼女たちは水の国随一《ローゼス》の冒険者パーティー『紅蓮《ぐれん》の牙』として名を轟《とどろ》かせていますよ」

「紅蓮の牙……」

か、カッコいい。俺の水の街《マッカレン》の時の二つ名とえらく違うんだけど。

俺の時は『ゴブリン掃除屋《ゴブリンクリーナー》』ですよ！

俺も『紅蓮の牙』に入れてもらえるかなぁ……。

（あんたがパーティーのリーダーじゃないの？）

でも、俺冒険者ランクは低いし……。現役の勇者じゃなくなったし……。

「……あの、何故《なぜ》暗い顔に？」

「俺がいない間に、みんな立派になったなぁと思って」

「貴方の偉業のほうが遥《はる》かに凄《すさ》まじいのですが……、わかってますか？」

ソフィア王女が俺を慰めてくれるが、やはりさっさと現役勇者に復帰してバリバリ働きたい意欲が湧いてきた。俺も『紅蓮の牙』みたいな二つ名が欲しい！

（紅蓮の牙はパーティー名であって二つ名じゃないわよ？）

細かいことはどうでもいいんですよ。

にしてもルーシーとさーさんは、二人で成り上がったのかぁ。

その時、とあるパーティーメンバーの顔が思い浮かんだ。

「そういえば、姫……フリアエさんは元気ですか？」

ルーシーやさーさんとは一緒ではなかった。

おそらく月の国《ラフィロイグ》の復興に注力しているはずだ。

聖女として頑張っているのだろう。

俺の質問に、ソフィア王女は意味ありげな目を向けた。

「ルーシーさんやアヤさんのことで驚いてるなら、フリアエさんの話をすればもっと驚くでしょうね」

「どういう意味です？」

「それは……」

ソフィア王女が何か発言しようとした時。

「マコトさん！」

「高月《たかつき》くん！」

誰かに名前を呼ばれると同時に、何者かに押し倒された。

（よく押し倒される男ねー）

俺の力の身体能力《ステータス》が『3』なんですよ。

（十歳の少年の平均値じゃない……）

俺の身体能力《ステータス》が低いのは運命の女神《イラ》様が悪いのでは？

（私は悪くないわ。運が悪かったわね）
ひどい！　イラ様の別名、幸運の女神とは思えぬ発言！
そんな雑談をしつつ、天井を見上げる。
俺の顔を見下ろすのは、二つの端整な顔。
涙を流している美少年と、涙を浮かべた好青年《イケメン》だった。
こうして見ると、男の涙も趣深いと少し思った。
「レオナード王子、桜井《さくらい》くん。ただいま」
俺は同僚の勇者と、幼馴染《おさななじみ》の勇者と再会した。

二章　高月マコトは、戸惑う

「はは、ゴメンね高月くん。少し取り乱してしまって」

「久しぶり、桜井くん。帰ってきたよ」

「……太陽の女神《アルテナ》様ですら現代に戻るのは難しいと言っていたのに。本当に、本当によかった……」

爽やかに言う桜井くんの目元は赤い。それを茶化すのは野暮だな、と思った。

「マコトさん……、嬉《うれ》しいです。またお会いできて……」

「レオナード王子、ご無沙汰してました。見違えました」

以前は美少女のようにしか見えなかったレオナード王子。

一年ぶりに会う彼は、背が伸びて中性的な美少年となっていた。

「いえ、僕なんてまだまだです。でも、聖剣の扱いは上達しました！　今度見てください」

「ええ、是非見せてください」

「最近はレオくんと剣の稽古をすることが多いんだ」

「剣が上達したのは、リョウスケさんのおかげです」

どうやら二人は親しいらしい。

美形な二人が並ぶとそういうアイドルグループかな？　と思ってしまう。

「高月くん！　おかえり！」

パン、と軽く肩を叩《たた》かれた。振り返るとすらりとした女騎士が立っていた。

「横山《よこやま》さん、久しぶり」

桜井くんの嫁の一人にして、同じ異世界人の横山サキさんだ。

クラス一の美人に拍車がかかっている。

「ねぇ、アヤとは会った!?　あの子、会う度に高月くんのことで泣いてたんだから！」

「もう会ったよ、うん。泣かれた」

「でしょ！　もう離れちゃ駄目だよ！」

「あぁ、そうするよ」

横山さんの勢いにタジタジとなる。

「横山さんは、元気そうだね」

俺が言うと、彼女は嬉しそうにニコッと笑顔になった。

「ふふふー、これ見てよ。綺麗《きれい》でしょ？　リョウスケに買ってもらったの」

と左手の薬指には大きな婚約指輪《エンゲージリング》が光っていた。以前より少し大人びて見えた。

これが近々人妻になる女性の色気か……。

「似合ってるね」

「ありがとう。高月くんもアヤに買ってあげなさいよ！」

「う、うん、そうするよ」

横山さんからの会話が止まらない。

「サキ、高月くんは戻ってきたばかりで疲れているからさ」

「はーい、わかったわよ、リョウスケ」

桜井くんの助け船が入った。助かった。

にしても婚約指輪ってどこで売ってるんだろう？

防具屋や道具屋には無さそうだし。ふじやんに頼めば取り寄せてもらえるかな？

（あんた……、婚約指輪くらいちょっとは自分の足で探しなさいよ）

呆《あき》れた口調が脳内で響く。駄目ですか？　運命《イ》の女神様《ラ》。

（駄目駄目よ。いい？　そーいうのは一生に一度のことなんだから女の子にとってはとっても特別な行事《イベント》で……）

イラ様からお小言を賜った。そーいえば、運命《イ》の女神様《ラ》は恋愛の女神様でもあるんだっけ？　俺がその小言を聞き流している時。

（おい、聞き流すんじゃないわよ）

キイテマスヨー。

「おや、あそこにいるのは勇者マコト殿ではないか？」

「む……、水の国《ローゼス》の勇者殿は獣の王《まおう》との戦いで重傷を負われたのでは？」

「いや、聞いた話では手足を失われたとか」

「私は既にお亡くなりになられたと聞きましたよ」

「どう見ても元気そうですよ？」

「他人の空似か？」

「しかし、光の勇者桜井様があのように親しげに……間違いないのでは？」

わらわらと人が集まってきた。

俺を見て、というよりは『光の勇者』である桜井くんとやけに親しげに話しているのは何者だ？　ということで興味を集めたらしい。

にしても重傷はともかく『隻腕隻脚』とか『死んだ』とか、噂話《うわさばなし》に尾ひれがついている。

勇者が表舞台から姿を消すことは、いろいろな憶測を呼ぶようだ。


その後、城では沢山の人たちに囲まれ質問攻めにあった。

どう答えたらいいものか悩んでいると、途中からソフィア王女が代わりに対応してくれた。多くの人に囲まれるのは苦手だから助かる。

二時間ほどかけてハイランド城の有力者へ挨拶回りをした。これが目的だったらしい。

もっとも現役の勇者復帰の手続きには、まだまだ時間がかかるそうだ。
今の俺は魔王との戦いで負傷して、引退した『名誉勇者』である。
現在、ソフィア王女は、少し離れた場所で宰相らしき人と会話している。
「ノエル様は多忙のため、本日の謁見は許可できない」という声が聞こえてきた。
どうやら、ノエル王女とは会えないらしい。立場ある御方《おかた》だ。仕方ないだろう。
（ノエル王女か……）
煌《きら》めく金髪に宝石のような青い瞳。どうしても同じ顔を思い出してしまう……。

――マコトさん、本当はずっと一緒に……

アンナさんの顔が浮かんだ。
つい先日のように思ってしまうが、彼女がいたのは『千年前』。
遠い過去の時代だ。モモとは再会できた。でも、アンナさんとは、もう……。
どうしても感傷的になる。いかん、心を落ち着けないと。明鏡止水、明鏡止水。
会話していたソフィア王女が戻ってきた。
ノエル王女とのアポイントは取り付けてきたらしい。
「お待たせしました。フジワラ商会へ戻りましょうか」

「お疲れ様、ソフィア」

「大したことはありませんよ」

やや疲れたように微笑《ほほえ》む。

何だか申し訳ないな、という気持ちが顔に出たのかもしれない。

「気遣いしてくれるなら、いっぱい構ってください」

誰にも聞こえないように、耳元で囁《ささや》かれた。帰りの馬車でも、たっぷりと甘えられた。

◇

フジワラ商会に戻ったあと、ソフィア王女は用事があると言って出かけていった。

本当にハードワーカーだなぁ。祝賀会までには戻ってくるそうだ。

「ねぇねぇ、マコト。フーリに会いに行きましょうよ！」

「そうだよ、ふーちゃんは高月《たかつき》くんがいなくて寂しがってたよ！」

戻った俺に開口一番、ルーシーとさーさんからの言葉だ。

「よし行こうか」

ふじやんが開いてくれるという俺の帰還祝賀会《パーティー》は夜なので、まだ時間がある。

なによりフリアエさんには、一言挨拶をしておきたい。

過去への旅立ち前には心配かけたし。

「じゃ、私の手を握って」

ルーシーが俺に右手を差し出す。

「うん？」

よくわからないままその手を摑《つか》む。

ルーシーの反対側の手を慣れた様子でさーさんが握っている。

「ほい、空間転移《テレポート》」

「え？」

目の前の視界がぼやけ、真っ白になった。

次の瞬間、目の前には美しい街並みが広がっていた。

「る、ルーシー……凄《すご》いな」

「えへへ、空間転移《テレポート》、上手《うま》くなったでしょ？」

素直に心から凄いと思える。俺は感動しつつ、周りの景色を観察した。

太陽の国《ハイランド》の王都では見覚えのない建物群だ。そして、道行く人々は皆ローブを着ている。

魔法使いの多い街なのだろうか？

「ここは？」

「九区街よ」

俺の疑問にルーシーが答えた。

「九区……え？　ここがあの貧民街《スラム》？」

前見た時と全然違う。

犯罪者とマフィアと魔人族が暮らしていた街。ボロボロだった建物。

路上で寝転がっていたホームレスの人々の姿などどこにもない。

「凄いわよね、たった一年でこんなに変わっちゃうんだから」

「九区街にいる『魔人族』が住みやすいようにって、ふーちゃんが頑張ったんだよ」

「へぇ～」

俺はキョロキョロと、新しくなった九区街を見渡す。

これをフリアエさんが……。流石《さすが》は月の巫女《みこ》……いや、今は聖女か。

ただ気になることが一点。

「なぁ、ルーシー。どうして姫は月の国《ラフィロイグ》じゃなくて、太陽の国《ハイランド》にいるんだ？」

てっきり地元で国の復興を目指していると思ったんだけど。

「えっと、それはね……」

「あ！　ルーシーが俺に何かを言おうとした時。

「あ！　ルーシーさんだ！」

「アヤちゃんだー！」

「紅蓮《ぐれん》の牙だ、かっけー！」

「一緒にいるのって誰だ？」

「荷物持ちだろ」

「ひょろくて、何も持てなさそうだけどなー」

子供たちが、ルーシーとさーさんの所に集まってきた。

そして、ナチュラルにディスられる俺。

「ちょっと、私の彼氏を荷物持ちとかいわないでくれる？」

「高月くんは、私の旦那さんだからねー」

二人が擁護してくれた。その言葉に、子供たちが「「「え？」」」という顔になる。

「ルーシーさんとアヤちゃんの男ってすげーやつなんだろ？」

「めちゃ強い勇者だって聞いたけど」

「こいつ全然魔力《マナ》ないよ？」

「本当に強いの〜？」

疑いの目を向けられた。

「む、マコト。ちょっと本気を見せてあげなさいよ」

「高月くん、いつもの水魔法を使ってよ。超派手なやつ！」

ルーシーとさーさんが煽《あお》ってくる。しかし……。

「こんな街中で精霊魔法なんて使ったら大変なことになるからぁ」

さて、どうしたものか。うーむ、と思い悩んでいたら。


「我が王、お困りですか？」


ズシン、と濃密な魔力《マナ》が大気に満ちる。

街中にいるのに、水中に放り込まれたような息苦しさ。

魔人族の子供たちはぱたりと口を閉じ、道行く人々がぎょっとした表情をこちらに向けた。そして、ルーシーとさーさんまで真顔になっている。

子供のひとりが、やっとという感じで口を開いた。

「に、にーちゃん……、こ、この女の人は……？」

「水の大精霊《ウンディーネ》だよ」

「「「「!?」」」」

子供たちの顔が、豆鉄砲をくったハトのようになる。可愛《かわい》い。

「ふふふ、私は我が王の言うことなら何でも聞きますからね。何なら、この街を数分で水の底に沈めることだってできます。我が王の素晴らしさは理解できましたか？」

水の大精霊《ディーア》の口調は優しいが、子供たちは水の大精霊《ウンディーネ》の馬鹿げた魔力《マナ》に当てられて呼吸すら忘れたようにほうけている。

　あと物騒なことを言うな。子供たちが青くなっている。

「ディーア、魔力《マナ》を抑えろ」

「はい、我が王」

　俺の言葉に、水の大精霊《ディーア》はすぅっと魔力《マナ》を薄めた。

　ようやく子供たちが、緊張感から解放され表情が和らいだ。

「すげーな、にーちゃん」

「やっぱルーシーさんやアヤちゃんの彼氏は違うな」

「おねーさんは、どうして肌が青いの？」

「どうやって大精霊を仲間にしたんですか⁉」

　結果、質問攻めにあった。

　何とかルーシーとさーさんの面目を保つことができたか。

「…………ねぇ、マコト？」

「たーかーつーきーくーん？」

　ん？　ゾクリと寒気がする。

「どーしたの？」と振り返ると。

「『その子《おんな》、誰？』」

ルーシーとさーさんの声がそろった。

あれ？　二人はディーアと面識は……無かった。

「彼女は千年前に仲間になった水の大精霊《ウンディーネ》で……」

「また、マコトが女を作ってる！」

「高月くんのバカ――――！！！」

「ちょ、違っ」

「我が王、私は待つのは苦じゃありませんが、呼び出したからには構ってくださいまし……」

空気を読まずか、あるいは故意か、ディーアが抱きついてくる。

いや、お前勝手に出てきたんだろう。

ルーシーとさーさんに説明をするのに、随分時間を取られてしまった。


九区街を進み、俺たちは大きな屋敷の前にやってきた。

屋敷は月の国《ラフィロイグ》の大使館だそうだ。

ここにフリアエさんが滞在しているらしい。

「おお！　ルーシー様、アヤ様！　ようこそお越しくださいました」

門番の魔人族は、ルーシーとさーさんの姿を見るや顔をほころばす。顔見知りらしい。

「こんにちは」

「ふーちゃんに会いに来ましたー」

「どうぞどうぞ、……おや、そちらの男性は？」

ルーシーとさーさんは顔パスのようだが、見知らぬ俺は同じようにはいかなかった。

「水の国《ローゼス》の国定勇者のマコトよ」

「ふーちゃんの守護騎士の高月くんだよ」

「!?　あなた様が!!」

俺の名前を聞くや、門番の人の顔色が変わった。

「少々お待ちください！　上の者を呼んできます！」

あっという間に建物の中に消えてしまった。

門番は二名いて、残った一人は俺を興味深そうに見ている。

「何か？」

話したそうにしていると感じたので、こちらから話しかけた。

「失礼しました！……まさか本物の高月マコト様にお会いできると思わなかったので」

本物て。随分と過大な印象を持たれているようだ。

「誰から俺の話を聞いたんです？」

てっきりルーシーかさーさんあたりが、大げさに語ったのかと予想していた。

「それはもちろん女王陛下にです！」

ん？　その言葉に一瞬思考が止まる。月の国《ラフイロイグ》の女王。

千年前の厄災の魔女ネヴィアの顔が浮かんだ。が、そんなわけがない。

ここは千年後。月の国《ラフイロイグ》に王族は居ない。

そもそも国として存在してなかった。それを率いているのは、つまり。

「あーあ、バレちゃった」

「会ったときに驚かせようー、って思ってたのに」

ルーシーとさーさんの口ぶりから、ある仮説が浮かび上がった。

「もしかして、今のフリアエ《ひめ》さんって月の国《ラフイロイグ》の女王様になってる？」

「そ。びっくりした？」

「ふーちゃんは、月の国《ラフイロイグ》の女王様なのです！」

「ぉぉ……」

びっくりした。そうか。フリアエさんが、女王様か……。何か似合うな。

「でも、女王様にアポ無しで会えるのかな？　それに挨拶の仕方とか……」

「何言ってるのよ。同じパーティーの仲間でしょ」

「ふーちゃんは、細かいこと気にしないよ」

俺の心配をルーシーとさーさんは笑い飛ばした。それもそうだ。

まずは、戻ってこれたことを報告して、フリアエさんの近況を本人から教えてもらおう。


——数分後。


身分の高そうな服装の男が、両脇に護衛を従え早足でやってきた。

フリアエさんの姿は見えない。

「お待たせした。水の国《ローゼス》の『名誉勇者』高月《たかつき》マコト殿が訪ねてきたとか」

硬い口調と鋭い視線。友好的ではない態度だった。

「久しぶりね、ハヴェル。フーリは元気？」

「ハヴェルくん、ふーちゃんは留守？」

ルーシーとさーさんは顔見知りなのかフランクに話しかけている。

ハヴェル……。その名前に聞き覚えがあった。

確か月の国《ラフィロイグ》の廃墟《はいきょ》で出会ったフリアエさんの友人の一人だった気がする。

ただ、その時とは服装がまったく異なっており、受ける印象は全然違った。

「ルーシー様、アヤ様。ご無沙汰しております。本日はご足労いただきありがとうございます」

二人に対しては口調が柔らかい。

演技でなく、心からルーシーとさーさんに敬意を払っているように見える。

それゆえに、俺への態度は露骨だった。

俺を見る目は――どこまでも冷たい。

「あなたが水の国《ローゼス》の名誉勇者殿ですか？」

一度は会っているはずだが、俺のことなど覚えていないという口調。

ルーシーとさーさんは怪訝《けげん》な顔をしている。

俺にだけ態度が違うことを、不思議に思っているようだ。

「はい、高月マコトです」

「して、ご用件は？」

「姫……、じゃなくてフリアエさんに会いに来ました」

俺が目的を告げると、男の眉間に皺《しわ》が刻まれた。

「女王陛下のことを、そのように呼ぶのは控えていただきたい。それで会う目的はなんですか？」

どこまでも事務的に尋ねられる。会う目的か。説明が難しいな。

千年前に行くよう俺が神託を受けた話は、一部の人しか知らない。

彼がフリアエさんから事情を聞いていない可能性もある。

「実は危険な神託《にんむ》でしばらく旅に出ていたんですが、無事に戻ってこれたのでその連絡に来ました」

間違ってないはずだ。

「わかりました。それでは無事に帰還されたことをフリアエ陛下にお伝えします。それだけでしたら、どうぞお引取りを」

返事は面談拒否だった。どうやら俺をフリアエさんに会わせたくないらしい。

「……会って直接話したいんですけど？」

「フリアエ様はお忙しい。割ける時間などない」

会話が平行線だ。

そこからルーシーやさーさんも会話に加わり、事情を説明した。

しばらく粘ってみたが、結局俺たちは大使館に入れず、退散するはめになった。

「どーいうこと！　あの男！」

「今日のハヴェルくん、おかしかったよね！　るーちゃん！」

「いつもは私たちにペコペコしてるくせに！」

「月の国《ラフィロイグ》が古竜《エンシェントドラゴン》に襲われてるところを助けてあげたのに！」

「私だってあいつの仲間がキメラに食べられそうになってるのを助けたら泣いて感謝してたくせに！」

「恩知らずだよね、るーちゃん！」

「アヤ！　今後あいつの依頼は受けないわ！」

「うん！　賛成だよ。もう頼まれたって、引き受けないから！」

ルーシーとさーさんが烈火のごとく怒っている。

おかげで俺は怒りそこねた。

ちなみに彼――ハヴェルは新生した月の国《ラフィロイグ》では女王陛下の補佐という地位についているらしい。

が、月の国《ラフィロイグ》復興では高ランクの冒険者であるルーシーやさーさんが相当手助けしたらしく頭が上がらないんだとか。

だとしたら、今日の態度はおかしい。

「ふん、まぁいいわ。マコト、次の作戦よ！」

「そうだね、正直ふーちゃんに会うだけならいつでもできるしね」

ルーシーとさーさんは言いたいことを言い尽くしたのか、怒りモードが弱まった。

「どーいうこと？」

俺が尋ねるとルーシーとさーさんの顔が、イタズラめいたものに変わる。

「いざとなったら『空間転移《テレポート》』で、あの子の部屋《フーリ》に侵入しちゃえばいいのよ！」

「よっ！　るーちゃん、かっこいいー！」

どや顔するルーシーと、煽《あお》るさーさん。

「……」

大丈夫だろうか？　ルーシーの思考回路がロザリーさんそっくりになってる。

そして、さーさんはルーシーの止め役《ストッパー》ではないらしい。二人ともイケイケだ。

（でもまぁ、いっか）

確かに、フリアエさんに会うだけなら何とかなりそうだ。

「よっし！　じゃあ、今からフーリの部屋に乗り込んでやるわよ！」

「待て待て、ルーシー」

と息巻くルーシーを慌てて止めた。

九区街では、魔人族の子供たちにからまれたり、大使館前でのやりとりで時間を食った。

そろそろふじやんが手配してくれた帰還祝賀会《パーティー》が始まってしまう。

祝ってもらう立場で遅刻はできない。

俺たちは、フジワラ商会へ戻った。


――その夜。

フジワラ商会が貸し切った巨大なホールで、盛大な祝賀会《パーティー》が催された。

目的は俺の帰還祝いだ。

というわけで、様々な人たちに無事な姿を見せたわけだが。

（お、思っていたより人が多い……）

てっきり知り合いの十数名。多くても三十人くらいかなと思っていた。

が、実際はその十倍以上。実に数百人の参加者がいた。

どうやら太陽の国《ハイランド》の王都にいた、各国の有力者をソフィア王女やふじやんのコネを使って片っ端から招待したらしい。勿論《もちろん》、理由はある。

俺がソフィア王女にお願いをした『国家認定勇者』への復帰。

それのためには、高月マコトが健在であることをしっかり祝賀会《パーティー》で広めるのが効率的というわけだ。俺が言い出したことなので、文句は言えない。

というか、今日の今日でよくこんなに人を集められたものだ。

身分の高そうな人々とグラスを交わし、『獣の王《ザガン》』や『不死の王《ビフロンス》』との武勇伝について聞かれる。うっかり千年前の話をしないように気をつけながら、俺が適当に話を盛って語ると喜んでもらえた。

そんなこんなでパーティーが始まって二時間以上経《た》った。

今の所、知り合いとは全然話せていない。

（もう、そろそろ休んでいいかな……）

愛想笑いと社交辞令に疲れ果てた俺は、『隠密《おんみつ》』スキルを用い、こっそりと会場の隅っこ、バルコニーへ逃げ出した。
ソフィア王女に紹介された有力者たちへの挨拶は概《おおむ》ね終えた。
自分の責務は果たした、はずだ。腹減ったなぁ……。
会場内には、あまり手を付けられていない立食パーティーの豪華な料理が並んでいる。
余った料理は捨てられてしまうらしい。なんと勿体《もったい》ない。
千年前なら、大迷宮《ラビュリントス》の街全員の食事を賄えそうな量だ。
千年前の教訓——食べ物は大事。
よし、俺は食べるぞ！
『隠密』スキルを使いながら、大皿に次々と料理を取り分けていると……。
「お疲れ様、マコト」
「大変だったねー、高月くん」
「ああ、疲れたよ」
ルーシーとさーさんに見つかった。『隠密』スキルも彼女たちには通じない。
ドレスアップした二人が可愛《かわい》い。
ざっくりと大きく胸元を見せる、真っ赤なドレスのルーシー。
ひらひらと可愛らしくも、大胆にスリットした水色のドレスのさーさん。
パーティー会場には、美人な女性は大勢いるが二人の魅力はその中でも際立っていた。

それにしても。

(二人とも大人っぽくなったなぁ……)

ドレス姿を見て改めて思う。

ルーシーとさーさんは少し背が伸びスタイルも良くなっている。

まるで学校を卒業して、久しぶりに同窓会で会った女の子がすごく美人になったみたいな。

「どうしたの？　マコト。変な顔して」

「高月くん、体調悪い？　どこかで休む？」

心配そうな顔で覗《のぞ》き込まれた。

「二人ともちょっと会わない間に、綺麗《きれい》になったね」

俺は正直な気持ちを伝えた。

「は？」「へ？」

ルーシーとさーさんはポカンと大きく口を開ける。

「ま、マコト！　どうしちゃったの⁉」

「高月くんが、女たらしに！」

「たらしじゃない」

外見は変わったけど、この反応は変わんないなー。

「でも、そう言ってもらえるのは嬉《うれ》しいわね」

「ねー、ドレスはるーちゃんと一緒に買ったんだよね。でも、この胸元はハレンチだよねー」

「どこ触ってるのよ。アヤだってこんなに足を露出してるくせに」

「るーちゃん、めくらないでぇー！　下着が見えちゃうから！」

また二人でイチャイチャしてる。

美女二人の百合百合《ゆりゆり》しい絡みは、癒やされる。

彼女たちの腕には、おそろいの腕輪が輝いている。本当に仲が良いなぁ。

俺が微笑《ほほえ》ましく見ていると、ルーシーが俺のほうへ振り向いた。

「ねぇ、そういえばマコトって千年前だとどれくらい冒険してたの？」

「見た目はあんまり変わってないから、半年くらいかな？」

「あぁ、それは」

確かに二人に比べると俺の外見は変わっていない。

その辺りの事情を説明していなかった。

「千年前に活動してたのは、三年だよ」

「はぁっ!?」「えええええっ！」

二人の大声がバルコニーに響く。おい、隠密スキルが意味なくなる。

「ちょ、ちょ、ちょっと待って！」

「三年⁉　高月《たかつき》くんって、私たちより三歳も年上になったの⁉」

「正確には二歳かな。現代《こっち》では一年経ってたわけだし」

大魔王《イヴリース》と戦ってからも長かった。

結局、五大陸全てを回るのに二年の月日を要した。

「何で見た目が変わらないの……？」

「全然歳《とし》をとってないよ……？」

不気味、とまではいかないが不思議な生き物を見る目を向けられた。

さて、何と説明したらいいものか……。

「それは、運命の女神様《イラ》の奇跡の後遺症です。マコト様は過去に渡った際に外見上では歳を取れなくなってしまったのです」

会話に割り込んできたのは、幼い少女。

しかし、口調はしっかりしておりよく通る美しい声だった。

「エステルさん？」

「はい、お話しできて光栄です、高月マコト様」

優雅に挨拶をするのは、運命の巫女《エステル》さんだった。

かつての冷たい目や口調は一切無く、可愛らしくニッコリと微笑む。

そして、小さな手で俺の両手を摑《つか》んだ。

「えっと？」

「あぁ、素敵。イラ様からは毎晩のようにマコト様のことを聞いておりましたの。千年前のあなた様の活躍がいかに素晴らしいか。ずっとお話ししたかった……。今晩のご予定はありますか？　私の屋敷で商業の国《キャメロン》における最上位の饗《もてな》しをさせていただきます」

「ちょっと待って！　今の話初めて聞いたんだけど！」

「エステルちゃん、後遺症って何⁉　高月くんはずっと年取らないの？　ずるい！」

ぐいぐいと迫るエステルさんを俺から引き剝がすルーシーとさーさん。

さーさんは気にしているポイントが少し違うようだが。

にしても、エステルさんってこんな感じだっけ？

でも、前に会った時はイラ様が降臨してたから素のエステルさんには初めて会うわけか。

「あら？　では本日はお二人にお譲りしますね。マコト様との夜はまた後日」

「後日も駄目だから！」

「そーだよ、いくらエステルちゃんでも駄目！」

「諦めませんよ？」

「……！」

「……」

女子たちの会話に入れず、どーしようかなと考えていると。

「よっ！　高月！　おかえり！」

突然、肩を叩《たた》かれた。

「え？」

振り向くと、派手な金髪なのに日本人顔。美人だが気の強そうな大きな瞳。これは……

ギャルだ！　な、何故《なぜ》異世界にギャルが？　いや、そんなことはどうでもいい。

陰キャの俺にとってギャルは天敵。逃げなければ。

「……高月？」

俺が後ずさっていると、目の前の女の子は訝《いぶか》しげな目を向けた。

そしてよく見ると、俺は彼女に見覚えがあった。

「もしかして河北《かわきた》ケイコさん……？」

それは前の世界のクラスメイトだった。

さーさんの友人にして、火の国《グレイトキース》で奴隷となっていたところをふじやんが助けた女の子。

前に会った時は黒髪だったはずだけど、金髪に戻したようだ。

というか異世界でも染髪できるんだ。知らなかった。

「……え？　まさか私のこと忘れてる……？」

が――ん、とショックを受けた顔をされる河北さん。

しまったな。なんて言えば良いのか。

「おお、タッキー殿。こちらにおられましたか」

「高月サマ。お疲れさまでした」

やってきたのはふじやんとニナさん夫婦だった。

「ミチオー、高月が私のこと忘れてたのー！　酷《ひど》くない!?」

河北さんがうそ泣きっぽい仕草をしながら、ふじやんに抱きついた。

（えええええええぇっ！！！！）

河北さん!?　いくらふじやんの友人とはいえニナさん《おくさん》の前でそれはまずいのでは!?

が、当のニナさんは涼しい顔をしている。

「やっぱり髪の色でハ？　金髪だから気づかなかったんですヨ」

「違うのよ！　私が学校に通っている時はこの髪色だったの。だから気づいてくれると思ったんだけど」

「というか、ケイコは黒髪のほうが似合うと思いますけド」

「うーん、ニナがそう言うなら黒髪に戻そうかしら」

ニナさんと河北さんが朗らかに会話している。

しかし、河北さんはふじやんに抱きついたままだ。な、何だこの状況……。

「タッキー殿が混乱しておられるので説明しますな……」

ふじやんが申し訳なさそうに言った。

「実は拙者、ケイ殿と結婚をしておりまして……」

「けっこん!?」

ふじやんと河北さんが結婚？

たった一年でそんな急展開……いや、火の国《グレイトキース》で河北さんがふじやんを狙っている様子はあった。にしても、結婚かぁ。

しかし、当初からふじやんのパートナーだったニナさんはそれでよいのだろうか？

そんな俺の視線に気づいたのかもしれない。ニナさんが俺に近づいてきた。

「ご心配されなくても大丈夫ですヨ。今や旦那様は水の国《ローゼス》一番の大商人。それが妻がたった二人というのは少なすぎなんです。お世継ぎもまだ一人だけですし。クリスは子供と一緒にいるためパーティーには参加しておりません。マコト様によろしくお伝えくださいといってましタ」

「………え？」

ニナさんの言葉に、頭がフリーズする。

世継ぎ？　子供？　えっ、ふじやん子供いるの？

(別にこっちの世界じゃ普通よ？　むしろフジワラ商会の規模で後継者が居ないほうが問題よ)

衝撃を受ける俺を運命の女神様《イラ》が諭してくれた。そ、そうか。普通なのか。

（あんたもさっさと作ればいいでしょ？）

無茶言わんでください。

……ちょっと会わない間に、皆変わっちゃうんだなぁー。

「高月くん！　ここにいたんだね、探したよ」

「遅れてゴメンね」

俺がまだぼーっとしていると、陽気な男女カップルに声をかけられた。

太陽の騎士団の紋章の入った衣装。その爽やかな二人は、桜井《さくらい》くんと横山《よこやま》さんだった。

「……あぁ、来てくれたんだね」

俺はそんな言葉を絞り出す。

「元気がないね？　何かあった？」

「ふじやんに漢《おとこ》の差を見せつけられてね……」

「藤原くんに？」

「あぁ、俺のやってきたことなんてちっぽけだったんだ」

「タッキー殿は世界を救ってきたのですぞ!?　何を言ってるのですかな！」

俺と桜井くんとの会話に、ふじやんが割り込んできた。

そーいえば桜井くんも既に子供がいるんだったか。なのに、俺だけが童貞……。

（いや、あんたいつでも童貞捨てれるじゃない。何なら今日にでも脱・童貞できるように私が導いてあげましょうか？　初めての相手はソフィアちゃん？　それともルーシーちゃんかアヤちゃんかしら）

イラ様がとんでもないことを言い出す。

『女神様に導かれて大人の階段を……』

『いいえ』だ!!

選択肢が出る前に拒否した。それくらい一人でできる！

馬鹿にするな、イラ様。

（本当かしら）

俺だって男だ。やるときはやる！……はずだ。

馬鹿な会話をしていると。

「あ、サキちゃん、ケイコちゃんー！」

友人の姿を見つけて、さーさんが交じり女子トークが花咲いている。

ルーシーはどうしたのかな？　と思ったら運命の巫女《エステル》さんのところにやってきた木の巫女《フローナ》さんと楽しげに話している。

そういえば木の巫女《みこ》さんはルーシーの義姉《ねえ》さんだっけ？

ちらっと火の巫女の姿も見えたことから、巫女の皆さんもお揃《そろ》いのようだ。

が、太陽の巫女の姿は見当たらない。

「桜井くん、そういえばノエル王女は来てないんだね」

俺が何気なく言った言葉に、桜井くんが目を丸くした。

何か変なことを言った？　俺の心を読んだふじやんがすかさずフォローしてくれた。

「タッキー殿にまだお伝えしておりませんでしたな。ノエル様は太陽の国《ハイランド》の女王陛下となられました」

「女王様!?」

「今はノエル女王なのです」

もう王位継承したのか。以前会った時、前国王は元気そうだったけど。

「タッキー殿は不在にしておりましたが、先の敗戦の責任を取る形で前国王は退位されました……、っと失礼を桜井殿」

「いいよ、藤原くん。僕がもっと強ければ負けなかったかもしれない」

「いえ、あれは作戦ミスでしょう。『古竜の王《アシュタロト》』の強さが想定以上でした」

「あいつか……」

イラ様に神気《アニマ》をお借りし、神級魔法を使ってなお余裕を残している規格外の魔王だった。

「桜井くんは怪我《けが》とかしなかったの？」

心配になり聞いたが、見た所問題なさそうだ。それに太陽の国《ハイランド》には優秀な回復士も多い。

「問題ありませんぞ、タッキー殿。桜井殿個人では魔王の一人『海魔の王《フォルネウス》』を単独撃破するほど大活躍をされておりますからな」

「現役の魔王一人で倒したの!?」

うっそだろ。俺が千年前の元気な『不死の王《ビフロンス》』を倒すのにどれだけ苦労したことか。

やっぱアンナさんの『光の勇者』スキルより桜井くんのスキルのほうが、大分強いらしい。

「でも、海魔の王《フォルネウス》って普段は海底に潜んでるんじゃないっけ？　だから一番倒すのが大変な魔王だって聞いたけど」

実際、千年前に俺は魔王フォルネウスとは出会っていない。戦わぬままで平和になった。

「ああ、『海魔の王《フォルネウス》』は決して姿を現さない……そう思われてたんだけどある日突然『月の国《ラフィロイグ》』へ魔王軍が侵攻してね。それを魔王フォルネウスが率いていたんだ」

「それを聖女フリアエ殿——今はフリアエ女王でしたな。彼女が『未来視』で予言され、討伐することができたのです！」

「へぇ……」

なるほどねー。そういう話は、是非本人から聞きたかった。

　しかし、当然のようにフリアエさんはこのパーティーには参加していない。

「フリアエさんにいつ会えるかなー」

　思わず呟《つぶや》いた。

「彼女は高月《たかつき》くんに会いたがっていたよ」

「ええ、拙者も月の国《ラフィロイグ》へ商品を売りに行く度にタッキー殿の帰りがまだか聞かれていましたぞ」

　桜井くんやふじやんは、最近もフリアエさんと会う機会があったらしい。

　俺に会いたがっていたそうだ。俺も会いたい。

（フリアエさんが厄災の魔女《ネヴィア》の転生先、って可能性は低そうだな）

　なんせ魔王を倒す手助けまでしているのだ。

　厄災の魔女《ネヴィア》なら、そんなことはしないだろう。その後、三人で歓談していると。

「高月殿！　お身体《からだ》はもう大丈夫なのですね」

「またご一緒に戦えるとは光栄です」

　太陽の騎士団の人たちから囲まれたり。

「お！　高月じゃねーか。怪我はもういいのか？」

「ねぇねぇ、アヤとは今どんな関係なの？　教えてよ」

　あまり親しくなかったクラスメイトに声をかけられたり。

「兄弟!!　会えなくて寂しかったよ！」

友人でマフィアのピーターに痛いくらい抱きつかれたりした。

つかマフィアまで呼んでいたのか、ふじやん。

しばらくは、ひっきりなしに知り合いから声をかけられ続けた。

それも無くなってきた頃。

「マコトー？　ねぇ、このパーティー夜通し続くらしいわよ。帰らない？」

「高月くーん、ちょっと疲れちゃったし三人でどこか抜け出さない？」

気がつくとルーシーとさーさんに挟まれていた。いや、主賓は帰っちゃ駄目だろう。

「大丈夫ですよ、勇者マコト。お疲れでしょうから、先に上がってください」

ソフィア王女から気遣ってもらった。

「いいんですか？」

「ええ、問題ありません」

残っている面々は、政治のコネづくりや商売の話をしたい人たちなんだそうだ。

じゃあ、俺は不要か。お言葉に甘え、俺はふじやんが用意してくれた宿に向かった。


（長い一日だった……）

千年前から戻ったばかりだと言うのに。

でも、みんな元気そうでよかった。フリアエさんだけは直接会えなかったけど、みんなの話を聞く限りでは頑張ってるようだ。

桜井くんは相変わらずの反則級《チート》の強さが健在だった。大魔王《イヴリース》との戦いでも大いに活躍してくれそうだ。それに、この時代は戦力が豊富だ。

白の大賢者様《モモ》をはじめ、各国の勇者や軍隊。ギルド所属の冒険者たち。

そういえばさーさんは、最高位のオリハルコン級だっけ？　ルーシーは聖級魔法使い。

なによりルーシーの母にして、木の国《スプリングローグ》の英雄ロザリーさんも助けてくれるだろう。

片や敵陣営は。

大魔王《イヴリース》を除くと、残る魔王は『古竜の王《アシュタロト》』のみ。

ガハハ、勝ったな。今回は俺の出番はなさそうだ。

そんなことを考えながら、ベッドに倒れ込む。

いっぱい飲まされたせいか、すぐに睡魔に襲われた。

◇

眠りに落ちてすぐに、俺は真っ白な広い空間に立っていることに気づいた。

夢であって夢ではない。

暖かな光に包まれる神秘の異界。
ここにくるのはいつぶりだろう。懐かしい。感傷に浸っていると

「マコト、よく帰ってきたわね」

身体が震えた。
耳に届くその御声《おこえ》は美しい楽器のようで。
花のような香りを感じた。
初めてお会いした時に感じた神々しい気配。
それがさらに高まり目眩《めまい》を覚える。
肌が粟立《あわだ》ち、言葉に詰まった。
『明鏡止水』スキルを用いてなお、胸の高鳴りが抑えられない。
「神託《つとめ》を果たし、戻って参りました――ノア様」
気がつけば、その御姿を見るより前に跪《ひざまず》いていた。あぁ、俺は戻ってこれたんだ……。
そう、やっとノア様の前に。
歓喜で胸が熱くなっていると――「ジャラ」という奇妙な音がした。
頭を上げる。

そして、俺は女神様《ノア》を直視《み》た。

（ん？）

そこには——両手の指に派手な宝石の指輪をはめ、幾重にもネックレスをしたノア様が立っていた。服にいっぱい宝石がついている。

クリスマスツリーのイルミネーションみたいに見えた。

なんだろう、ノア様の美しさは以前よりもさらに磨きがかかっているのだが、全身を覆う品のないアクセサリーのせいでかえって残念になってしまっているような……。

「……え？　信者の子たちが女神《わたし》に捧《ささ》げてくれたんだけど……変かしら？」

ノア様がぽりぽりと頬を掻《か》いた。若干、気まずそうだ。

あー、信者が増えたから貢物をいっぱい貰《もら》えたってことかな。

「…………………い、いえ」

全然似合ってねー！　という言葉を飲み込む。

『明鏡止水』スキルで表情には出さず、心の中でため息を吐《つ》く。

——ノア様が成金女神みたいになってしまった。

三章　高月マコトは、女神様と再会する

「よく帰ってきたわね、マコト」

神々しい光を放ち、慈愛に満ちた笑みを向ける女神《ノア》様。

「お久しぶりです、ノア様」

俺は静かに頭を下げる。そしてちらりと、ノア様のご尊顔を見上げる。

多彩に輝く沢山の宝石が、ノア様の衣服を装飾している。

というか着け過ぎだ。ジャラジャラと、貴金属がぶつかり合う音がしている。

（うーん……、成金女神様みたいだなぁ）

「マコト、聞こえてるんですけど？」

ノア様がジト目で告げる。当然のように心中は読まれている。なら口に出しても同じだ。

「ノア様の美しさの前には、そんな宝石は不要ですよ」

「ふぅん、あらそう？　良いことを言うわね」

俺の言葉に満更でもない表情を浮かべるノア様。

「はい、あげるわ。マコト」

ノア様がパチンと指を鳴らす。

「うわっ！」

バラバラと何かが大量に降ってきた。って、これって宝石やアクセサリー？

目の前のノア様がいつも通りの姿になっていた。俺の周囲には、大量の宝石が山積みになっている。え？　これ全部くれるの？

「あの……、こちらはノア様が信者に貰ったものなんですよね？　いいんですか？」

「いいの、いいの。だって『使徒』って女神《わたし》の代行者だもの。女神《わたし》に捧げたモノは、使徒のモノだし、使徒の言葉は女神《わたし》の言葉よ」

「使徒ってそんな強権なんですか⁉」

ずっとたった一人の信者だったので、意識したことなかった。

「そ。例えば女神《わたし》ノアの信者の女の子に『今夜、俺の部屋に来いよ』って命じたら、言うことを聞いてくれるわよ。何でもしてくれるし。試してみる？」

「試しませんよ！」

恐ろしい。そして、そんなことしたらルーシーやさーさんに殺される。

「ま、とにかく」

ずいっとノア様の美しい顔が迫る。

「よく無事に戻ってきたわ。私に沢山の信者ができたし、全部マコトのおかげよ！」

「は、はい。喜んでいただけて何よりです」

三年ぶりの会話ということもあり少々緊張する。

「それにしても目が覚めてすぐなのに、随分と連れ回されてたわね」

「みんな久しぶりでしたからね。疲れましたけど、楽しかったですよ」

「お疲れ様。でもマコトは、もっと身体を労《いたわ》りなさい」

女神様の口調は優しく慈愛に満ちている。

その声を聞いていると、久しぶりに会話する緊張感が溶けていった。

「ところで俺は……『使徒』に……。ノア様の信者に戻れたんですか？」

俺が尋ねると、ノア様がきょとんとした顔をした。そしてすぐ破顔する。

「あははは！　心配性ね、マコトってば」

そう言いながら一枚の紙を差し出してきた。

俺の『魂書《ソウルブック》』だ。いつの間に。

記載内容を見ると――『女神ノアの使徒』と書かれてあった。

ほっと息を吐く。どうやら俺はノア様の信者に戻れたらしい。

もっとも以前のようなたった一人の信者ではなく、多くの信者のうち一人ではあるが。

その時、昨日のソフィア王女の言葉が蘇《よみがえ》った。

「そういえばノア様は、勇者や巫女《みこ》を選ばないんですか？」

今やノア様は女神教会における八番目の女神様。

西の大陸における正式な信仰女神様だ。ならば信者たちを取りまとめる『巫女』や、信者を害する敵から護《まも》る『勇者』が必要なはずだ。

「んー、ま、そのうちにね」

ノア様の口調は興味なさげだった。

「いいんですか？　これから大魔王《イヴリース》との最後の戦いですよ。そこでノア様の選んだ勇者が活躍すれば……」

「いいのよ、だって私にはマコトがいるもの」

「……」

断言された。そこまで信頼されると、少々照れる。

「俺は水の国《ローゼス》の国家認定勇者に戻っても大丈夫ですか？　信者を増やす必要があるなら俺ができる限りのことはしますが……」

勇者や巫女は、女神信仰における広告塔だ。それが不在なら、使徒である俺が頑張らないといけない。

「私チマチマしたのって嫌いなの。そんな細かいことは気にしなくていいわ。好きにしなさい」

「はい」

懐かしい。これがノア様だ。何でも自由にやれと。

「それより」

ノア様の口調が少しだけ真剣味を帯びる。

「大魔王《イヴリース》のことばかりに気を取られてちゃ駄目よ？こっちの時代じゃ人族側も一枚岩じゃないんだから」

「……どういうことですか？」

ノア様の言葉がピンとこない。俺たちはこれから七ヶ国連合軍で大魔王《イヴリース》に挑むはずだ。

なのに、一枚岩じゃない？

俺の心の声に反応してか、ノア様が意味ありげな笑みを浮かべた。

「人の欲ってきりがないわ……」

「欲？」

「彼らはね、誰が……どこの国が大魔王《イヴリース》討伐で最も貢献したか、それによって西の大陸の次の盟主が決まると思っているの」

「西の大陸の長《ちょう》は太陽の国《ハイランド》でしょう？」

「その体制が変わり始めているのよね～」

ノア様が説明をしてくれた。太陽の国《ハイランド》の地位が落ちている要因は三つ。

一つは言うまでもなく、古竜の王《アシュタロト》に敗北を喫したこと。

二つ目は、ノエル女王が『奴隷制度』や『身分差別制度』を廃止したからだそうだ。

ノエル女王は、身分制度に反対の立場をとってきた。女王へ即位したことで、その方針を打ち出した。しかし、貴族や教会関係者からは根強い反対に遭っており、太陽の国《ハイランド》の国内は安定していないんだとか。

「そして、三つ目は他国の台頭ね」

三本目の指を立てたノア様が語る。

「他国……火の国《グレイトキース》ですか？」

西の大陸における二番目の大国にして軍事国家。俺の知っている火の国《グレイトキース》からさらに強化されたのだろうか？　が、俺の予想は外れたようでノア様がニヤリとする。

「ぶぶー、ハズレです。正解は月の国と水の国よ」

「…………え？」

そこだけはないだろうという二国の名前が挙がった。

月の国《ラフィロイグ》は、再興から一年しか経《た》っていない。

水の国《ローゼス》の弱小っぷりは、俺だってよく知っている。

「月の国《ラフィロイグ》は何といっても、フリアエちゃんの頑張りね。あとは、今まで正体を隠していた西の大陸中の魔人族が集結しているの」

正式に月の国《ラフィロイグ》が国として認められ、大量の民が集まったらしい。

それが一大勢力として急拡大しているんだとか。

「しかも、直近で『海魔の王《フォルネウス》』を光の勇者くんと聖女フリアエちゃんが協力して倒したことも大きいわ。かなり発言権が高まっている」

「へぇ……」

そういえば海魔の王《フォルネウス》は、月の国《ラフィロイグ》を襲撃したって言ってたっけ？

それを見事に撃退したなら、地位が上がるのは理解できる。

「でも水の国《ローゼス》は……？　土地は狭い、軍は弱い、資源も少ない国ですよ？」

ついでに言うと水の女神様《エイル》は、戦嫌いの女神様だ。

「まず木の国《スプリングローグ》が、水の国《ローゼス》の方針に従うという発表をしたわ。理由は……マコトに関係することなんだけど、わかるわよね？」

俺が関わる、といえば。

「不死の王《ビフロンス》の件ですかね……？」

かつて魔の森で、不死の王《ビフロンス》の復活を阻止したのは俺だった。

しかし、それだけで？

「魔の森が無くなったというのも大きなポイントだったみたい。恩を感じた木の国《スプリングローグ》の長老連中は、水の国《ローゼス》の国家認定勇者に報いたいみたいね」

「………」

知らぬ間に大事《おおごと》になっていた。

「ちなみに火の国《グレイトキース》の立場は今や少し微妙ね。これも理由はマコトに関わることだけど」

「何かありましたっけ？」

火の国《グレイトキース》で彗星《すいせい》の落下を防いだが、表向きは俺の名前は出てないはずだ。

「火の国《グレイトキース》の武闘大会で大暴れしたアヤちゃんが、国家認定勇者を更新せずに水の国《ローゼス》の冒険者に戻っちゃったのよねー」

「さーさん、勇者辞めちゃったのか……」

そう言えば勇者活動をしているという話はしてなかった。

オリハルコン級の冒険者としては、忙しく活動しているようだったけど。

「火の国《グレイトキース》最強の戦士が、水の国《ローゼス》に流れちゃったってことで火の国《グレイトキース》の面子《メンツ》は丸つぶれってわけ」

「怖いですね」

また恨みを買ってないかなぁ。

「そこは問題ないみたいよ。火の国《グレイトキース》の将軍は貴方《あなた》に心酔してるし」

「……そうなんですか？」

火の国《グレイトキース》軍のトップ、タリスカー将軍。確か、昨日のパーティーに参加していた。

俺に会うために全予定をキャンセルした、と言っていたけど冗談じゃなかったようだ。

千年前のことを根掘り葉掘り聞かれたが、少なくとも敵意は持たれてなかった。

まさかそんなに好感度が上がっているとは。

「モテモテねー。私も鼻が高いわ」

ノア様が冷やかす。ちょい、照れる。それにしても千年後の西の大陸の情勢がわかってきた。その後、俺とノア様は色々なことを話した。

久しぶりの会話だ。話題は尽きない。

千年前の不安だった話。黒騎士の魔王カインの話。

一緒に、海底神殿攻略をした話。魔王や大魔王《イヴリース》との戦いの話。

ノア様はずっとニコニコしながら聞いている。

その時、ふと思い出した。

「そういえば」

「どうしたの？　マコト」

俺はノア様に尋ねた。

「厄災の魔女《ネヴィア》が現代に転生しているらしいんですが、誰なのかわかります？」

「んー」

俺の問にノア様は、少し考え込むように指を頬に当てて、小首をかしげた。

イラ様は、わからないと言っていた。

でも、ノア様ならもしかしたら……。

「わからないわ」

「そうですか……」

仕方ない。コツコツ探すしかないか。本当に俺と今まで会ったことのある人物の中にいるんだろうか？　もしかしたら、その言葉が罠《わな》で全然知らない人物の可能性だってある。

頭を悩ませていると——周りの景色が歪《ゆが》み始めた。そろそろ目を覚ます時間だ。

「あぁ、そうそう」

ノア様が世間話のような口調で言った。

「……もしも世界中がマコトの敵になっても、私だけはあなたの味方よ？」

「…………え？」

唐突だった。そしておかしな言葉だった。もともと邪神として扱われ信者がゼロだった女神様を信仰したのは俺だ。それが今やノア様はこの大陸における女神教会の正式な女神様だ。ノア様を信仰する信者は大勢いる。

それにルーシーやさーさん、ソフィア王女、大賢者様みたいに頼れる仲間もいる。

誰も味方が居なくなるなんてあるんだろうか？

「……どういう意味です？」

「ふふっ」

俺が返答に困っていると、ノア様は薄く……微笑《ほほえ》んだ。

「要は困ったことがあれば私に相談しなさいってこと。私のことは信じてるんでしょう？」

「勿論《もちろん》ですよ」

それは即答できる。

ここまで来られたのは、女神様の導きと、賜った『精霊使い』スキルのおかげだ。

「マコトが本当に困った時は、必ず私を頼りなさい。他の誰でもなくマコトを導けるのは私だけよ？　運命の女神《イラ》より私のほうが頼りになるんだからね！」

そう言い残してノア様の姿は消えた。返事を言う暇はなかった。

視界が真っ白になり、俺は目が覚めようとしているのだと気づいた。

最後の言葉は何だっけ？　イラ様より、ノア様のほうが頼りになる？

(信仰心が足りなかったのだろうか……？)

だとしたら、ノア様への祈りの時間を増やさないと。

俺はノア様一筋なんだけどなぁ。にしても、妙な言葉だった。

(——世界中が敵になっても、か)

ノア様のその言葉だけ、やけに頭に残ったまま俺は目を覚ました。

◇

目を覚ますと、枕元に大量の宝石が山積みされていた。

本当にくれたらしい。しかし、それよりも違和感があった。

「うーん……マコトさまぁ」

身体《からだ》に重みを感じる。誰かが俺の上に乗っている。

白い髪にぱちっとした赤い目。その姿を見間違えるはずもなく。

「……大賢者様《モモ》。何してるんだ？」

「おはようございます、マコト様」

にへらぁ、と笑う顔にはかつての威厳は微塵《みじん》もない。どうやら寝室に忍び込んできたらしい。空間転移《テレポート》のできるモモなら余裕だろう。

朝起きるとモモがベッドに潜り込んでいるというのは、千年前でも散々あった光景だ。

特に気にすること無く、顔でも洗うかとベッドの端に手を置くと
――ふにゅ、
という感触があった。

「ん？」

「ま、マコト？」

見ると右手の下にはルーシーの胸が収まっていた。少し頬を赤らめ何とも言えない表情をしている。ルーシーもベッドに潜り込んでいたらしい。

俺の手が添えられた胸と、そして俺の上に乗っているモモを見比べている。どっちからツッコむべきか、迷っているようだ。結果、ルーシーはモモのほうを向く。

「何で大賢者先生がここに？」

「むぅ、赤毛の魔法使い。おまえもか」

ルーシーとモモが、何とも言えない表情で見つめ合っている。とりあえずベッド上の人口密度が高すぎる。三人も乗れるベッドではない。

「とりあえず二人とも降り……」

「おはようー、高月《たかつき》くん。朝ごはんでき……ちょっとぉ！　何してるの!?　るーちゃん！　それに大賢者さんまで！」

エプロン姿のさーさんが、部屋に入ってきた。そしてさーさんが二人をベッドから引きずり下ろした。ああ、こんな光景も久しぶりだ。その後、みんなで朝食をとっていると、太陽の騎士団の人たちが大賢者様《モモ》を迎えに来た。

どうやら大事な会議をすっぽかしてきたらしい。

「大賢者様！　王城にお戻りください！」

「嫌じゃ！　我はここに残る！」

「いけません！　ノエル女王陛下より必ず大賢者様に参加していただくよう命じられております！」

「嫌じゃー!!」

暴れるモモは屈強な騎士団の人たちに抱えられ連れ去られてしまった。

本気を出せば空間転移《テレポート》でどうとでも逃げられるはずなので、一応仕事をする気はあるのだろう。折角来てもらったのにあまり話できなかったな。

モモの所にはあとで、顔を出しておこう。

「……ねぇ、大賢者先生って何でマコトにあんなにご執心なの？」

「……高月くん、大賢者さんと何かあった？」

「千年前に少し……一緒に戦ったりとかしたくらいかな」

「本当〜？」

「少しって感じじゃなかったよ？」

ルーシーとさーさんに疑わしそうな目を向けられる。実際は一〇〇三年の付き合いです。

そのうち一〇〇〇年は寝てたけど。二人の追及をのらりくらりかわしながら、朝食を終えた。

食後のお茶を飲んでいると、ルーシーが話しかけてきた。

「ね、マコト。今日は予定ある？」

「いや、ないよ」

「じゃあ、ふーちゃんの所に行こう！」

さーさんが、そんなことを言い出した。フリアエさんの所か。

会えるものなら、挨拶をしたいけど。

「難しいんじゃないか？　昨日追い返されたばっかりだろ？　それに今の姫は女王様だし」

フリアエさんの側近の男の顔を思い出した。もう一回行っても無駄だろう。

「大丈夫よ。フーリと会うなんて方法はいくらでもあるわ！」

「そうそう、ふーちゃんとは仲良しだもんねー」

「ねー」

ルーシーとさーさんには、計画があるようだった。俺は二人の説明を聞いた。

「つまりね、十日に一回は九区街の公園でフーリと一緒に運動《トレーニング》をしてるの」

「ふーちゃんって女王様になっちゃって一日中、座りっぱなしなんだって」

「このままじゃ、太っちゃうわ！って私たちに声をかけてきたの」

「運動するの一人だと寂しいんだって」

「それにあの子友だち少ないし」

「護衛の人はいるけど、顔見知りだから大丈夫」

「今から待ち合わせ時間だから行くよー」

ということだった。

「なるほど」

思ったよりカジュアルな作戦だ。

というか、フリアエさんが仕事で忙しいOLみたいになってる。

「じゃあ九区街への道順は……」

俺が街中で手に入れた地図を見ようとしたら。

「何言ってるのよ、マコト。私の空間転移《テレポート》で一発でしょ」

「いや、別の区街に行くには検問が必要なんじゃ……」

「バレなきゃ平気よ、行くわよー」

紅蓮の魔女《ロザリー》さんのようなことを言ってルーシーが俺の腕をとる。

さーさんは慣れた様子で、既にルーシーと手を繋《つな》いでいる。

「れっつごー☆　るーちゃん！」

「おっけー、アヤ！　テレポート!!」

次の瞬間、目の前の景色がぼやけ、真っ白になった。

◇

景色が変わった。緑が多い。が、森にしては整備されている。

何より街の中だ。ここが件《くだん》の公園だろうか？　そして気づいた。

「ルーシー？　さーさん？」

二人の姿が見えない。あれ？

（ルーシーちゃんのテレポートの精度、まだ低いから。マコトだけ着地場所の座標がずれちゃったみたいね）

ノア様が教えてくれた。

ルーシーが空間転移《テレポート》をミスったのか……。昔から魔法の精度は大雑把だからなぁ。

（それより、マコト。後ろを見なさい）

……後ろですか？　ノア様に言われ振り返る。


「……え？」


懐かしい声、懐かしい顔だ。

腰まで届く長い黒髪。紫がかった黒水晶のような瞳。

雪のように白い肌。自称『地上で最も美しい』と言うのも頷《うなず》ける美貌。

再興した月の国《ラフィロイグ》の女王――フリアエ・ナイア・ラフィロイグ。

彼女は目を丸くしてこちらを見ていた。

「………………あ……わたしのきし？」

真っ昼間に幽霊にでも出会ったような顔をしているフリアエさん。三年ぶりだ。

相も変わらず美しいが、今は大口を開けて少し間の抜けた表情をしている。

「や、久しぶり」

俺が片手を上げて挨拶をするとフリアエさんは「はっ！」という表情になった。そして、
一瞬目をキョロキョロとさせたあと。……スン、と無表情に変わった。

「姫？」

「……誰に口を利いているのかしら？」

ツン、と顔を背けてフリアエさんは冷たく言い放った。

あれ？　何か思ってたのと違う。

（あらあら、月の国《ラフィロイグ》の女王になったフリアエちゃんはマコトに冷たくなっちゃったわねー）

からかうようなノア様の言葉が聞こえる。

この態度はそういうことなのだろうか？

（今のフリアエちゃんは一国の指導者よ？　平民のマコトとは立場が違いすぎるわ）

（そっか……、そんなもんですかね）

かつての旅の仲間だが、彼女は女王様。比べて俺は元勇者の平民だ。

お互いの間には、大きな隔たりがある。仕方のないことかもしれない。

「元気そうでよかったよ、それじゃあ」

目的であるフリアエさんとの再会の挨拶は果たせた。

一抹の寂しさを感じつつ、これ以上の長居は止《や》めておこうと思った。

俺は後ろを向きこの場を去ることにした。空間転移《テレポート》で飛ばされたせいで、現在地がわからないがとりあえず宿を目指そう。そんな風に考えていた時。

「あ……違っ、待っ……」

後ろから声が聞こえた。振り返ると、こちらに手を伸ばすフリアエさんと目が合った。

待てと言われた気がしたので、足を止める。

「…………？」「…………」

そのまま見つめ合う。次の言葉を待ったが出てこない。静かな時間が続いた。

「な、何をジロジロ見てくるのかしら！　いやらしい！」

自分の身体を両手で隠すような仕草をするフリアエさん。……何だ、この女。

対応に困っていた時、ふっと目の前に影ができた。それが何かを判別するより先に。

「わー！　どいてマコト！」

「あ、ふーちゃんだー！」

という騒がしい声が頭上から聞こえ

「ぐえ」

という声と共に俺は二人の下敷きになった。

「……おい、ルーシー」

「ご、ごめん、マコト！」

口に入った砂を吐き出しつつ、俺は恨めしい目をルーシーに向ける。

どうやら空間転移《テレポート》でやってきたらしい。俺の真上に。

「フリアエ様！　ご無事ですか!?」

「貴様ら！　どこからやってきた！」

「曲者《くせもの》だ！　捕らえろ！」

大声で騒いでいたからだろう。わらわらと沢山の護衛らしき人たちがやってきた。

よく見ると先日のハヴェルとかいう、フリアエさんの側近の男もいる。

「何をしている！　賊を叩《たた》きのめせ！」

「はっ！　お任せを……ってあれは……ルーシー様とアヤ様？」

「……ルーシー様とアヤ様を……俺たちが叩きのめす？」

「無理無理」「逆に叩きのめされるわ」「違いない」

どうやらフリアエさんの護衛の魔法使いらしいが、相手がルーシーとさーさんだと知って及び腰になっている。

「高月《たかつき》マコト！　まさか護衛の目をかいくぐってフリアエ様に近づくとは。本来ならば厳罰に処する所だが、今回だけは見逃してやる！　さっさと去るが良い！」

側近のハヴェルが高圧的に言い放つ。とっとと出ていけということらしい。

（……仮にも月の国《ラフィロイグ》の女王陛下に、無断で接近したのに追い払うだけでいいのだろうか？）

やや違和感が残ったが、うだうだ言って「やっぱり逮捕だ！」とか言われても困る。

「失礼しました。すみやかに去ります」と言おうとした所、納得してない人物がいた。

ルーシーとさーさんだ。

「ちょっと！　フーリ！　マコトが会いに来たのよ!?」

「そーだよ、あんなに会いたがってたでしょ！」

「……」

二人の言葉に、フリアエさんは無言だった。

「待て！　フリアエ様は今お疲れで……」

「うっさいわね、ハヴェル！　火弾《ファイアボール》くらわせるわよ！」

「ぶっ飛ばしちゃうよ？　ハヴェルくん？」

「…………ご勘弁を」

止めに入ったハヴェルくんは、ルーシーの剣幕とさーさんの威圧にすごすご引き下がった。彼は本当に月の国《ラフィロイグ》の重鎮なんだろうか？

「フーリ！　どうして何も言わないのよ！」

「どうしちゃったの？　ふーちゃん！」

　それでもフリアエさんは無言だ。

「これ以上は迷惑になるから帰ろう」

　俺はごねる二人を引っ張っていくことにした。

　それを見てハヴェルがホッとした表情になった。

「そうだ。我々は第三次北征計画についてやらねばならないことが山ほどある。引退した勇者に構っている余裕などない！　さっさと水の国《ローゼス》へ帰り温泉にでもゆったり浸《つ》かっているがいい、元勇者よ！」

　嫌みな口調のわりに、優しい言葉をかけられた。そしてハヴェルの言葉で気になる単語があった。第三次北征計画、か……。詳細をソフィア王女か桜井《さくらい》くんあたりに聞いておこう。

「ふん！　すぐにマコトは国家認定勇者に復帰するわ！」

「そうだよ、そうしたら高月くんは水の国《ローゼス》の勇者だから北征計画の関係者だもんね！」

　ルーシーとさーさんの言葉に反応したのは、さっきまで無言を貫いていたフリアエさんだった。

「何ですって！」

さっきの澄ました顔がかき消え、驚愕《きょうがく》の表情でこちらを向く。目が合った。

「姫？」

「ち、違うわ！」

また「はっ！」とした後、ぷいっと俺に背を向ける。何か小声でぼそぼそと話している。

ハヴェルが俺のほうに目を向ける。

「……高月マコト。……国定勇者に復帰するのか？」

さっきまでの高圧的な態度が急に丸くなったハヴェルに質問された。

別に答える義理はない。うーん、どうしたものかと迷っていると。

「そうよ！　ソフィア王女が手続き中よ！」

「高月くんは大魔王《イヴリース》と戦う気満々だからねー」

俺の代わりにルーシーとさーさんが答えるので任せることにした。

その返事にハヴェルはさして反応を示さなかった。

しかし、後ろを向いたままのフリアエさんはぷるぷる震えている。

「だそうです、フリアエ様」

「………………」

ハヴェルがフリアエさんに話しかけている。フリアエさんの声は小さくて聞こえない。

「高月マコト。貴様は木の国《スプリングローグ》での魔王討伐や、獣の王《ザガン》を倒す際の光の勇者の補佐。さらには、太陽の女神《アルテナ》の神託まで果たしている。十分な戦果を上げた水の国《ローゼス》の英雄だ。これ以上戦う必要はないだろう。なぜさらに戦いを求める？」

ハヴェルから随分と長文で質問された。

「何でと言われても……」

そこに魔王がいるから――、とか言うとバカかと呆《あき》れられるのでコメントを控えた。

「そこに魔王がいるから高月くんは行くんだよ！」

やめて、さーさん。俺がバカだと思われる。

ルーシーが「やっぱりね」という目をしている。

「だそうです、フリアエ様」

「…………っ、の……バカ！」

ハヴェルの声は淡々としていて、フリアエさんはわなわな肩を震わせている。

というかハヴェルくんも一々伝言ゲームするの大変だな。

「もうご自分で直接お話しされてはいかがですか？」

俺が思ったのと同じことをハヴェルが言った。その時、フリアエさんが「ばっ！」とこちらへ振り向いた。長い髪が大きく弧を描く。

「高月マコト！」

びしっと、俺が指さされた。

「は、はい」

まっすぐな目で睨《にら》まれ、思わず背筋を伸ばす。

「勇者復帰なんて絶対に認めないんだから！　月の国《ラフイロイグ》の女王の名にかけて、あなたの勇者復帰を邪魔してやるわ！」

「は？」意味がわからん。

「フリアエ様、他国の人事に口を出すのは越権ですよ」

「うるさいわね！　帰るわよ、ハヴェル！」

そう言ってフリアエさんは、早足で行ってしまった。

何だったんだ一体……。

わけがわからない俺やルーシー、さーさんは顔を見合わせた。

「すまぬ、高月マコト殿。ルーシー様、アヤ様、申し訳ありませんでした」

当初の横柄な態度は何だったのか、というほどハヴェルくんが頭を下げて謝罪してきた。

そして、フリアエさんの後を追って去っていった。

よくわからないまま、俺たちは宿に帰った。帰りの足は、ルーシーの空間転移《テレポート》だ。

さっきのフリアエさんの謎の態度についてパーティー内で話し合おうとしていた時。

「紅蓮《ぐれん》の牙のお二人へ、冒険者ギルドからの緊急依頼です!!」

突然窓から真っ赤な羽の鳥が飛び込んできた。

魔法で造られた鳥らしく、流暢《りゅうちょう》な人語を発している。足には小さな紙が結んであった。

それをさーさんが慣れた手付きで外し、内容を読んでいる。

「またぁ？　私パス」

「駄目だってるーちゃん。水の国《ローゼス》の村が飛竜《ワイバーン》の群れに襲われてるらしいよ」

「あー、もう！　行かなきゃ駄目なやつじゃない！　アヤ、夕飯までに終わらせるわよ！」

「おーけー、るーちゃん！　高月くん、ちょっと待っててね」

そう言って慌ただしく二人は空間転移《テレポート》で行ってしまった。

（俺も連れて行って欲しかった……）

二人に聞いてみたのだが、ルーシーはまだ三人の空間転移《テレポート》に慣れていないらしい。

そのせいでさっきもフリアエさんの近くに誤転移されてしまった。

今回は人命救助ということで遅刻は許されない。というわけで俺は留守番だ。

ぽつんと部屋に取り残される。大賢者様《モモ》にでも会いに行くか？

でも大賢者様の屋敷は、ハイランド城の敷地内にある。

ハイランド城は一人じゃ入れないんだよなぁ。俺ってもう勇者じゃないし。

……コンコン。ドアがノックされる。

「どうぞ」

と返事をすると、

「あら、お一人ですか？」

珍しそうにソフィア王女が入ってきた。

「今日の仕事は終わりですか？」

「いえ、まだ仕事は残っていますが貴方《あなた》の顔を見に来ました」

「…………休んでます？」

この姫様は、働きすぎなんだよなぁ。

「大丈夫ですよ、私よりもっと大変な方もいますから……。というわけで、ノエル様との謁見が決まりました。明日、時間を取ってくださるそうです」

「急ですね」

数日はかかると思っていた。

「ノエル様は、早くお礼を言いたいそうです。勇者マコトにたった一人で千年前に渡るという無理強いをしたのは太陽の女神様《アルテナ》だという、負い目を感じておられるのでしょう。無理に時間を作ってくださいました」

「無事に戻ってこられたから、別にいいんですけどね」

俺が言うとソフィア王女はくすりと笑った。

「そう言うと思いました。ですが、ノエル様は気がすまないようです」

「そうですか」

真面目なことだ。流石《さすが》はアンナさんの子孫。

それからいくつかの情報交換をした。第三次北征計画は、近々実行されるらしい。

が、計画の主導をどこが握るかで揉《も》めているとか。特に太陽の国《ハイランド》と月の国《ラフイロイグ》の仲が悪い。

太陽の国《ハイランド》が過去に魔人族を差別していたことを考えると当然だろう。

おかげで計画がまとまらないんだとか。

「大魔王《イヴリース》を倒した国こそが次の大陸の覇者だと言われています。それだけならよいのですが、西の大陸の覇権を争って戦争が起きると噂《うわさ》する者までいます……。ノエル様やフリアエが戦争などするはずがないのですが……」

ソフィア王女が憂鬱そうに呟《つぶや》いた。そんな噂まであるのか。

これは気苦労が多そうだ。俺はフリアエさんに会ってきた話をした。

ルーシーの空間転移《テレポート》が誤転送したことを言うと、流石に呆れられた。

ちなみに、フリアエさんはソフィア王女に頭が上がらないらしい。

国を立ち上げる時に最も支援したのが水の国《ローゼス》だからだ。俺に対してフリアエさんが冷たい理由は、ソフィア王女も思い当たらないらしく首を傾《かし》げていた。

「それではまた明日に」

しばらく会話をした後、ソフィア王女は部屋を出ていった。

慌ただしいことだ。再び一人になった。ぼんやりと天井を眺めていると、気になるのはフリアエさんのあの態度だった。俺を勇者に復帰させたくないらしい。

「何考えてるんかねー……、あのお姫様は」

俺は誰も居ない部屋で呟き、ゴロンとベッドに寝転がった。

これは独り言であり、返事を期待したものではない。

だからその問いかけは宙へと消えゆくはずで……


「答えよう、吾輩《わがはい》の主様《あるじ》」


よく通る低い声が返ってきた。

「っ!?」

ベッドから跳ね起き、慌てて周りを警戒する。が、それらしき人影はない。

「誰だ……?」

短剣を構え、短く尋ねる。

「なにゆえそのように緊張をされておる、主様《あるじ》」

「…………ん？」

よく聞くとその声は足元からだった。

俺の影――の中に小さな二つの目が光っている。そして、影の中からにょろりと黒い生き物が飛び出してきた。それは見覚えのある黒猫だった。

「おまえ……ツイか？」

かつて水の街《マッカレン》で俺の使い魔になった魔猫。

しかし、俺よりフリアエさんに懐いていた黒猫だ。

「いかにも、まさか忘れられているとは……寂しいものだ」

「…………」

大きくため息を吐《つ》き、毛づくろいをする黒猫。俺は言葉が出ない。

「どうしたのだ、主様《あるじ》？　ところで腹が減ったので、魚を所望するのだが」

「何で普通に喋《しゃべ》ってるんだよ!!」

たまらずツッコんだ。

どうやら千年前から現代に戻ってきて、最も変わってしまったのは黒猫《こいつ》だったらしい。

四章　高月マコトは、軍議に参加する

「ほう……これは中々の良い生ハムだ」

パクパクと黒猫《ツイ》がハムを食っている。

宿のルームサービスだ。生憎《あいにく》と魚は無かった。

「塩辛くないか？」

ツイの小さな身体《からだ》で、人間用のつまみは塩分濃度が高くないだろうか。

まぁ、魔獣だし大丈夫だと思うけど。

「あぁ、美味《うま》かった。吾輩は満腹だ」

俺の質問には答えず、ポンポンと腹を擦《さす》っている。

その仕草は可愛《かわい》いのだが、口調が中年男性《ダンディー》なため違和感が凄《すさ》まじい。

「で？　おまえは何で喋ってるんだよ？」

「まぁそれはどうでもよいではないか、我が主様《あるじ》」

「よくねーよ。はよ説明しろ」

「主様は細かいことを気にされる……。吾輩が人語を操れるようになったのは月の姫様のおかげでして……」

黒猫が語るにはこうだ。

俺が千年前に旅立ったあと、黒猫《ツイ》の世話はフリアエさんがしてくれたらしい。

聖女となったフリアエさんは、新たな『スキル』を身につけた。

彼女のスキルは『潜在能力を引き出す』というもの。

通称『聖女の奇跡』とも呼ばれているとか。

「で、姫のスキルによって黒猫《おまえ》は喋れるようになったと？」

「歳《とし》を重ねた魔獣は人語を操る。本来であれば十数年はかかるところを、月の姫様によって短縮してもらえたというわけだ。便利なものだ」

毛づくろいをしながら答える黒猫。しかし、相手の潜在能力を引き出すスキル、か。

たった一年で他の六国に張り合えるほどの国力をつけたという月の国《ラフィロイグ》。

その裏にフリアエさんの新スキルの存在があったらしい。

今の月の国《ラフィロイグ》は、有能な人材で溢《あふ》れかえっているんだとか。

「こうなると俺は、守護騎士からお役御免か……」

月の巫女《みこ》の守護騎士の仕事は無さそうだ。そんなことを考えていると。

「そうだ、主様。その話をしにきたのであった」

黒猫が、しゅたっとジャンプし、俺の肩に乗った。

その重さは羽のように軽い。

「月の姫様は今日のことを大層悔いておる。本当は主様に会って昇天しそうなほど喜んでいたところを必死に抑えていたというのに、主様が誤解したままではあまりに憐《あわ》れというもの」

「……そうは見えなかったぞ。そもそも何であんなに冷たかったんだよ？」

納得いく説明をしてもらおうじゃないか、と黒猫に迫る俺。

「決まっている。月の姫様はこれ以上主様に戦って欲しくないのだ」

「じゃあ、そー言えばいいだろ？」

わざわざ冷たくする必要があるんだろうか？

「それが素直にできぬのがツンデレな月の姫様の厄介な所よ。仕方なく主様が勇者に戻るのを邪魔しようとしているのだ。勇者でなければ魔王と戦う使命はないからな」

「なんでわざわざそんな面倒なことを……」

本当だろうか？　単に女王になって偉くなったから昔のツレと疎遠になっただけでは？

何より猫の言うことが、どこまであてになるかわからん。

「はぁ～、これだから鈍感な主様は」

（はぁ～、これだからマコトは）

黒猫とノア様の声がかぶった。なんすか、ノア様。

というか、さっきは俺とフリアエさんの立場が違う、とか言ってませんでした？

（そんなのフリアエちゃんの態度を見ればわかるでしょ～？）

「空気の読めぬ主様だ……」

ノア様だけでなく、使い魔にまで呆《あき》れられてしまった。

え、俺って猫より空気読めないの？

「ふふっ。そんな主様のために吾輩が一肌脱ごう。この影魔法・影渡りでな！」

「お？」

空中に沢山の魔法陣が浮かび上がる。こんな複雑な魔法を黒猫が⁉

――目の前の空中に真っ黒な直径二メートルほどの穴が現れた。

「ほれ、行こう主様」

「お、おいツイ」

黒猫は振り返りもせずに、ひょいっと黒い穴に入っていった。

ツイの小さな身体が、暗闇に吸い込まれる。

（影魔法・影渡りって確か上級魔法だよな……？）

影から影へ移動する空間転移《テレポート》と似た魔法。空間転移《テレポート》と異なり、目印付け《マーキング》をした場所にしか移動はできない。それでもかなり便利な魔法だ。

黒猫のやつ、そんな魔法まで……。人語を扱うだけじゃ無かったのか。

実はとてつもなく優秀な使い魔だった？

（ところでこれはどこに繋《つな》がってるんだ？）

肝心なことを言わずに行ってしまった。俺は目の前の漆黒の丸い穴を見つめる。

（危険は無さそうよ？）

ノア様の声が響く。まぁ、ツイの魔法で危険な場所には連れて行かないと思うが。

よし、入ってみるか。俺はおそるおそる宙に浮かぶ黒い穴に飛び込んだ。

視界が真っ暗なのは一瞬だった。

（……ん？）

すぐに俺はそこが誰かの部屋の一角だと気づいた。最初に目に飛び込んだのは淡いピンク色。絨毯《じゅうたん》やカーテンは可愛らしい花柄のもので、ここの部屋の主の好みなのだろう。

少し運命の女神様《イラ》のいた空間に似てるかもしれない。

勿論《もちろん》、あそこまで広くはないが。

「…………えぇ？」

自分の口から間抜けな声が出た。目に留まったのは、部屋に掛けてある大きな絵——肖像画だった。問題は、肖像画に描かれていた人物。

その肖像画に描かれているのは——俺だった。

部屋を見渡す。沢山の絵が掛かっている。

全て俺だ。というか、よく見ると絵が精巧過ぎる。

もはや写真の域だ。

「なぁ、ツイ……。この絵だけど……」

「おや主様、これは『写真』というものらしいですぞ。フジワラ商会の会長が発明した魔道具『カメラ』というものを使って撮影するそうで」

やっぱり写真だったよ！　ふじやんの仕業か！

にしてもいつの間に撮ったんだよ。撮られた覚えないぞ。

（運命魔法を使って過去を写すのよ。イラが手伝ったみたいよ）

イラ様も一枚嚙《か》んでたのか……。本人いなくても写せるとか、盗撮し放題じゃないか。

なんて恐ろしい魔道具だ。いや、問題はそこじゃない。

「なぁ、ツイ。この部屋って一体誰の……」

「おや、まさかお気づきではない？」

黒猫がきょとんとした大きな目を向ける。わかってるんでしょう？　と言わんばかりの目。つまりこの部屋の主は、俺の知り合いだ。

俺の知り合いで、黒猫《ツイ》と近しい人物。一人しか思い当たらない。この部屋が彼女の？

改めて部屋を眺める。部屋中に貼ってある俺の写真。

昔映画で見たストーカーの誘拐犯の部屋がこんな感じだった。

ちょっと怖い。いや、かなり怖い。

何より見てはいけないものを見てしまった気分だ。深淵《しんえん》を覗《のぞ》いてしまった……。

——ガチャ。

後ろで音が響いた。ドアノブを捻《ひね》る音だ。つまりこの部屋の主が帰ってきたわけで。

「………………え？」

戸惑う女性の声が聞こえた。聞き覚えはある。ついさきほど話したばかりだ。

俺はゆっくりと振り返った。そこでは夜道で恐ろしい化け物にでも会ったように、顔を引きつらせるフ、フ、フ、フリアエ女王陛下が目を見開いていた。

「えっ？　えっ？……ちょ、うそ。え？　えっ？……待って……え？　え？」

壊れたラジオのようにフリアエさんの口からは、意味のある言葉は出てこなかった。

俺は黒猫を睨《にら》む。おまえ、何やってんだよ。せめて部屋の主に一報を入れておくべきだろう。着替え中とかだったらどうするんだ？

（そんなことより今の状況わかってる？）

俺が間の抜けたことを考えているとノア様からツッコミが入る。

わかってますよ。今の俺は、月の国《ラフィロイグ》の女王陛下の私室へ不法侵入している。

この世界の法律に疎い俺でもわかる。間違いなく牢屋《ブタバコ》行きだ。

「やぁ、姫。これには理由があって……」

愛想笑いを浮かべながらフリアエさんに近づく。

てっきり激怒されると思っていたが、まだ彼女の混乱は解けていなかった。

「えっ？……あれ？　これは夢？　夢よね？　だってここは私の部屋で……、私の騎士がいるわけがないし……」

「姫？」

「や、やっぱり夢よね！　うん、最近疲れてたし！　そう！　そうよ！　あー、夢でよかった。もう脅かさないでよ～」

乾いた声で笑うフリアエさん。どうやら俺は夢の存在になってしまったらしい。

「もう～、私の騎士ったら。どうせ触ったらいつもみたいに夢から覚めちゃうんでしょ？知ってるんだから」

そんなことを言いながらフリアエさんが俺の頬に触れる。

「あ、あら？　何……で感触が……」

「姫……痛い」

俺はほっぺをぐにぐにと、されるがままでいる。

「う、嘘《うそ》……？　ほん……もの？」

「黒猫《ツィ》に連れてきてもらったよ」

「…………」

フリアエさんがぽかんと口を開く。美人がしちゃいけない顔だよ。

そして、俺の顔を見て、部屋中の写真を見て、ぎぎぎぎと最後に俺のほうに視線を戻した。

一瞬青ざめた顔が林檎《りんご》のように真っ赤に染まる。

パクパクと口を開いているが、言葉が出てきていない。

こっちから何か言ったほうがいいんだろうか？　えーと、えーと。

「肖像絵、たくさんあるね」

（あんたバカ？）

違うんです、ノア様。気の利いた言葉が浮かばなくて。

（他に言うことあるでしょ）

と言っても嫌でも写真が目に入ってくる。

「ち、違うの……、これは違くて……本当に何かの間違いで……」

「なぁ、姫。ちょっと落ち着いて」

焦るフリアエさんをなだめる。そこに元凶の黒猫が、とととっと割り込んできた。

「主様。月の姫様は、毎日この写真に『キスをして』回っているのだ。どれほど主様のことを慕っているかわかるというものだろう?」

「!?」

黒猫がとんでもないことを言いやがった。一番空気読めてないのは黒猫《おまえ》だ。

そして、若干冷静さを取り戻したのかフリアエさんの表情がみるみる般若《はんにゃ》のようになっていく。美人の怒った顔は迫力があるなぁ。そんなことを考えている場合ではない。

とりあえず、これ以上ここにいるのはまずい。

「じゃあ、今日の所は失礼するよ」

「む、もう帰るのか。ゆっくりしてゆけばよい。この部屋には姫様と主様しかおらぬのに」

「だからまずいんだよ」

警備の衛兵さんを呼ばれたら俺は即お縄だ。俺が影魔法・影渡りの黒い穴へ飛び込もうとした時、ガシ! と腕を掴《つか》まれた。勿論、相手はフリアエさんだ。

まずい。俺の貧弱な身体能力《ステータス》じゃ、振り払えない。

「わ、私の騎士……」

「な、なんでしょう?」

「………」

フリアエさんは真っ赤な顔のまま俯《うつむ》いている。

「姫？」

「…………さっきは……悪かったわ」

「さっき？」

「公園で……、会った時の話よ！」

「気にしてないよ？」

「少しは気にしなさいよ」

「女王は大変そうだからね」

「女王なんて、大したことはないわ…………あなたの苦労に比べたら」

「そうかな？」

「…………………おかえりなさい、私の騎士」

「ただいま、姫」

ようやく言えた。フリアエさんが掴んだ俺の腕を離す。

ちょっとアザになってそうなほどの力だった。

「じゃあ、また会いにくるよ」

「ま、待って、この部屋のことは忘れて！」

「………善処するよ」

「そうだわ！　私の呪い魔法で記憶を消去すれば……」

「おっと、ルーシーとさーさんの帰りを待たないと。それじゃ！」

「ちょっと！　待ちなさいよ！」

恐ろしいことを言い出したフリアエさんから離れ、俺は黒い穴に飛び込んだ。

出てきた先は、さっきまでいた宿屋の部屋だ。後ろを見ると黒い穴は無くなっていた。

黒猫が閉じたらしい。追いかけてこられると女王様の誘拐犯になってしまいそうなので良かったと思う。にしても驚いた……。色々と想定外だった。

でもフリアエさんは変わってなかった。いや、正確には変わってたが……。

少なくとも嫌われてはなかったらしい。

（あれを嫌われてない、で済ませるマコトはヤバいわよ？）

いいじゃないですか、ノア様。ただのツンデレですよ。

（違うと思うわ）

俺も違うと思います。

とにかくフリアエさんへの誤解は解けた。ルーシーとさーさんにも伝えなければ。

しばらく修行をしながらルーシーとさーさんの帰りを待ったが、戻ってきたのは深夜になってからだった。

どんな強敵だったんだ!?　と話を聞いた所。

◇ルーシーとさーさんから聞いた話◇

「るーちゃん！　もっと魔法の命中率上げてよ！」

「アヤこそ近距離武器ばっかり使ってないで、遠距離の攻撃も覚えなさいよ！」

「私が前衛なんだから、それって後衛のるーちゃんの仕事だよね？」

「二人パーティーなんだから両方やればいいでしょ！」

「るーちゃんの近接攻撃なんてヘボいのばっかりじゃん」

「アヤの遠距離攻撃はでっかい岩を投げるだけじゃない」

「他に知らないもん！」

「他のを覚えなさいって言ってるのよ！」

「だったらるーちゃんもバカの一つ覚えで攻撃は火魔法ばっかじゃん」

「誰がバカよ、この怪力女」

「言ったわね！　ノーコン露出女！」

「…………はぁ？」

「…………なに？」

「…………やる気？　アヤ」

「……………泣かすよ、るーちゃん」

◇回想、ここまで◇

どうやら魔物はさくっと倒して、あとの半日はケンカしてたらしい。

ボロボロなのはそのせいだった。どんな激しいケンカだったんだろう。

「もうー、るーちゃん強情なんだから」

「アヤの意地っ張り」

既に仲直りしたらしく二人は一緒にお風呂に入って、そのまま寝てしまった。

ケンカするほど仲が良いというやつだろうか。

二人ともすぐ寝てしまったので、フリアエさんの話はできなかった。


翌日。

俺はソフィア王女と共にハイランド城・最上階のとある部屋にやってきた。

そこで待っていたのは、太陽の国《ハイランド》で最も偉い人物。

「よく来てくださいました、ソフィアさん。お久しぶりです、マコト様」

「お招きいただきありがとうございます、ノエル様」

「お久しぶりです、ノエル……女王陛下」

俺はソフィア王女を真似《まね》て跪《ひざまず》く。てっきり王様と謁見する広間で会うのかと思ったら、今回の訪問は非公式なもの扱いらしい。ノエル女王の私室の一つだった。

「そんなに畏《かしこ》まらないでください、マコト様。貴方《あなた》のおかげで世界が救われたのですから」

そう言われ俺は頭を上げた。改めてノエル女王の顔を見上げる。

アンナさんそっくりの容姿。衣装は、以前のものより威厳のあるドレスになっている。

女王としての服装なのだろうか？

ちなみに部屋の中は三名だけだ。すぐ後ろの扉の外は、屈強な騎士たちが守っている。

不用心だが、そこは信頼してもらっているということだろうか。

「恐縮です、何とか戻ってこられました」

「初代国王アンナ様よりマコト様のことは言い伝わっております。必ず感謝の言葉を伝えるようにと」

そう言ってノエル女王が深々と頭を下げた。

「えっと……」

「ノエル様!?」

俺とソフィア王女は、その姿に慌てる。まさか一国の王様が頭を下げてくるとは。

人が居ないのはそのためだったのか。

「俺はノア様の信仰を認めてもらったので十分ですよ」

「そうです、ノエル様。どうか頭をお上げください！」

「ハイランド王家としての務めを果たせました」

優しく微笑《ほほえ》むノエル女王は、記憶にある通りのものだった。ただ、少し疲れているように見えたのが気にかかった。太陽の国《ハイランド》という広大な国をまとめるのは、大変なのだろう。

こんな時こそ、彼が支えてあげるべきだと思うのだが……。

「桜井《さくらい》くんはいないんですか？」

気になったことを聞いてみた。てっきり一緒かと思っていた。

「あの人は……忙しいですから」

そう言うノエル女王の表情が暗い。何かあったのだろうか？

「二体もの魔王を撃破されたのですから、まさに救世主様の再来ですね、ノエル様」

ソフィア王女の口調から、無事にアンナさんが救世主となった歴史に戻っていることを知れた。この時代の光の勇者である桜井くん。

彼の肩に、世界の命運が懸かっている。

（そう考えるとかかる重圧《プレッシャー》はノエル女王以上か……）

人のフォローをしている場合ではないのかもしれない。にしても、桜井・ノエル夫妻はしんどい地位《ポジション》だ。俺は隣の水の国《ローゼス》の王女様の横顔を眺めた。

キリッとした顔で、次々にノエル女王と政治の話をしているしっかり者の姫様。

この姫様も無理ばっかかしてるからなぁ。

「どうしましたか？　勇者マコト」

俺の視線に気づいたソフィア王女が振り向く。

「ソフィアもあんまり無理しないようにね」

「……私のことは大丈夫ですから」

少し頬を染めぷいっと顔をそむけるソフィア王女。

それを見て、ノエル女王がくすくす笑う。

「相変わらず仲が良くて羨ましいです」

「の、ノエル様!?」

ソフィア王女が慌てて、話題を変えた。

「そういえば、ノエル様は千年前の話を勇者マコトに聞きたいと仰《おつしや》っていたでしょう。その話を聞きましょう！　実は私も詳しくは聞けていませんから」

「あら、良いですね。私のご先祖様がどのようにマコト様に助けられたか本人の口から聞けるなんて、これほど素敵なことはありません」

「………………長くなりますよ？」

なんせ三年の旅だ。そしてどの冒険も、とてつもなく濃い時間だった。

「ええ、聞きたいです」

「勇者マコト、聞かせてください」

「わかりました」

王族の貴重な時間を奪ってよいものかわからないが、俺は千年前の冒険について可能な限り詳しく話した。

ソフィア王女は、驚いたり感心したりハラハラしたり、いろんな表情で話を聞いている。

ノエル女王はずっとキラキラした目をしてこちらの話に相槌《あいづち》をうっている。

特に不死の王《ビフロンス》の話では大盛りあがりだった。大賢者様《モモ》からは聞いていないのだろうか？

あとで聞いたが、モモは俺との会話以外は割と忘れているらしい。

俺と違って千年寝てたわけじゃないから仕方がないんだろう。

基本的には、ありのままに話をしたが一点だけ。アンナさんとの関係性だけは伏せた。

アンナさんそっくりのノエル女王に語るのは照れくさかったし、なにより婚約者のソフィア王女が隣にいるのに言えるはずがない。

そのためアンナさんとの関係は旅の仲間ということで語ったのだが……。

「勇者マコト。聖女アンナ様とは……本当にただの仲間だったのですか？」

「…………勿論《もちろん》ですよ。何か気になることが？」

「いえ、別に」

ソフィア王女が疑わしそうに聞いてきた。な、何故《なぜ》!?

(女の勘って怖いわねー)

の、ノア様。俺の話に何か矛盾はありました?

(ソフィアちゃんは聡《さと》いから)

隠せないらしい。……あとで正直に話します。

たまに冷や汗をかきつつ、俺は千年前の冒険譚《ぼうけんたん》を詳しく語った。


それから一時間以上経《た》って。

「そういえばノエル様、そろそろ例の会議の時間では?」

ソフィア王女が言った。

「あぁ……、もうそんな時間ですか。申し訳ありませんマコト様。この話の続きは今度必ず聞かせてください。……にしても気が進みませんね」

「仕方ありません、ノエル様の心労はお察しします……」

ノエル女王とソフィア王女が揃《そろ》って大きくため息を吐《つ》いた。

「この後に何があるんですか?」

俺が尋ねるとソフィア王女から

「次の北征計画に関する会議です」

という答えが返ってきた。

「もう何十回と話し合われていますが、一向に方針が固まりません……。大魔王《イヴリース》のいる北の大陸。そこを支配する『古竜の王《アシュタロト》』との敗戦の爪痕が大きい……。所詮、私は女王の器ではないのでしょう……」

「そんなことはありません、ノエル様は立派に務めを果たされています！」

「ありがとうございます、ソフィアさん。そう言っていただけると嬉《うれ》しいですが、私より兄のほうが国王に相応《ふさわ》しいという貴族も大勢いますから……」

この話題になるとノエル女王の声は元気がない。もっとも大陸最大の大国の王様の悩みを俺がどうにかできるはずがない。何も言えることはないが……、あるとすれば。

「その会議、俺も参加できませんか？」

気がつけばそう発言していた。政治のことはわからないが、大魔王《イヴリース》と古竜の王《アシュタロト》なら面識がある。何か役立てるかも知れない。

「勇者マコト、貴方は未《ま》だ国家認定勇者に復帰したわけではないので参加は難し……」

「いえ、ソフィアさん。会議に参加するだけなら可能かもしれません」

ソフィア王女が申し訳無さそうに言うのを、ノエル女王が止めた。

「こちらをどうぞ、マコト様」

ノエル女王から手渡されたのは、太陽の女神様《アルテナ》を象《かたど》った銀の徽章《バッジ》だった。

ずっしりと重く、相当に凝った作りの徽章《きしょう》だ。

「これは？」

「ハイランド女王《わたし》の近衛騎士《このえきし》の紋章です。一つ余っていたので差し上げます」

「え？」

さらっと渡されたが、かなりとんでもないものではなかろうか？

女王の近衛騎士？　騎士の中でも、エリート中のエリートだ。

「私の護衛ということで、会議に参加してしまいましょう」

いたずらっぽく微笑む顔は、以前のノエル王女のものだった。しかし随分と乱暴な方法だ。

「ノエル様が良いのであれば……」

ソフィア王女が苦笑している。俺としては、参加できれば何でもいい。

「では向かいましょう。第三次北征計画の作戦会議室は下の階になります」

こうして、俺は対大魔王《イヴリース》戦に向けた作戦会議に同席することと相成った。

◇

「それでは第三次北征計画について、議論を開始します」

太陽の騎士団の団長の声が響いた。ここはハイランド城の大会議室。

百人以上が入れる巨大な部屋だ。そこにぎっしりと各国の要職たちが並んでいる。

見知った顔、知らない顔どちらも大勢いる。その中には、大賢者様《モモ》の顔もある。

もっとも大きな椅子の肘掛けに頭を載せ、寝ているようだが。

会議室の中央付近の空中にはいくつもの魔法映像が浮かんでいる。

大陸中の軍事拠点と繋《つな》がっている中継装置《サテライトシステム》と言う魔道具らしい。

そのため会議の参加者は数百人にのぼる。俺はその会議の端っこに、ちょこんと席を設けてもらった。隣にはソフィア王女が座っている。

「そもそも古竜の王《アシュタロト》を打ち損じたのは太陽の国《ハイランド》の失策。ならば汚名を雪《すす》ぐべきでしょうな」

「その通りだ。だからこそ七国で力を合わせるべきと言っている」

「我らは建国したばかり、その余力はありませんな」

「大勢の魔人族が集まり、日夜軍事訓練を行っているという話を聞いている」

「おや、どこでそんな噂《うわさ》を？　まさか同盟国である我らに間者《スパイ》を送り込んでいるのでは？　問題ですぞ、それは」

「月の国《ラフィロイグ》の宰相殿。あまりハイランドを敵視されぬよう……」

「火の国《グレイトキース》の将軍は腑抜《ふぬ》けてしまわれましたな」

「その発言は我が国の将軍に対して、あまりに無礼でしょう。撤回を」

「失礼いたしました、火の巫女《ダリア》様」

会議の空気はあまり良くない。理由ははっきりしている。

月の国《ラフイロイグ》の人たちが、太陽の国《ハイランド》の意見に全て反対するからだ。

「木の国《スプリングローグ》や土の国《カリラーン》の代表からは、何か発言はありませんか？」

話題を変えるように発言したのは運命の巫女《エステル》さんだ。

「いえ、我々からは」

「私も特に……」

が、空振りに終わった。この空気で発言はしたくないだろう。

（ギスギスしてるね……）

俺は小声で隣のソフィア王女に話しかけた。

（最近はずっとこうです……）

ソフィア王女の声は憂鬱そうだ。会議内の構造はこうだ。

仕切りは『太陽の国《ハイランド》』。それに『月の国《ラフイロイグ》』が反発している。

太陽の国《ハイランド》は、人族至上主義の階級国家だ。その中でも魔人族は、長年虐げられてきた。

月の国《ラフイロイグ》は魔人族が集まった国家。当然、積年の恨みがある。

『火の国《グレイトキース》』と『商業の国《キャメロン》』は二国間の対立を仲裁している。

軍事力の低い『木の国《スプリングローグ》』、『土の国《カリラーン》』、『水の国《ローゼス》』の代表は、ほとんど発言しない。

一年前までなら太陽の国《ハイランド》一強だった。

しかし、先の古竜の王《アシュタロト》との敗戦によって大きく立場を弱めている。

さらに、若輩であるノエル女王とその兄である第一王子派閥によって内部でごたついている。国王になったノエル女王が、反対派を追い出せばいいと思うのだが、できていないらしい。ソフィア王女は「ノエル女王はお優しいので……」と言うが、実際は他国から「甘い」とやや侮られているとか。

大陸一の強国がしばらく見ない間に、これほど変わってしまうのかと少し驚いた。

比べて新興の月の国《ラフィロイグ》は、新女王フリアエさんのもと一致団結している。

聖女でもあるフリアエさんは、月の国《ラフィロイグ》の民から女神のごとく信仰されているとか。

幼子から老人まで、誰もが女王の言葉に遵従《じゅんじゅう》しているらしい。

「反対ばかりするなら意見を述べよ！」

「しばらくは様子見をすれば良い」

「何を悠長な！」

太陽の国《ハイランド》と月の国《ラフィロイグ》の溝が深い。会話を聞いているノエル女王は言葉を発しない。

だが、真剣な表情の裏には疲れが見えた。ふとフリアエさんのほうを見た。

会議に興味がないのか、ずっと黒猫の背を撫《な》でている。ふぁ、と小さく欠伸《あくび》をした。

ちなみに、大賢者様《モモ》は熟睡したままだ。よくこんなうるさい中で、寝られるな。

どちらも俺が会議に出ていることには、気づいてないようだ。

議論は遅々として進まない。参加した意味は薄かったかも知れない。

(それにしても月の国《ラフィロイグ》の人たちは、何でここまで偉そうなんです？)

暇だった俺はソフィア王女に話しかけた。

本当につい最近復興したばかりの国なのだろうか？

(仕方ありません。直近で魔王——海魔の王《フォルネウス》の討伐に最も貢献したのが月の国《ラフィロイグ》の魔法使いたちなので)

ソフィア王女が俺の疑問に答えてくれた。

(でも、フォルネウスを倒したのは光の勇者《さくらいくん》なんですよね？)

そう聞いている。

(海魔の王《フォルネウス》は普段、深い海底に潜んでいます。逃れようとしたフォルネウスを地上に引き止めたのが月の国《ラフィロイグ》の魔法使いたちなのです。さらに魔族たちが使った『暗闇の雲』を一時的に晴れさせたのも月の国《ラフィロイグ》の魔法使いたちです)

(なるほど)

桜井《さくらい》くんの『光の勇者』スキルは無敵の能力だが、太陽の光がないと一気に弱体化する。

『暗闇の雲』は、魔王軍が用いる強力な魔法だ。

それを破ることができるのは、月の国《ラフィロイグ》の魔法使いたちだけらしい。

確かにそれなら月の国《ラフィロイグ》の重要性が理解できた。

会議では、未だ激論が続いている。

「古竜の王《アシュタロト》なら、光の勇者以外の勇者全員で挑めば時間稼ぎくらいできよう。我々月の国《ラフィロイグ》は、光の勇者殿と大魔王《イヴリース》を討伐しよう」

「何を勝手なことを！」

「しかし、暗闇の雲を晴らせるのは月の国《ラフィロイグ》の魔法使いのみ。それに我らの聖女フリアエ様は未来を見通すことができる。光の勇者桜井殿と聖女フリアエ様が居れば、大魔王《イヴリース》も恐るるに足らぬ」

「聖女の称号はノエル様もお持ちだ。お忘れになられぬように……」

「真の聖女はフリアエ様だと、民の間では噂されておりますよ」

「くだらぬ噂だ」

「どうでしょうな？　フリアエ様の未来視によって世界が救われれば、歴史に名を残す聖女はフリアエ様となりましょう」

「愚かな、そのような未来は来ぬ！」

「大魔王《イヴリース》が倒された時に同じことが言えますかな？　光の勇者様は聖女フリアエ様と共に

千年の栄光の歴史を作られるだろう！」

「戯言《たわごと》だ！」

話が脱線している。

（これは何の話だ……？）

北征計画はどこに行った？　俺が解説をもとめソフィア王女の肩をつついた。

（海魔《フォルネウス》の王を倒して以来、月の国《ラフィロイグ》の民からは光の勇者と女王が結ばれることを望む声が上がっています。勿論《もちろん》、光の勇者様はノエル様の婚約者なのであり得ないのですが……）

救世主の生まれかわりと聖女の組み合わせは、そういう話に上がりやすいんだそうだ。

しかし、いくらなんでもノエル女王の御前で述べるのは失礼過ぎるのではなかろうか？

ちらっとノエル女王の顔を見ると顔が強張《こわば》っている。

何か言い返せばいいと思うのだが、できない理由があるんだろうか？

その時、話題の当人である桜井くんがノエル女王の近くに寄って耳元で何か囁《ささや》いた。

どうやらフォローしたらしい。ナイスだ、桜井くん。

さて、もう一方の当事者であるフリアエさんは、まだ黒猫の背中を撫でているだけかと

そっちに視線を向け……目が合った。

（うわ。めっちゃ、こっちを凝視してる）

どうやら俺が会議に参加していることに、たった今気づいたらしい。

目を大きく見開かれたあと、ギロッと睨《にら》まれた。

（何でいるのよ!!）

声は聞こえないが、唇の動きから読み取った。

（見学）

俺は端的に口を動かした。

（…………ホントに？）

フリアエさんが疑わしそうに俺を睨んでいる。

何か変なことを言い出すんじゃないかと、思われているようだ。もっともこの会議において俺は発言権がない。元・勇者だからね。聞いているだけだ。

もし意見がある場合は、太陽の騎士団の団長以上の者を通して発言するよう注意を受けている。

「何だと!!　言葉を慎め！　下賤《げせん》な魔人族が！」

「本性を現したな、特権階級気取りが！」

いよいよヒートアップしている。もはやただの喧嘩《けんか》だ。

（これは……もう駄目だ……）

とても同盟国間の会話ではない。

大魔王《イヴリース》という共通の敵が居なければ、太陽の国《ハイランド》と月の国《ラフィロイグ》で戦争が始まりそうだ。

何でこんなことに……。運命の女神様《イラ》は、一体何をやってたんだ？

もしもし、聞いてます？　イラ様。西の大陸の国家関係がやべーことになってますよ。

俺は天界にいるという運命の女神様《イラ》に問いかけたが、答えは返ってこなかった。

ここ数日、話しかけられていない。忙しいのだろうか？

（ちょっと、どうして私じゃなくてイラに話しかけるのかしら？　マコトは誰の使徒か忘れたの？）

代わりにノア様から返事がきた。少し拗《す》ねたような声色だ。

（勿論、俺はノア様の使徒ですよ。でも歴史の話なら、イラ様に聞いたほうが早いのでは？）

（それくらいイラに聞かなくても私が教えてあげるわ。いい？　神が直接歴史に干渉することは神界規定で禁止されているのは知ってるでしょ？　マコトは地上の民だから許されるけど、運命の女神《イラ》が歴史を都合の良い方向に曲げることは許されない。だからこうなるとわかってても、防げないのよ）

（……そうですか。でも、それなら月の女神様《ナイア》はどうです？　協力できないんですか？）

出会ったことはないが、女神教会の七番目の女神様。

月の国《ラフィロイグ》が復興した今なら、協力してくれないんだろうか。

（ナイアねぇ……、どうなのかしらね）

ノア様の言葉から、あてにできないのだと感じた。

所詮、人間同士の争いは人間が解決するしかないのだろう。

「いつまでこの無意味な議論を交わすのだ」

「太陽の国《ハイランド》で、古竜の王《アシュタロト》を倒せばよいのだ。もともとその予定だったのだから」

「それができぬから、この場を設けていることがなぜわからん！」

「それは我らも同じ。自国でできぬことを、他国へ強要するな」

「強要ではない！　要請だ！」

「ならば断ろう」

「大魔王《イヴリース》が力を取り戻せば、世界は終わるのだぞ！」

「千年前とは異なる。魔王は残り一体。攻めてなど来ないさ」

会議は平行線だ。

太陽の国《ハイランド》は、早く古竜の王《アシュタロト》と大魔王《イヴリース》を倒したい。

さらに弱まった西の大陸での立場を取り戻したい。そのため決着を急いでいる。

月の国《ラフイロイグ》は、太陽の国《ハイランド》が憎い。だから太陽の国《ハイランド》に大陸のリーダーになってほしくない。

だが、若い月の国《ラフイロイグ》には自分たちが西の大陸の覇者になれるほどの国力はない。

だから時間を稼ぎ、国力を底上げしたい。

さらに魔王軍の使う『暗闇の雲』に対抗できるのは月の国《ラフイロイグ》の魔法使いたちだけ。

つまり月の国《ラフイロイグ》の発言権は強い。現状維持が、望みなのだ。

だから、この話し合いには落とし所がない。

ないのだが……話題の中心に度々出てくる言葉が引っかかる。

——古竜の王《アシュタロト》。

一番の要因はこの魔王だ。

古竜の王《アシュタロト》が北の大陸に居座る限り、大魔王《イヴリース》に手が出せない。

千年前の戦いの記憶が呼び起こされる。準神級魔法・地獄の世界《コキュートス》ですら倒せなかった魔王。

竜神の血を引く最強の古竜《エンシエントドラゴン》にして最後の魔王。そして、白竜さんの父親。

メルさんに同行させられ古竜の王《アシュタロト》の城へ出向いた。あれは緊張した。

あの時、言われたことは……。

——我と勝負をせよ。勝った暁には『竜王』の称号を与えよう。

確かそんな言葉だったと記憶している。俺は何と答えただろうか。

——わかった、約束するよ。いつか勝負しよう。

そうだ。あの時、『RPGプレイヤー』スキルが発動して、『古竜の王《アシュタロト》と戦う約束をしますか？』と表示された。

俺は『はい』を選択したんだった。

古竜の王《アシュタロト》は、約束を覚えているだろうか？

千年も前だ。忘れている可能性は高い。

千年前は結局古竜の王《アシュタロト》と再会することはできなかった。ずっと北の大陸に居座る古竜の王《アシュタロト》と、南の大陸や東の大陸を巡る俺たちと再戦する機会はなかった。

魔族の大陸である北の大陸に対して、俺や光の勇者《アンナ》さんは深追いしなかったからだ。

そして俺は千年の眠りについた。約束は守れていない。

無理する必要もない。無視してもいいのかもしれない。しかし。

（最強の魔王への挑戦、『竜王』の称号……か）

……行ってみるか？　もしも俺が国家認定勇者なら、自由に戦うことはできない。

勇者戦力は、北征計画の要《かなめ》だ。必ず計画に組み込まれる。

が、今の俺は元・勇者。特に誰かに遠慮する必要はない。

冒険者として、ふらっと北の大陸に行くことができる。

（あら、マコト。古竜の王《アシュタロト》に喧嘩売るの？）

ノア様の意外そうな声が脳内に響いた。

（駄目ですか？　ノア様）

女神様に伺う。反対なのだろうか？　イラ様ならきっと反対するだろう。

「バカじゃないの、みんなで協力しなさい！」とかきっと言われる。

でも……。

（ん～、別にいいけど。気をつけて行きなさいよ）

ノア様は反対しない。この女神様は、とにかく自由にさせてくれる。

これで女神様の同意は得た。ルーシー、さーさん、ソフィア王女には当然、説明するとして。太陽の国《ハイランド》の人にも、誰か伝えておいたほうが良い気がする。

太陽の国《ハイランド》の関係者で一番親しいのは、モモだ。が、残念ながら熟睡中。次は桜井《さくらい》くんだが、彼は今ノエル女王の隣にいる。つまり会議室のほぼ中心。目立ちすぎるのでこちらも却下。

あとは話がしやすそうなのは……、あの人かな。

「どこへ行くのです？」

席をそっと離れようとする俺をソフィア王女が引き止めた。

「オルト団長と少し話してきます」

かつて月の国《ラフィロイグ》への遠征で一緒になった第一師団の団長だ。

話の分かる人だ。

なにより、俺が千年前に渡った時に大聖堂にいたので事情もある程度知っている。

「……あとで教えてくださいね」

何か察したのか、ソフィア王女は詳細を聞かなかった。

「時間です。本日は閉会といたしましょう」

「……今日も方針は決まりませんでしたな」

軍議はそろそろ終わるようだ。俺はオルト団長の席へ近寄った。

そしてこっそりと耳打ちする。

「……オルト団長、少しお話が」

「マコト殿……？　わかりました。そろそろ軍議が終わりますので、その後に時間を取って」

「いえ、用件だけお伝えします。実は北の大陸に向かおうと思います」

「……む」

俺の言葉に、オルト団長は眉をひそめる。

「マコト殿、勇者戦力の勝手な行動は……………いや」

オルト団長は、言葉の途中で気づいたようだった。

「今の俺は勇者じゃありません。なので、冒険者として向かおうかと」

「そうでしたな。しかし、それでは太陽の騎士団《われわれ》は協力できませんよ？」

「大丈夫ですよ。ご心配なく」

「いや、心配するなと言われましても……」

太陽の騎士団長は、何か言いたそうにしている。その時、大きな椅子で眠っていたはずの大賢者様《モモ》が、ひょっこりと俺の近くにやってきた。会話を聞かれていた？

「精霊使いくんが面白いことを言っているな！」

大賢者様《モモ》が大声で叫ぶ。

会議に参加している全員の視線が、一斉に俺のほうに向いた。ちょっと、やめて。

「おいモモ……」

「全然会いに来てくれないので、仕返しです」

可愛《かわい》く舌を出された。

「おや、そこにいるのは水の国《ローゼス》の元・勇者殿ではないか」

「負傷により引退されたと聞いたが」

「水の国《ローゼス》は、相変わらずの人材不足ですな。引退した勇者まで引っ張ってくるとは」

「場違いではないのか！　この場で発言するなど」

何故《なぜ》か太陽の国《ハイランド》と月の国《ラフィロイグ》、両方から嫌みを言われた。

どうやら太陽の国《ハイランド》の反ノエル女王派の人とフリアエさんを女神の如《ごと》く信仰する人から、俺は嫌われているらしいとあとで知った。

「高月《たかつき》殿への暴言はやめていただこうか！」

「我が国の恩人へ、その発言は許せません！」

味方してくれたのは火の国《グレイトキース》のタリスカー将軍と、木の巫女《みこ》フローナさんだ。

ありがたいのだが、会議室内の空気がさらにピリピリした。

どーするんだ、この空気。が、大賢者様は気にしない。図太くなったもんだ。

「ほれ、みんなに聞こえるように言ってみい」

「はぁ」

俺はしぶしぶ告げた。

「古竜の王《アシュタロト》に会いに行ってきます」

「それは、水の国《ローゼス》が先陣をきって古竜の王《アシュタロト》へ挑むと？」

誰かが質問してきた。

「いえ、俺一人ですけど……」

「「「「「はぁ!?」」」」」

その言葉に、会議室内がざわつく。

「自殺行為だ！」

「あいつはバカなのか!?」

「水の国《ローゼス》の勇者は、やはり頭がおかしい」

「そもそも彼は勇者ではないのだろう！」

そんな声が聞こえてきた。

だから、こっそり行こうと思っていたのに。

「高月殿！　気は確かか!?」

「マコトくん！　正気に戻って！」

さっきは庇《かば》ってくれたタリスカー将軍やフローナさんにまで正気を疑われた。

収まりそうにない空気を、収めてくれたのは元凶の大賢者様《モモ》だった。

「精霊使いくんは、極秘の作戦で古竜の王《アシュタロト》と戦ったことがある。その時は、確か……引き、引き分けたのだったか」

大賢者様の言葉に、場が静まり返った。

「そ、そんな話は聞いたことが……ない」

誰かの呟《つぶや》きが聞こえた。人々の顔は納得していない。

否定したいのだろうが、相手が大賢者様では言い出せないようだ。

「本当です。イラ様から聞いております。運命の女神様《イラ》の名に誓って、間違いありません」

運命の巫女《エステル》さんがすかさずフォローを入れたことで、反論する者はいなくなった。

あれはイラ様の神気《アニマ》のおかげだけど。引き分け、と考えてもいいんだろうか？

にしても、すっかり大事《おおごと》になってしまった。

「こっそり行くなんて許しませんよ」

モモが俺の耳元で囁《ささや》く。

「別にいいだろ？」

「駄目です！　マコト様はすぐ隠れて行動しますから！」

すっかり俺の行動パターンを読まれている。

「た、高月くん……」

「ほ、本気ですか……？」

これまで発言を控えていた桜井くんとノエル女王までも、思わず立ち上がっていた。

俺は笑顔で頷《うなず》いた。

ちらっとフリアエさんのほうを見ると、怒りで震えた顔でこちらを睨《にら》んでいる。

（これのどこが見学よ！）

と唇が語っていた。笑顔を返したら、さらに鋭い視線で睨まれた。

「高月殿、それでは太陽の国《ハイランド》から正式に依頼を出しますので……」

太陽の騎士団のトップ、ユーウェイン総長が重々しく言った。

俺は冒険者として向かうつもりだったが、そういう形式は必要らしい。

ともあれ——俺が北の大陸へ出向くことが決定した。

五章　高月マコトは、説教される

「あの〜……」

「何ですか？」

「怒ってる？　ソフィア」

「別に怒ってはいません、勇者マコト」

現在の俺はハイランド城の一室でソフィア王女と二人きり。そして、床の上で正座させられている。ソフィア王女が冷たい目で俺を見下ろしている。

いや、これは呆《あき》れた顔だ。

「今日は見学するだけと言う話だったでしょう？」

「そのつもりでしたよ」

途中までは。それにあれは大賢者様《モモ》が悪い。俺は悪くない。

「水の国《うち》の基本政策は他国との協調なんですけど」

「協調しますよ」

「どう見ても他国を出し抜こうとしているように思われます！　まぁ、勇者マコトは太陽の騎士団の団長や光の勇者桜井様と親交があるので、彼らと足並みを揃《そろ》えていただければ大きな問題はないと思いますが……まったく」

それから細々《こまごま》と北方戦線の基地に行った時の注意点を説明された。それを忘れないように心に留《とど》めておく。ソフィア王女に迷惑をかけるわけにはいかない。

その時、部屋の扉が「バーン！」とでかい音を立てて開いた。

「マコトー！　来たわよ！……って何で正座してるの？」

「あー、高月くんがソフィちゃんに叱られてるー」

「ルーシーとさーさん？」

なぜ二人がここに？

「私が呼びました。勇者マコトはお二人に説明をしないといけませんよね？」

「……はい」

俺はこれから北の大陸に行くわけで。ならルーシーとさーさんの協力は不可欠だ。

流石《さすが》はソフィア王女。打つ手が抜かりない。

「ん？　どーしたのマコト。また何かやらかしたの？」

「あー、わかった。新しい女の子と仲良くなってソフィちゃんに怒られたんでしょ？」

「え〜、またぁ？」

「本当、高月くんは困った子だよねぇ……。お仕置きしなきゃ」

「アヤ……、目が怖い怖い」

「るーちゃんこそ杖《つえ》に魔力《マナ》が集まってるよ？」

「お二人ともご心配なく。今回は女絡みではありません」

ルーシーとさーさんが恐ろしい誤解をしているところを、ソフィア王女が訂正してくれた。……………今回は？

「なーんだ。マコト！　信じてたわよ！」

「もうー、るーちゃんってば疑っちゃ駄目ダゾ？」

「君たち」

俺は立ち上がり、コントしている二人にツッコミを入れ、事情を説明した。

北の大陸にいる、古竜の王《アシュタロト》に挑むことを。

「ふぅん、私たちは魔大陸に行くってことね」

「古竜の王《アシュタロト》かぁ……、強そうだね」

「ごめんね、二人とも。勝手に決めちゃって」

俺が詫《わ》びると、ルーシーとさーさんはきょとんとした顔になった。

「なんで謝るのよ」

「やったー！　久しぶりに高月くんと冒険だー！」

「ルーシー、さーさん……」

勝手に予定を決めた俺に快くＯＫしてくれた。

「じゃあ、準備しなきゃね！　といってもアヤと私はいつもの冒険セットがあるから、マコトの旅支度だけかしら」

「えぇー、今のは使い込んでボロくなってるよ？　テントはるーちゃんとの二人用だし」

「そういえばそうね。この前テントが、火竜のブレスで少し焦げたんだっけ？　それにあのテントは三人だと狭いわね」

「あと、るーちゃんは下着買わなきゃ。いっつも裸で寝てるんだから。高月くんの前でもそうする気？」

「別にいいんじゃない？」

「え？」

「どうせ脱ぐでしょ？」

「……それもそうだね」

「あの……お二人さん？」

ルーシーとさーさんの会話がおかしな方向に進んでいる。あとソフィア王女の目が冷たい。その時、「バーン！」と扉が開いた。

「タッキー殿！　聞きましたぞ。北の大陸へ向かわれるとか」

「旅支度はフジワラ商会にお任せくださイ！」

ふじやんとニナさんだった。どうやらこっちもソフィア王女が呼んだようだ。

「タッキー殿！　急な話ですな。驚きましたぞ」

「成り行きでね」

「よくアレを成り行きと言えますね」

俺とふじやんの会話に、ソフィア王女がツッコんだ。俺が軍議をひっかきまわしてしまった話をすると、ふじやんが苦笑していた。

「相変わらずですなぁ」

「そうかな？」

「変わっていないですね」

ふじやんとソフィア王女曰《いわ》く、俺は変わっていないらしい。

「ルーシー様、アヤ様。こちらが最新のフジワラ商会のカタログですヨ」

「あ、この魔法のコテージ良いわね。広くて快適そう」

「それよりるーちゃんは、服を買わなきゃ。あと可愛《かわい》い下着と」

「うーん、じゃあこれかな？」

「ほとんど紐《ひも》じゃん。えっち過ぎるって！」

「え～、駄目？」

「もっと可愛いのにしよーよー」

「アヤはどれが良いと思う？」

「これ！　私とおそろい」

「ひらひらしてて可愛すぎない？　私には似合わないわ」

「似合うって！　それにるーちゃんは肌を露出し過ぎだよ」

「これくらいでいいのよ。マコトはどうせ、手を出してこないんだから」

「そんなことな……あるかなぁー。高月《たかつき》くんは、羊の皮をかぶった羊だからね」

「暑苦しい男ね」

「えっと……、どちらを購入されまス？」

失礼な会話が繰り広げられている。誰が羊の中の羊だ。

三たび、「バーン！」と扉が開いた。

「私の騎士！」

やってきたのは月の国《ラフィロイグ》の女王フリアエさんだ。焦った表情で、落ち着きがない。

「姫？　どうしたの？」

「あら、フーリじゃない」

「いつものふーちゃんだ」

俺とルーシー、さーさんが視線を向けるとフリアエさんは気まずそうに視線を落とした。

「…………昨日は悪かったわ。女王の私が近づくと面倒に巻き込まれると思ったのよ。だから私の騎士には平和なところで安全に過ごしてほしかったのだけど……」

「もう面倒なことになってるわよ？　マコトは」

「自分から突っ込んでいってるよ、高月くん」

「どうしてよ!?」

「だってマコトだし」

「高月くんだし」

「何でよー！」

フリアエさんが頭を抱えている。何か昔のフリアエさんに戻ったな。

俺はその様子を懐かしく眺めていた。

「ところで、マコト。魔大陸にはいつ向かうの？」

ルーシーがこっちに問いかける。んー？　そうだなぁ。

特にゆっくりする理由もないし。

「善は急げと言うし。今夜はどう？」

「早いわね。別にいいけど」

「じゃあ、準備も手早くしないとだね。ニナさん、今在庫があるものってどれですかー？」

「ええっと、取り寄せ商品以外ですとこちらから選んでいただくことに……」

ルーシーとさーさんは、特に異論はないようだ。

「待って待って待って待って！　今夜!?　嘘《うそ》でしょ！」

フリアエさんが慌てたように、手をバタバタさせている。

「フリアエ様、女王としてその振る舞いはどうかと思われますが」

後ろに控えていたハヴェルくんが、チクリと指摘する。というか、いたんやね。

「私の騎士！　最近目覚めたばかりなんでしょう!?」

「起きたのは一昨日だね」

「もうちょっと身体《からだ》を労《いたわ》りなさいよ！」

「だからリハビリを兼ねてぶらぶらしようかと」

「よりによって魔大陸に行かなくてもいいでしょ！　しかも古竜《アシュタロト》の王に挑むなんて！」

フリアエさんはどうやら俺が魔大陸に向かうことに反対らしい。

その時。……コンコン、とドアがノックされ、扉が静かに開いた。

「高月くん、よかった。まだいてくれた」

「心配し過ぎよ、リョウスケ。流石にまだ出発してないわよ」

やってきたのは桜井《さくらい》くんと横山《よこやま》さんだった。

笑顔の桜井くんにフリアエさんが冷たい声で告げた。

「私の騎士は、まさに今夜出発しようとしてるわよ」

「……やっぱり」

「うそでしょ!?　高月くん」

「移動にも時間がかかるからさ。それにこっちの時代の様子を確認しておきたいし」

千年前から現代に戻ってきて、ちょくちょく歴史の改変に気づくことがある。

せっかくだから、何が変わってしまったのか見極めておきたい。

桜井くんと横山さんには、呆《あき》れた顔をされてしまった。

「高月くんらしいね」

「そんなに慌てて出てかなくてもいいのに……、アヤは一緒に行くのよね？」

「いま旅の準備中だよー、サキちゃん」

「楽しそうね」

「だって久しぶりの高月くんとの旅行だし」

「りょこう!?……魔王と戦いに行くのよね？」

「そうそう、冒険でした」

俺はよく危機感が欠如していると言われてるけど、さーさんも大概だろう。

「ルーシーさん、止めないんですか？」

「ほっといたら一人で出かけちゃうわよ？　マコトは」

「一番付き合いの長いルーシーさんの言う事なら聞いてくれるのでは……」

「聞かない、聞かない。それに、惚《ほ》れた弱みで私は逆らえないし」

「……はぁ」

ルーシーとソフィア王女の会話が聞こえる。

なんか、俺が問題児扱いされてるような。

「リョウスケ！　私の騎士を止めなさいよ！　幼馴染《おさななじみ》なんでしょ！」

「いやぁ、僕は高月くんが一緒に戦ってくれるほうが心強いから」

「バカバカバカ！　あんたなら大魔王《イヴリース》だって余裕で倒せるでしょ！」

「痛い痛い」

フリアエさんが桜井くんをポカポカ叩《たた》いている。仲良しだなぁ。

その時、すすっと横山さんが俺に耳打ちした。

「ねぇねぇ、リョウスケとフリアエがいい感じだけど、高月くん的には良いの？」

「ん？　そうだね。良いんじゃない」

あの調子ならフリアエさんが厄災の魔女《ネヴィア》の生まれ変わりということはあるまい。

千年前に自分を殺した光の勇者と仲良くしたいとは思わないだろう。

「高月くんって不思議なやつよねー」

「そう？」

横山さんに不思議そうな顔をされた。が、こっちも同じ意見だ。

「桜井くんが、他の女と仲良くてもいいの？」

「既に三十人の嫁がいるから。それにリョウスケがモテてるなんて今更じゃない？」

あれ……、桜井くんの嫁の人数が増えてる……。

前は二十人じゃなかったっけ？　多いなぁ。

俺と横山さんがお互いに不思議な生き物を見る目で、見合っていたら。

「遅くなりました、ソフィアさん。マコト様はこちらにおられま……」

そしてやってきたのはノエル女王陛下だった。そして、桜井くんをポカポカ叩いている
フリアエさんを見て「スン……」と無表情になる。

フリアエさんが、さっと俺の後ろに回り隠れるように身を縮めた。

「姫、何やってるの？」

「怖い女が来たわ。私を守りなさい、私の騎士」

「誰が怖いですか。あと、あなたはもう少し女王らしくなさい。何ですか、さっきの会議
でもまったく集中せずに……」

「退屈だもの。それに月の国《ラフィロイグ》のみんなは、太陽の国《ハイランド》に対して恨み骨髄に徹しているから私
の言うことなんて聞かないわよ」

「それでもっ！　なんとかするのが女王の役目でしょう！」

「いっそ全員『魅了』しちゃえば楽なんだけど」

「……フリアエ様。そのような発言はお控えください」

「わかってるわよ、ハヴェル。冗談よ」

「ノエル、それくらいで」

「リョウスケさんがそう言うなら……」

俺はフリアエさんとノエル女王の会話を不思議な心地で聞いていた。

決して友好的とは言えないが、少なくとも先程の会議の時のようなギスギス感はない。

俺は助けを求めるように、隣の横山さんに視線を向けた。

「太陽の国《ハイランド》と月の国《ラフィロイグ》って国民の仲が険悪でしょ？　さっきの会議も酷《ひど》かったし。だから、女王同士は、個別の会談の場を設けてるのって、私もリョウスケに話を聞いただけなんだけど。そうよね？　リョウスケ」

「ああ、月に一回の頻度で会談をしてるんだ」

「へぇ……」

なるほど。さっきの軍議だと、二国間で戦争でも始まるんじゃないかと危惧したけど首脳陣は足並みが揃《そろ》ってるってわけか。

それなら安心。そう思っていると、ノエル女王がこちらへ近づいてきた。

「マコト様、先程の会議の件ですが本当に魔大陸に向かわれるのですか？　まだ、目を覚まされて間もないのに……。ソフィアさんも心配されていると思うのですが……」

心配そうな顔を向けられた。

「そうですね」

俺はソフィア王女のほうへ視線を向けた。ソフィア王女は、無表情のままだ。

心なしか視線が冷たい。

「えっと、ソフィア。心配かけた？」

「………………」

ピクリとソフィア王女の眉が動いた。あ、これ怒ってる時のやつだ。

つかつかと俺の近くにやってきて、ぎゅぅ～と頬をつねられた。痛い。

「あの……そふぃあさん？」

「まさか心配をしてないと思われていたなら、心外ですね勇者マコト」

「それはとんだしつれいを」

「気をつけて行ってきなさい。ルーシーさんとアヤさんの言うことを聞くんですよ」

つねっていた手は離してくれたが、つんとそっぽを向かれてしまった。その様子を見ていたノエル女王がクスクス笑っている。

「本当に仲がよろしいですね。あ、そういえば近衛騎士《このえきし》の徽章《バッジ》を着けてくださっているんですね。似合っていますよ……と言って良いのかわかりませんが」

「ちょっと、待って！　私の騎士、近衛騎士ってどーいうこと!?」

フリアエさんが割り込んできた。

「ああ、さっきの軍議に参加するためにノエル女王に貰《もら》ったんだ」

「何ですって！　ノエル、ちょっと私の騎士に手を出さないで！」

「……人聞きの悪い。気に入らないなら貴女《あなた》が渡せばよいでしょう」

「そ、それもそうね！　ハヴェル！　至急、私用に近衛騎士の徽章《バッジ》を作りなさい！」

「フリアエ様、月の国《ラフイロイグ》の軍人は魔法使いしかいないので、騎士制度がありません」

「くっ……なんてこと」

フリアエさんが、忌々《いまいま》しそうに近衛騎士の徽章《バッジ》を睨《にら》む。そんな目で見られても。

「仕方ないだろ。平民の俺は徽章《バッジ》がないと会議にも参加できないんだから」

俺が何気なく言った言葉に、ソフィア王女が、フリアエさんが、桜井くんが、横山さんが、ノエル女王がキョトンとした顔になった。

だけでなく、少し離れたところにいたルーシー、さーさん、ふじやん、ニナさんもこっちを見ていた。急に場が静かになった。沈黙が場を支配する。

なんだ、この気まずい空気は？　最初に口を開いたのは、ソフィア王女だった。

「まさか、勇者マコトは自分のことを平民だと思っているのですか？」

「違うんですか？」

引退した元勇者。要するに平民だろう？

「マコト……、酷い勘違いをしてるわよ」

「何か高月《たかつき》くんの言動が変だと思ったんだよねー」

ルーシーとさーさんもこっちへやってきた。どーいうことだ。

俺の心を読んでか、ふじやんが簡潔に答えてくれた。

「タッキー殿は『英雄』扱いなので、ただの平民とはまったく異なりますぞ」

「えいゆう?」

「紅蓮の魔女《ロザリー》様や大賢者様と同じです。偉業を成し遂げた人物のことですよ」

「つまり、どーいうこと?」

いまいち、その立場がわからない。

「英雄に義務は課せません。なので、必要に応じて各国の代表が『お願い』をすることになります。高月マコトは水の国《ローゼス》の英雄なので、私よりも立場が上です」

ソフィア王女に衝撃の事実を告げられた。な、なんだってー!?

「じゃあ、俺は立場が上なのにさっきソフィアに正座をさせられたのか……」

「その件は蒸し返さないでください!」

赤い顔のソフィア王女が、俺の腕をつねった。

「さっきの軍議では既に英雄になられているマコト様が、さらに手柄を求めて古竜の王《アシュタロト》に単独で挑むという話になったので、皆さんが戸惑われたのです」

ノエル女王が解説してくれた。

「今は落ち目の太陽の国《ハイランド》のお偉方は焦ってるんでしょうね。水の国《ローゼス》の英雄が、全部手柄を掻《か》っ攫《さら》っていくんじゃないかと思って」

フリアエさんが意地悪い声で、ノエル女王に言う。

「月の国《ラフィロイグ》の方々も慌てているようでしたが？」

ノエル女王が、むっとした顔で言い返す。

「月の国《ラフィロイグ》のみんなが、私の騎士に対抗心剝《む》き出《だ》しなのは困ってるのよね……」

フリアエさんがげんなりした顔になる。どうやら月の巫女《みこ》の守護騎士は未《いま》だに俺一人で、
その点が月の国《ラフィロイグ》の民は気に入らないらしい。

そんなこと言われてもな……。何にせよ、どうやら今の俺は『英雄』なるものらしい。

そこそこ我がままを言ってもよい立場のようだ。ただ、それゆえに他国から警戒もされている。もう少し発言は気にしたほうがいいのかも……。

そんなことを考えていた時。

「お、ここに集まっていたか」

「ちょうど、関係者が揃っていますね」

突然、今まで誰もいなかった空間に人影が現れた。空間転移《テレポート》だ。一人は白いローブ少女。

もう一人は、小柄な巫女。大賢者様《モモ》と運命の巫女《エステル》さんだ。

「どうしました？」

二人の顔から、何か重要な話だと察した。

「厄災の魔女の件でお話があります」

エステルさんの言葉に、フリアエさんの表情が強《こわ》ばる。

「どうやら大魔王《イヴリース》に続き、厄災の魔女《ネヴィア》も復活したらしいぞ」

モモがさらりと告げた。

――千年後に私が転生した姿を貴方《あなた》はもう知ってますよ。

厄災の魔女《ネヴィア》さんの笑顔と声が蘇《よみがえ》る。

転生、成功しちゃったのか……。

残念なことに、千年前の因縁は尽きていなかったらしい。

――厄災の魔女《ネヴィア》。

千年前、月の国《ラフィロイグ》を治めていた女王。大魔王《イヴリース》の相棒。そして、光の勇者アンナさんたちと共に倒した最後の敵《ラスボス》。いや、倒せていなかった。彼女は現代に転生すると予言していた。

「どうして復活したとわかったんですか？　運命の女神《イラ》様の未来視ですか？」

「いえ、悪神族の一員である大魔王《イヴリース》と同化していた厄災の魔女《ネヴィア》は、聖神族の視《み》える領域から外れています」

運命の巫女《エステル》さんが首を横に振った。じゃあ、どうやってわかったんだろう？

「魔大陸の魔族や魔物が再び魅了され始めた」

「……なるほど」

大賢者様《モモ》の言葉に、ピンときたのはおそらく俺だけだった。

他の面々は、その言葉の意味が理解できていない。

「魅了魔法くらいなら誰だって……、私でもできるわよ？」

フリアエさんがぽつりと言った。

「違うんだよ、姫には無理だ」

「フリアエ女王陛下。厄災の魔女《ネヴィア》の魅了は、あなたのものとは桁が違います」

俺とエステルさん、同時に否定されフリアエさんがムッとした表情になった。

「あのね！　私の騎士に運命の巫女《エステル》。言っておくけど、私は同時に数百人だって魅了できるわよ！　一応、魅了魔法なら私以上の使い手は月の国中《ラフィロイグ》を探してもいないわ」

なんて言っているが、やれやれだ。俺はエステルさんと顔を見合わせた。

「マコト様。千年前に厄災の魔女ネヴィアがどれだけの民を魅了していたか、教えてあげてください」

エステルさんがこっちを見て言った。

「姫、厄災の魔女《ネヴィア》さんが魅了していたのは『月の国《ラフィロイグ》の民全て』と『魔大陸の魔族と魔物全て』だよ」

「「「「……………………え？」」」」

俺の言葉にフリアエさん以外の面々も絶句する。

「そんなこと……できるわけが」

「可能です。大魔王《イヴリース》と同化《フユージョン》までしていた魔女ネヴィアは、無限に近い魔力《マナ》を所持していました。彼女は魅了だけに特化した魔女だった。だからこそ恐るべき存在だったのです」

エステルさんがぴしゃりと言った。流石《さすが》のフリアエさんも大人しくなった。

が、今度は横やりが入った。

「ねぇ、フリアエ女王陛下？　その魅了魔法のせいで、厄災《ネヴィア》の魔女の生まれ変わりって疑われてたんだから発言には気をつけたほうが良いと思うの」

「聖剣士様の言う通りです、フリアエ様。うかつな発言は慎んでください」

横山《よこやま》さんとハヴェルがちくりと釘《くぎ》をさした。

「……わ、わかってるわよ！」

フリアエさんが気まずそうにそっぽを向いた。

「それで……、復活した厄災《ネヴィア》の魔女はどこにいるんですか？」

どうしても彼女の最後の言葉が引っかかる。俺が厄災《ネヴィア》の魔女の生まれ変わりに既に会っている、というあの言葉。俺の心情を知ってか、エステルさんがにっこり微笑《ほほえ》んだ。

「ご心配なく、マコト様。厄災《ネヴィア》の魔女が言った『あなたの知り合いに転生する』という言葉が気になっているのですね。あれはマコト様を惑わせるために言った、虚言でしょう。私はイラ様の命令を受け、マコト様のお知り合いのプライベート情報は全て、私生活の様子から思想に至るまで丸裸にさせていただきました。マコト様の知り合いの中に厄災《ネヴィア》の魔女はおりません！」

「「「「「え？」」」」」

ほぼ、その場にいた全員がぎょっとした顔でエステルさんのほうを振り向く。

そして、俺はその言葉を聞きほっと一安心できた。はぁ……、よかった。

「厄災《ネヴィア》の魔女は、大魔王城エデンにいるはずです。魅了された魔族や魔物たちは、大魔王城の周辺から広がっていますから」

「そうですか。俺はこっちの時代では大魔王城はおろか、魔大陸にすら行ってないですから会っているはずありませんね」

「その通りです。安心されましたか？　マコト様」

「ええ、ほっとしました」

ははは、と笑い合うエステルさんと俺。

「待って！　待って！　待って！　待って！」

「高月くん！　どーいうこと!?」

「私の騎士と運命の巫女《エステル》！　さっきの意味を説明しなさい！」

ルーシー、さーさん、フリアエさんが俺に詰め寄った。おや？

「エステルさん。厄災《ネヴィア》の魔女さんが、転生している人物が俺の知り合いかもしれないという話はみんなに話していないんですか？」

てっきりイラ様経由でとっくにみんな知っているものかと思っていた。

そしたら、大賢者様《モモ》が俺のそばにきて囁《ささや》いた。

「身内を疑うわけですから。一応、極秘で調査をしました」

「モモが協力してくれたんだな」

「一応、太陽の国《ハイランド》では重鎮扱いですからね」

ふん、と小さな胸を張るモモ。俺はその頭を撫《な》でた。

「大丈夫ですよ、皆様。プライベート情報が筒抜けと言っても、相手は運命の女神様《イラ》です。私が自分の目で見たわけではありません。天界からイラ様が『神眼』をもって確認してくださいました」

「……あー、そーなんだ」

「それなら、仕方ないのかな……」

「でも、いい気はしないわね」

あちらでは、エステルさんがみんなに説明をしている。どうやら、厄災の魔女《ネヴィア》が魔大陸で復活したため、皆の疑いが晴れたので『厄災の魔女探し《ネヴィア》』は公開情報になったようだ。

心配事も無くなったことだし、そろそろ出発を……、と思っていたら俺の服が「くいくい」と引っ張られた。相手は大賢者様《モモ》だ。

「マコト様。まさかとは思いますが、今夜出発するつもりではありませんよね？」

「うん、出発しようと思ってる」

俺の言葉に、大賢者様が「はぁー」と大きなため息を吐《つ》いた。

「何で私がこっそり魔大陸に向かおうとしたマコト様のことを騒ぎ立てたか、わかってます？」

「えっと……、嫌がらせ？」

「そんなわけないでしょう！」

モモが、「キー！」と怒りの表情を見せる。

「マコト様の精霊魔法は一発撃つだけで、周りの環境へとてつもない影響を及ぼすんですよ！　千年前だって平気で天気を変えたり、嵐を呼んだりしてましたよね！　しかも！　マコト様が信仰しているのが女神ノアのせいで、運命の女神《イラ》様の未来視には視えないし！　そんな人を自由にさせていいわけないでしょう！」

「………はい」

めっちゃ怒られた。

どうやら勇者じゃないからって好き勝手していいわけじゃないらしい。

「あとで騎士総長《ユーウェイン》の部下から、『第三次北征計画』にマコト様の行動を組み込んだ計画書が届きます。参謀本部が、今晩徹夜して作成しているので、それを明日の朝に目を通してから出発してください」

「…………」

何だか申し訳なくなってきた。俺が動くとそんな大事《おおごと》になっちゃうの？

すると、大賢者様が「ふっ」と小さく笑った。

「正直、古竜《アシュタロト》の王をどうするかはずっと懸案でしたから。マコト様が行ってくださるなら、これほど心強いことはありません」

「モモ……」

「とっとと古竜《アシュタロト》の王をぶっとばしてきてください」

なんか扱いが雑じゃない？

「心配はしてくれないの？」

「心配するだけ無駄ですからね！　私やアンナさんが、どれだけ無駄な心配をさせられたか！」

「……そうだっけ？」

「毎回、無茶苦茶してたじゃないですか！」

千年前の戦いは、どれもギリギリだったと思うんだけど。

俺とモモでは認識にズレがあるようだ。

俺がモモと千年前の思い出話に花を咲かせていると、いくつもの視線を感じた。

ルーシーやさーさん、ソフィア王女、フリアエさん、桜井《さくらい》くんやノエル女王が、こちらをじぃっと見ている。

しまった、現代の人たちが置いてけぼりになってしまった。

「マコト様。今日はハイランド城の客室を準備しましたので、そちらにお泊りください。マコト様と話し足りない人は大勢いるようですし」

苦笑しながらノエル女王に提案された。女王様に言われては断れない。

俺たちは、ハイランド城で一泊することとなった。

「えっと、みんなもくるの？」

案内されたハイランド城の客室は広かった。軽く三十人は入れるくらいの広さだ。

そのため、さっきまで話をしていた面々がそのまま移動してきた。ついでにそのまま宴会になった。

「タッキー殿。旅に必要な道具は揃《そろ》えておりますぞ」

「追加で必要なモノがあれば、いつでもおっしゃってくださいネー」

「あれから一時間も経《た》ってないんだけど」

ふじやんとニナさんが敏腕過ぎる。あっという間に、準備が終わってしまった。

「まったく、フリアエさんは素直じゃなさ過ぎます。そんなのでは苦労しますよ」

「ホント、面倒くさい女よね、フーリって」

「……………はい。反省しています」

あっちではフリアエさんが、ソフィア王女やルーシーに正座させられている。

どうやら再会した時に、フリアエさんが変な態度をとったことをソフィア王女とルーシーが説教しているようだ。

「フリアエ……、あ、あなた女王なのですよ？」

フリアエさんが正座している様子をノエル女王は驚愕《きょうがく》した顔で見ていた。

「仕方ないでしょ……、ソフィア王女とルーシーさんとアヤさんにはお世話になったから頭が上がらないのよ……」

月の国《ラフィロイグ》の再興は、三人の尽力無しではあり得なかったらしい。

今や、月の国《ラフィロイグ》は大量の魔法使いを抱える強国だが、大陸一の小国ローゼスの王女と、その冒険者二人に頭が上がらないんだとか。どうも力関係がおかしくなっている。

「くっ……！　私も残りたい！」

「駄目ですよー、大賢者様。仕事が残っていますからー」

「マコト様ー!!」

「はーい、行きましょうー」

モモは、運命の巫女《エステル》さんに引っ張られていった。偉くなると大変だな。

埋め合わせはするよ、モモ。俺は両手を合わせて、心の中でお礼を言った。

「高月《たかつき》くーん！　こっちこっち」

さーさんに引っ張られた。そこは桜井くん、横山さん、ふじやんら元クラスメイトで集まっていた。こういう面子《メンツ》は久しぶりだな。

しばらくは、高校時代の話で盛り上がった。それから、中学時代の話になった。

俺と桜井くん、さーさんは同じ中学だ。と思ったら、実は横山さんも同じだったらしい。

「ひ、酷《ひど》い！　何で忘れてるの⁉」

横山さんに怒られた。

「タッキー殿は興味がないことには記憶のメモリーを割きませんからなぁ……。ケイ殿のことも忘れていましたし……」

「違うぞ、ふじやん！　それは覚えていた！　印象が違ったから戸惑っただけで」

親友の嫁の顔を忘れていたと思われるのは心外だ。

「高月くんぽいなぁー」

さーさんにまで笑われた。そしたら、桜井くんが会話に入ってくる。

「中学と言えば、高月くん、覚えてる？　僕がストーカーにあった時に助けてくれた話」

「…………ん？」

桜井くんの言葉から記憶を掘り起こす。中学、桜井くん、ストーカー……、強めのキーワードのおかげで苦労なく思い出すことができた。

（って、その話は！）

一気に酔いが醒《さ》める。おい、Ｍｙ黒歴史シリーズじゃないか。

「えっ!?　何それ！」

「何と、その話は初耳ですな！」

桜井くんの話に、横山《よこやま》さんとふじやんが食いつく。駄目だ！

その話は、秘密の約束だっただろ。

「覚えてるよー。高月くんに私の服を貸してあげたんだー。高月くんが女装した、ところ可愛《かわい》かったなー」

「さーさん!?」

そう言えば、さーさんは知ってるんだった！　くっ！　今の今まで忘れてたっぽいのに。

「えー、なにそれー。面白そう！　知りたい知りたい！」

横山さんが悪ノリする。

「ほほう」

『読心』スキルを持っているふじやんがニヤニヤしている。く……、既に読まれた!?

「ああ、たしかにあの高月くんは可愛かった……」

「おい！　桜井くん、何を言って……」

おかしなことを口走りだした桜井くんの胸ぐらをつかむと、だらんとこちらに寄りかかってきた。………ん？

これは、もしかして。

「桜井くん、ごめん、リョウスケに間違ってお酒を注《つ》いじゃったかも」

「あ！　飲んでる？」

「……すー……すー」

既に桜井くんは寝息を立てていた。相変わらずの下戸《げこ》だ。

しかし、助かった。黒歴史は日の目を見ること無く、封印された。

「ねー、アヤ。話聞かせてー」

「えっとねー、私は現場にいたわけじゃないんだけど……」

「やめろ！　さーさん！」

なんとか、その場を解散させて有耶無耶《うやむや》にすることに成功した。

まさか、こんなところで黒歴史が掘り起こされるとは。

「…………」

地獄耳のルーシーが、こっちの会話を聞きつけたのかニヤニヤ見てくる。く、絶対にあとで聞かれる。桜井くんが寝てしまったことで、その場はお開きになった。

◇

旅立ち前の宴《うたげ》は終わり、部屋は静かになった。客室はルーシーやさーさんも同室だが、一応室内に仕切りがある。二人は旅の荷物の準備をしている。

ニナさんから色々と新商品を購入したようで、楽しそうに選んでいる。

「マコトも一緒に選んでよ」

「高月くんもこっちきてー」

と誘われたが、持っていく下着がどれがいいとか聞かれて困ったので逃げてきた。

就寝まで少し時間がある。寝る前に少し、修行しておくか。

そう思った俺は、城の中庭にある噴水近くで水の大精霊《ディーア》を呼び出した。

魔力《マナ》は抑えてもらってあるので、誰かを驚かせる心配はない。

「我が王、お呼びですか？」

「ディーア、古竜の王《アシュタロト》と戦うことになったんだ。前に一度会ったことがある奴《やつ》だけど覚えてる？」

俺が尋ねると、ディーアは頬に手を当てて少し考えるように視線をさまよわせた。

「もしやあの、竜神の末裔《まつえい》ですか？」

「そうそう、千年前は地獄《コキュートス》の世界が通じなかったやつだよ」

「覚えております、我が王。千年前は強敵でしたね」

「ああ、再戦の約束をしてたんだ。ディーアの力を貸してくれ」

「勿論《もちろん》です。存分に使役してくださいませ」

水の大精霊《ディーア》が優雅に一礼する。現代に戻ってから大きな戦闘は行っていない。

一度、精霊魔法の試し撃ちをしたほうがよいだろうか。でも、モモに怒られそうだなぁ
……。そんなことを考えていたら。

「私の騎士……？　何をやってるの？」

声をかけられた。振り向くまでもなく、その呼び方をするのは一人だけだ。

「姫？　帰らなくていいの？」

「誰？　その女……？」

俺の質問は無視された。女王様が、ウロウロしていていいんだろうか？

少し離れた位置に、護衛の者はいるようだけど。

「また知らない女と……呪おうかしら」

とりあえず、聖女らしからぬ台詞《せりふ》を吐いているフリアエさんの誤解を解かないと。

「姫。ディーアは水の大精霊《ウンディーネ》だよ。知ってるだろ？」

かつてはフリアエさんと同調《シンクロ》した時しか呼び出せなかった水の大精霊《ウンディーネ》。

思えば、随分と精霊の扱いにも成長したものだ。

「水の大精霊《ウンディーネ》……？　まるで人間みたいね」

フリアエさんの言う通り、以前は半透明で全身が青かった水の大精霊《ディーア》は、今では見た目なら殆《ほとん》ど人間と変わりない。人と見間違えるのも仕方なかった。

そのディーアがフリアエさんを見て、不審な表情になった。

「……我が王、この女はあの時の魔女では……？」

誰が相手でも動じないディーアが、珍しく身構えている。

「違うよ、姫は味方だよ。千年前の月の巫女《みこ》とは別人だ」

「そ、そうですか……」

俺が言ってもビビり気味に後ずさっている。本当に珍しいな。

厄災の魔女《ネヴィア》さんに対しては、強烈な苦手意識があるらしい。

「ねぇ、私ってそんなに千年前の厄災の魔女《ネヴィア》に似てるの……？」

フリアエさんが不安そうにこちらを見つめる。

「そうですね、見た目はよく似て……」

「姫のほうがずっと可愛いよ」

ディーアの言葉に被《かぶ》せるように、俺は断言した。似てると言われて、嬉《うれ》しいことはないだろう。それに実際、俺にはそこまで似ているようには感じなかった。

厄災の魔女《ネヴィア》さんは、少し年齢が上だったし。見た目二十代後半くらいだったはず。

「っ！　そ、そ、そうなの!?」

フリアエさんが真っ赤になった。

「確かにあの魔女は、どんな状況でも動じませんでしたね。全然違いました」

水の大精霊《ディーア》が感心したように頷《うなず》いている。

それからディーアは姿を消し、俺とフリアエさんは部屋に戻る道をとてとて歩く。

ルーシーとさーさんに挨拶してから、帰るらしい。

「…………」「…………」

フリアエさんがさっきから黙ったままだ。

「姫？」

「……なによ」

「いや、何も喋《しゃべ》らないから」

「……別にいいでしょ」

「まあ、いいけど」

何か怒らせるようなこと言ったかなぁ？　そろそろ部屋に着こうかと言う時。

「マコトさん」

「はい？」

名前を呼ばれた。まだ、声変わりしていない女の子のような少年の声。

レオナード王子だ。

「レオナード王子。どうしました？」

「……あの、実は少しお話がありまして」

「わかりました、では部屋で話を」

「いえ！　部屋では駄目なんです。ここで」

「私は席を外しましょうか？」

レオナード王子の真剣な表情に、フリアエさんが気を使ってくれた。

「いえ、フリアエ女王にも聞いていただきたいのです」

「そうなの？」

レオナード王子が俺とフリアエさんに話とはなんだろう？

レオナードは、何かを言いよどむように口を開かない。

「レオナード王子？」

「何の話？」

俺とフリアエさんは、次の言葉を待った。

「マコトさんは……、これから『紅蓮《ぐれん》の牙』のお二人と魔大陸に向かわれるのですよね？」

「紅蓮の牙……ルーシーとさーさんですよね？　はい、そうですすよ」

「あーあ、私も行けたらなー」

「姫は女王様なんだから駄目だろ」

「わかってるわよ。昔は一緒に冒険に行けたのになぁー」

「なつかしいね……、ってレオナード王子、失礼を」

話が脱線した。

「何か魔大陸について、心配事ですか？」

現代の魔大陸は初めてだ。でも、千年前よりはずっとマシだと思っている。

レオナード王子は首を横に振った。

「いえ、魔大陸のことではなく……、実は紅蓮の牙のお二人のことでお話があるんです」

「ルーシーとさーさん？」

「あの二人がどうかしたの？」

俺とフリアエさんは首をかしげる。ルーシーとさーさんはいつも元気いっぱいだ。

今や水の国《ローゼス》のトップ冒険者ということだし、とても頼りにしている。

何か問題があるという話は知らない。

それとも実は怪我《けが》をしてて、それを隠している、という話だろうか。

それなら、無理はさせないようにしないと。

なんて考えていた。が、レオナード王子の口からはまったく想像してなかった言葉が飛び出した。

「実は……紅蓮の牙のお二人が…………不仲だという噂《うわさ》があります」

「…………………は？」

俺とフリアエさんは、二人揃《そろ》って目が点になった。

閑話　パーティー解散の危機

「ルーシーとさーさんが……不仲？」

レオナード王子の言葉の意味が理解できない。いつも一緒にいる二人が？

いやいやいやいや。ないって、それは。

「そ、そんなはずないわ！　だって私はルーシーさんとアヤさんに何度も月の国《ラフイロイグ》に出た魔物退治の依頼をしたことがあるもの！　二人はいつも一緒だったし、いつも息ピッタリよ！」

フリアエさんが焦ったように叫ぶ。

「俺も同じ意見だよ。ルーシーとさーさんとは、千年後に戻ってきてからずっと一緒にいるけど不仲な様子なんて一度も無かったよ」

俺が告げるが、レオナード王子は悲しそうに首を横に振った。

「……『紅蓮の牙』のお二人は女性ながら水の国《ローゼス》のトップ冒険者です。憧れる冒険者も少なくありません。大多数は、お二人が大の親友同士ということを疑っていないでしょう」

「そうよ！　正直、私の騎士を含めて四人で冒険していた時も、ルーシーさんとアヤさんが仲良すぎて私はちょっと疎外感を感じてたし……」

「え？　そうなの、姫？」

てっきり女三人で楽しくやってるものとばかり。

「だって、ルーシーさんとアヤさんいっつもべったりじゃない。寝る時まで一緒だし」

「ああ、そう言えばそうだったね」

そんな二人がよりによって不仲とか。きっと勘違いに違いない。

が、レオナード王子の表情は悲しげなままだった。

「マコトさん、フリアエ女王……、ひとつ聞きますがルーシーさんとアヤさんが二人きりの様子を見たことがありますか？」

レオナード王子の質問に、俺とフリアエさんは顔を見合わせる。

「二人きりの時？」

「そんなもの見たことあるわけないでしょ」

俺とフリアエさんは首を横に振った。だって、他の人がいたら二人きりにならないだろ？

「水の国《ローゼス》の冒険者ギルドは、紅蓮の牙のお二人に依頼をする機会がとても多いです。ルーシーさんは希少な空間転移《テレポート》の使い手で、どんな場所へも一瞬で移動できますし、アヤさんは水の国《ローゼス》唯一のオリハルコン級冒険者です。災害指定の魔物は、お二人へ優先的に依頼していました。彼女たちも、快く受けてくださっていたので……」

その話は納得するものだった。

つい、先日も水の国《ローゼス》の緊急依頼で二人で出かけていった。

「月の国《ラフイロイグ》だってそうよ。二人に依頼したら、どんな依頼でも受けてくれて助かってるわ。いつも二人で一緒に行動しているみたいだし、全然仲悪くないわよ」

フリアエさんが断言する。

ここで、レオナード王子がゆっくりと口を開いた。

「これは水の国《ローゼス》王都の冒険者ギルドからの報告なのですが……ギルドの応接室でルーシーさんとアヤさんは一言も口をきかないそうなんですよ」

「「…………………え？」」

フリアエさんが、大きく口をポカンと開く。

美人がするには間が抜けた顔だったが、人のことを言えなかった。

俺も同じくらい驚いていたから。

「まさか……、そんなこと……」

「ぐ、偶然でしょ？　そんな日だってあるわよ」

俺とフリアエさんの声が震える。

「残念ながら、王室の優秀な間者《スパイ》で、『隠密《おんみつ》』スキルに優れた者が調査しました。間違いありません。過去十数回に渡って、ルーシーさんとアヤさんがギルドの応接室にいた時には、一切の会話がありませんでした」

レオナード王子が断言した。というか、スパイまで使って何を調査してるんだ。

しかし、その話が本当ならレオナード王子の言葉に信憑性《しんぴょうせい》が出てくる。

ルーシーとさーさんは二人きりの時はまったく喋っていない？

でも、本当に？　俺と一緒の時は、あんなに仲良さそうなのに……

いや、そういえば……、前の世界のテレビに出ているベテランの『芸人』さんとかは、カメラの前では仲よさげに振る舞っているけど、楽屋では一切会話がないコンビもいるという話を聞いたことがある。

それに……先日の水の国《ローゼス》からの緊急依頼。魔物を倒したあと、喧嘩《けんか》になったって言ってたっけ？　実際に、二人はボロボロだった。

え……、じゃあ二人の時は険悪だってこと？

今のルーシーとさーさん──『紅蓮の牙』は、ベテラン冒険者だ。

冒険者たちの注目を、常に浴びていることだろう。

仮に不仲だとしても、表面上は仲よさげに振る舞っていたと考えることもできる。

……でも、…………それは当たって欲しくない想像だ。

もし本当ならパーティー解散だってあり得る。

嫌だ……。何かの間違いであって欲しい。

「そ、そんなはずないわよ……あの二人が……、絶対に信じないわ！」

フリアエさんも俺と同じ考えのようだ。

「水の国《ローゼス》は紅蓮の牙のお二人に非常にお世話になっています。本来ならこんな話はしたくなかったのですが……、マコトさんはこれから最強の魔王『古竜の王《アシュタロト》』へと戦いを挑むのです。この件を曖昧なままでは終わらせないほうが良いと思いまして……」

レオナード王子が苦しげに説明した。王子も苦渋の判断だったらしい。

「状況は理解しました」

「きっと何かの勘違いよ」

「……では、今から二人の様子を見てみましょう」

レオナード王子の言葉に、俺とフリアエさんは静かに頷《うなず》いた。


俺、フリアエさん、レオナード王子はこっそりとハイランド城の客室へ戻ってきた。

途中、何度か見張りの騎士さんが、月の国《ラフィロイグ》の女王と水の国《ローゼス》の王子がいる一行を呼び止めた。

「あの……フリアエ女王陛下、レオナード王子。来訪のご予定は承っておりませんが……」

「いいから、通して。ね☆」

フリアエさんが軽く『魅了《ウインク》』すると、「……はい、フリアエ様」と見張りの騎士さんはあっさり通してくれた。今日もフリアエさんの魅了魔法は冴《さ》え渡っている。

……これ、防犯《セキュリティ》は大丈夫か？

「姫の魅了、やっぱり便利だね」

平和的に解決できる点は素晴らしいと思う。

「フリアエ女王の魅了……凄《すさ》まじいですね」

レオナード王子も感心している。

フリアエさんは、俺たちの言葉に指を頬に当て、少し考えるような仕草をした。

そして、何か閃《ひらめ》いたのか俺の側にすすっと寄ってくる。

「……ねぇ、私の騎士。私のことどう思う？」

目を金色に輝かせたフリアエさんが俺の頬をそっと撫《な》でた。くすぐったい。

「くすぐったいです」

そのまま伝えた。

「あ、そう」

フリアエさんは、白けた顔になった。瞳の色が黒に戻る。

「つまらないわ。前よりも魅了魔法は強力になっているけど、私の騎士にはまったく通じないんだもの」

「別に魅了しなくてもいいだろ？」

「……ふん」

フリアエさんは、小さく息を吐いた。

そんな雑談をしつつ、――――俺たちは部屋の前に着いた。

部屋の中に、ルーシーとさーさんがいる。普段はやったことがないが、今回は『隠密』スキルを使って、そっと部屋の扉を少しだけ開いた。

ルーシーとさーさんの話し声が聞こえてくるはず……だったが。部屋からは何も聞こえなかった。え……？

隣のフリアエさんのつばを飲む音が聞こえた。そっと部屋の中を覗《のぞ》き込む。

もしかしたら、ルーシーとさーさんは寝ているのかも、と思ったが二人とも起きていた。

さーさんは明日の旅の準備、というか俺の荷物をまとめてくれている。

ありがたい。あとで、お礼を言わないと。

ルーシーはというと、戦闘時に使っている杖《つえ》を磨いていた。

一流の冒険者は道具の整備を怠らないというが、ルーシーもきっとそうなんだろう。

俺もノア様の短剣をきれいに磨きたいと思うのだが、短剣にかかった魔法の影響か何もしなくてもいつもピカピカなので手入れが必要ない。

「「「…………」」」

俺とフリアエさんとレオナード王子は、黙って部屋の中の様子を見続ける。ルーシーとさーさんは何も喋《しゃべ》らない。さーさんは、ぱたぱたと部屋の中を忙《せわ》しく動き回りながら荷造りしている。ルーシーは杖を磨き、時たま小さな火魔法を使って、杖の調整を行っている。

普通は、何か会話があってもいい場面だ。

が、二人とも異様なほど何も喋らない。

まるで無視しあっているかのような。

「どうです、マコトさん。フリアエ女王」

「……王子の言う通りでしたね」

この様子を見せられては、レオナード王子の言う通りと言わざるを得ない。

「…………うぅ」

ずっとその様子を眺めていたフリアエさんが、何かを呟《つぶや》いた。

「姫?」

「もう我慢ならないわ!」

バーン、とドアを大きな音を立てて開くと、フリアエさんがつかつかと部屋に入っていった。俺とレオナード王子もそれに続いた。

「あら? お帰りマコト……とフーリにレオナード王子?」

「珍しい組み合わせだねー」

ルーシーとさーさんが、笑顔で出迎えてくれた。が、それが異様なことのように映ってしまう。君たち、なんでさっきまで一言も喋ってなかったんだ？

「ルーシーさん、アヤさん！　いつからそうなってしまったの!?」

フリアエさんが大声で喚《わめ》く。

「え？　何言ってるの、フーリ」

「どうしたの、ふーちゃん？」

ルーシーとさーさんが、きょとんとして首をかしげる。

「もう演技をしなくてもいいの！　二人が実は険悪だってことはわかってるのよ！」

フリアエさんはなおも続ける。

が、ルーシーとさーさんは不思議そうに顔を見合わせるのみだ。

「私とアヤが？」

「けんあくってどーいうこと？」

「しらばっくれないで！　どうして私の前でまで演技するの！　仲間でしょう！」

フリアエさんは追及するが、あくまでとぼけるつもりのようだ。

「レオナード王子」

「はい、マコトさん。僕から説明します」

フリアエさんは冷静ではないので、この場は王子に任せることにした。そこから、レオナードがことの経緯を説明すると、ルーシーとさーさんの顔が徐々に真剣なものになった。

「というわけなんだ。ルーシー、さーさん。実際のところはどう？」

「どうして！　私は二人みたいな関係に憧れてたのに！」

どうやらフリアエさんは、ルーシーとさーさんの関係性が好きだったようだ。

それが偽りとわかって、冷静さを失っている。

「待って待って！　誤解よ、フーリ！」

「そうだよ、るーちゃんとはずっと仲良しだよ！」

ルーシーとさーさんが慌てて否定する。

「しかし、さっきのご様子は……」

「まったく喋らないのは変じゃない？」

レオナード王子と俺が言った。

が、ルーシーは焦った様子もなく、ぽりぽりと頰を掻《か》いた。

「まさか、こんな騒ぎになるなんて思ってなかったわ。私とアヤが二人の時に喋らないのは、この『魔道具』を使っているからよ」

ルーシーが俺に見せてきたのは、さーさんとおそろいで着けている腕輪《ブレスレット》だった。

「これは？」

「藤原《ふじわら》くんに売ってもらった『念話魔法』がかかった魔道具だよ」

「この腕輪を着けていると口に出して喋る必要がないのよ」

「何でそんな魔道具をつけてるの？」

　本当だろうか？　理屈はわかるが、理由がわからない。

「私とアヤって二人で冒険してたでしょ？　強い魔物と戦う時って、声を使ったやり取りって不便なのよね」

「というかるーちゃんの魔法が派手過ぎて、声が聞こえないんだよ」

「で、フジワラ商会に相談したらこんな魔道具があるよ、って紹介されたわけ」

「最初は戦闘の時だけつけてたんだけど、だんだん面倒くさくなってつけっぱなしにして
て……」

　それで二人きりの時は、念話だけで会話をしているらしい。

「ちなみにさっきは何の会話を？」

　確認もかねて俺は尋ねた。口裏を合わせているだけの可能性もあるし。

「「……」」

　ルーシーとさーさんが顔を見合わせる。何か不都合があるんだろうか？

「い、言わない～」「秘密☆」

「……怪しい」

目をそらす二人。何故《なぜ》、言えないんだ。

「やっぱり二人は仲が悪くてそれを隠してるんじゃ……、最悪パーティー解散に……」

俺の呟きが聞こえたのか、ルーシーとさーさんの顔色が変わった。

「解散なんて駄目！　言います！」

「うぅ……、さっき二人で念話してたのは……」

俺たちは固唾《かたず》を呑《の》み言葉を待った。

「マコトをどうやって襲うか話し合ってました」

「高月《たかつき》くんと既成事実を作っちゃおうかなーってるーちゃんと話してました」

「「…………」」

そら言えんわ。一気に脱力した。なんて会話だ。

レオナード王子が気まずそうにしている。

「……じゃあ、本当に二人は仲悪くないの？」

フリアエさんがおずおずと尋ねる。

「当たり前じゃない、アヤは大親友よ」

「るーちゃんのこと大好きだよー」

「ねー、アヤ」

「ねー、るーちゃん」

　ルーシーとさーさんが、お互いの肩を叩《たた》きながらケラケラと笑う。いつにも増して、テンションが高い。俺とフリアエさんとレオナード王子は顔を見合わせた。

　一応、話の筋は通っている。少しオーバーリアクションなのが気になるが。演技ではないのだろうか？　それが伝わったのだろう。

「なーんか、まだ疑われてる？」

「えー、じゃあ私とるーちゃんが仲良しのところを見せてあげようよ」

「アヤ？　それってどうやって……」

「るーちゃん！　えいっ！」

　さーさんがルーシーをベッドに押し倒した。

「きゃっ！　ちょっと、アヤってば……ん!?」

「ちゅー♡」

　さーさんがルーシーを押し倒したまま、キ、キ、キスをした。

「もう……アヤってば、強引なんだから」

　ルーシーが苦笑しながら、さーさんを抱きしめる。そしてさーさんにキスをし返した。

　そのまま、二人が何度も深く《ディープ》キスをしている。

「「「……」」」

　俺とフリアエさんとレオナード王子が押し黙る。

おいおい……これは。何をやってるんだ二人は。

ふと見ると二人の近くにワインボトルが転がっている。

どうやら、宴会がお開きになったあとも二人で飲んでいたらしい。

テンションが高かったのは、酔っ払っていたからか。

「もうーるーちゃんのエッチ」

「アヤこそ……可愛《かわい》い顔」

ベッドで抱き合いながらイチャイチャする二人。恋人同士かな？

うん、もう疑いません。超仲良いわ。

「姫～、二人は仲良しみたいだよ。安心した？」

「……これって友情なのかしら？」

フリアエさんがさっきまでとは違う、とても複雑な表情をしている。

「あわわわわ……、そんな……、女の子同士で……」

レオナード王子が真っ赤な顔をしている。子供には刺激が強すぎたらしい。

（……マコトは冷静過ぎない？）

ノア様のツッコミが入る。前から百合《ゆり》気味だったけど、二人で冒険して関係性がアップグレードしたらしい。

「ねぇ、マコトぉ。何見てるのよ？」

「高月くん、こっち来てぇ」

「アヤとこんなことになったの、マコトのせいなんだから」

「高月くんが、私たちを待たせすぎなんだよー」

まさかの俺のせいだった!? いや……、まさかではないな。二人を置いて千年前に行ってしまったのだ。悪いのは俺だ。

ルーシーとさーさんの目がとろんと熱っぽい。

(ほら、呼ばれてるわよ。漢《おとこ》を見せなさい、マコト)

ノア様が煽《あお》る。いや駄目でしょ。

このままではレオナード王子の情操教育に良くないことになってしまう。

「とりあえず眠らせておくわ——睡魔の呪い」

フリアエさんが、強制睡眠をかけてくれた。本当に便利な魔法だ。

「くー……」「すー、すー」

ルーシーとさーさんは仲良く抱き合ったまま眠っている。

「「…………」」

残された俺とフリアエさん、レオナード王子の間に気まずい空気が流れる。

「すいません、僕が勘違いを……」

レオナード王子に謝られたが、誰にでも間違いはある。

「いえいえ、仕方ないですよ」

「理由もわかってスッキリしたわ……」

「はい、それでは。お騒がせしました」

　王子は赤い顔をして帰っていった。残るは俺とフリアエさん。

「はぁ……無駄に焦っちゃったわ。じゃあ、私は自分の宿に戻るわ。私の騎士……、魔大陸、気をつけて」

「うん、ありがとう姫。送ろうか？」

「護衛の騎士を待たせているから大丈夫よ。…………えっと」

　去ろうとしたフリアエさんが、何かを言いかけて止《や》めた。

「どうしたの？」

「ううん、別に私の騎士には関係ないことだと思うけど……」

「いいよ、言って」

「最近、月の女神《ナイア》がよく夢に出てくるの」

「え？」

　月の女神《ナイア》様。この世界において、闇や呪いを司《つかさど》る女神様。

「ナイア様はどんなことを言ってるの？　大魔王《イヴリース》についてとか？」

「ううん、別に役立つことは何にも。何が可笑《おか》しいのかニヤニヤ笑ってるだけよ。『君たちは面白いことをしているね』とか言って。本当に役に立たない女神ね！」

自分の信仰する女神様へ暴言を吐くフリアエさん。長年放置されてきたから、致し方ないのかもしれない。

「何でその話を俺に？」

「別に、ただ私の騎士は女神連中と会話できるんでしょう？」

「そっか……ノア様？　どう思います？」

俺は空中に向かって呼びかけた。

（珍しいわね。ナイアがこの世界に興味を持つなんて。千年ぶりじゃないかしら）

何か理由があるんでしょうか？

（海底神殿にいる私には想像もつかないわ。今度エイルにでも聞いてみなさい）

エイル様はナイア様と仲が良いのですか？

（ナイアはどの女神とも仲良くないわ。地上の信仰も管理してないし）

そうですか……。

「姫、特にわからなかったよ」

「私も期待してたわけじゃないから。それじゃあね」

「ああ、ありがとう」

フリアエさんは長い髪を揺らしながら、去っていった。これまで地上に一切干渉してこなかった月の女神様《ナイア》。その女神様が急に、フリアエさんの夢に登場したという点は少し気になった。まぁ、考えてもわかることではないけど。

（あとは……モモの顔も見に行っておこうかな）

太陽の国《ハイランド》を出る前に。

そんなことを考えながら、明日の旅の忘れ物がないかを確認した。

◇

「おはよう」

「……頭が痛いわ……マコト」

「……昨日って何をしてたっけ？　高月くん」

ルーシーとさーさんが朝辛《つら》そうにしていた。飲みすぎたようだ。

俺は二人が起きる前に、太陽の騎士団の人から『第三次北征計画（修正版）』の説明をうけていた。とりあえず、着いたら前線基地の人たちに挨拶をしておくように、ということだった。簡単過ぎない？　俺のやることこれだけ？　と思ったら、

『パターン・Ⅰ』高月マコトの精霊魔法が暴走した場合

『パターン・Ⅱ』高月マコトが水の大精霊《ディーア》を呼び出した場合

『パターン・Ⅲ』高月《たかつき》マコトが精霊の右手を使った場合
『パターン・Ⅳ』………

『パターン・Ⅴ』……

『パターン・Ⅵ』…

などなど、各ケースを想定した動きが二十種類ほど作成されていた。……精霊使《おれ》いに関する注意事項が、大量に付け加えられていた。これを徹夜で作ってくださっていたらしい。

そして、おそらく計画書の作成には大賢者様《モモ》が関わっているな。

身内しか知らないような情報が、多分に盛り込まれている。

(なるべくご迷惑かけないようにしよう)

ひっそりと誓った。

「じゃ、行きましょうか！」

ルーシーが杖《つえ》を構える。

「よろしくルーシー」「るーちゃん、お願いね」

俺とさーさんは、ルーシーの両腕にそれぞれ摑《つか》まった。

「行くわよー!!　空間転移《テレポート》☆」

視界が真っ白になった。

景色が何度かぶれる。

緑の田園風景。

深い緑の森。

殺風景な荒野。

連なる山脈。

あとで聞いた話だが、休憩なしに連続で空間転移《テレポート》を行うことは相当大変らしい。並の魔法使いなら、魔力《マナ》枯渇を起こすとか。

ルーシーは、平気な顔で何度も空間転移《テレポート》を使っている。

「はい、到着よ」

次に視界が開けると、目の前には巨大な砦《とりで》がそびえ立っていた。

「これが……」

「対魔王軍との最前線基地。ブラックバレル砦だよ、高月くん」

さーさんが教えてくれた。どうやらルーシーとさーさんは、何度か来たことがあるらしい。

おそらく天然の小山を魔法で無理やり城塞化したのだろう。

ゴツゴツした岩肌から、無骨な鋼鉄の柱が幾本も飛び出している。

そして、魔法で造られたであろう分厚い石壁。

一見すると人影は視《み》えないが、石壁から小さく開いた覗《のぞ》き穴《あな》から鋭い視線を感じる。

こちらを監視しているのだろう。平和だったハイランドの王都では感じられなかった物々しい雰囲気。戦場の空気だった。

こうして俺たちは、戦争の最前線へとやってきた。

六章　高月マコトは、前線基地を訪れる

対魔王軍最前線基地──ブラックバレル砦。

小高い山に作られた堅牢《けんろう》な要塞であり、周りをぐるりと深い空堀と幾つものバリケードが囲っている。

空を飛ぶ魔物には意味が薄そうだが、地上の魔物を防ぐには一定の効果があるだろう。

無人の荒野に、どこまでも続く無骨なバリケード。

その所々に、魔物の骨らしきものが転がっている。

俺たちは、砦から離れた位置にある分厚い鋼鉄の巨大な門の前に立った。

門は固く閉ざされている。どこから入るのかとキョロキョロしていると。

「貴様ら、名前は？」

どこからともなく短く問われた。

姿は見えなかったが、見張りが隠れているようだ。

「高月マコトです。それから……」

「紅蓮《ぐれん》の牙よ」

俺の名乗りに、ルーシーが続ける。やっぱり『紅蓮の牙』ってかっこいいなぁ。

俺も入れてもらおうかなぁー。

「お待ちしておりました。どうぞ、こちらへ」

門の一部に見張り用の隠れ部屋があったようだ。

一名の兵士さんが俺たちの前に現れ、砦まで先導してくれた。

「お気をつけて。私が歩いている場所から大きく外れますと、魔物用の罠《トラップ》が発動します」

「は、はい」

のんびり歩いていると兵士さんの言葉で、びくりとなる。

怖い……、うかつにふらふらもできない。俺が恐る恐る歩いていると。

「高月マコト様。よくぞ戻られました。再びお会いできて光栄です」

案内の兵士さんから話しかけられた。が、俺は彼と会った記憶がない。

「……どこかでお会いしましたっけ?」

「第一次北征計画の月の国《ラフィロイグ》遠征でご一緒しました。当時は第一師団の所属でした」

「第一師団……、オルト団長の部隊ですね」

「ええ、魔物の群れを海ごと凍らせた魔法は痛快でした!」

「懐かしいですね」

あの頃は水の大精霊《ウンディーネ》を呼び出せず、フリアエさんと同調《シンクロ》してなんとか運用していた。

「前線基地の兵士にはマコト様を慕っている者が大勢おります。顔を出していただければ皆喜びますよ。『獣の王《ザガン》』との戦いで重傷を負われたと聞いた時は、一同悲しんでおりましたから」

「それは……ご心配おかけしました」

「それにしても二度と立ち上がれないほどの大怪我《おおけが》と呪いをかけられたと聞いておりましたが、お身体《からだ》は問題なさそうですね」

「ええ、まあ。今は平気です」

　実際は怪我などしていないので、曖昧にごまかす。話しているうちに、砦の中へ到着した。

「ここからはこの者が案内します」

　兵士さんは敬礼して去っていった。待っていたのはメガネをしたキリッとした女性だ。

「お待ちしておりました、高月マコト様、『紅蓮の牙』ルーシー様とアヤ様。まずはブラックバレル砦の指揮官へご挨拶を願います。どうぞこちらへ」

　ぴちっとした軍服と相まって、有能秘書さんのように見える。

　俺たちはその女性のあとをついていった。

　砦の中は思ったより広く、道行く兵士と大勢すれ違った。

「ルーシーさん！　来てくれたんですね！」

「アヤ様！　ご無沙汰しております！」

聖級魔法使いのルーシーと神鉄《オリハルコン》級冒険者のさーさんは、ここでも有名人のようだ。

「しばらくここでお世話になるわ。よろしくね」

「ひさしぶりー、怪我してない？」

二人は気さくに返事をしている。人気者でいいなぁ、と思っていたら。

「……なぁ、紅蓮の牙の二人と一緒にいる男は誰だ？」

「兵士じゃないよな？　貧相な身体だ」

「まさかルーシーさんか、アヤさんの男か」

「何！　許せん！」

「いやいや、あの二人には心に決めた人がいるって知ってるだろ」

「あぁ、身持ちの固さが半端ないもんな」

「何人がルーシーさんとアヤさんに失恋《ハートブレイク》したことか」

「じゃ、結局誰なんだよ？」

「つっても、紅蓮の牙の前を歩けるなんて水の国《ローゼス》の勇者様しか……」

「待て……あの黒髪と変な魔力《マナ》の短剣……もしかして」

「……………ま、まさか」

「水の国《ローゼス》の勇者高月マコト様が戻られた……？」

「おいおいおい……、指一本動かせない寝たきり状態という噂《うわさ》だぞ」

「いや、しかし。俺は遠目でお顔を見たことがある……間違いない！　勇者様だ」

「た、大変だぞ……、皆に知らせないと」

すごく注目されはじめた。ざわざわしている。

どんどん大勢の人が集まってきた。

「これから将軍閣下のところに向かうの！　道を空けなさい！」

女性の案内係の人が怒鳴ると、さっと人垣が割れた。この女性美人だけど怖い。

そして、砦の上階にある立派な扉の前まで案内された。

「将軍閣下。失礼します！」

「入れ」

「はっ！　どうぞ、中へ。高月様」

「は、はい」

俺はゆっくり扉を開き中に入った。先程の「入れ」の声には聞き覚えがある。

部屋の奥、中央に大きな机と椅子がありそこに金ピカの鎧《よろい》を着た男が机に足を乗せて座っていた。

「ジェラルド将軍閣下。高月様をお連れしました」

「ご苦労だった。お前は下がっていろ」

「はっ！」

案内してくれた女性は、部屋から出ていった。

――ジェラルド・バランタイン。

太陽の女神《アルテナ》様に選ばれた勇者。

そして、アンナさんと同じ『雷の勇者』スキルの保持者でもある。

北天騎士団の団長にして、四聖貴族の嫡男。そして、現在のブラックバレル砦における最高責任者となったらしい。偉くなったなぁ。

そのジェラルドさんがギロリと俺へ視線を向ける。昔と同じ鋭い眼光だ。

不機嫌そうな顔は相変わらずである。

(あぁ……これは絡まれる)

と覚悟をしていたが、数年ぶりのジェラさんからの言葉は思いの外《ほか》冷静なものだった。

「久しぶりだな、高月《たかつき》マコト」

「ご無沙汰してます……、ジェラルド将軍閣下」

「ジェラルドでいい」

「お久しぶりです、ジェラさん」

「………あぁ」

ツッコまれなかった。寂しい。

「しばらくこちらでやっかいになります。よろしくお願いします」

「よろしくね！　ジェラルド将軍！」

「よろしくですー。ところでオルガちゃんは、いないの？」

俺と比べてルーシーやさーさんの挨拶は軽い。何度か来ているからだろう。

――ダン！　と座ったまま勢いよくジェラさんが俺の目の前に着地した。

どうやったんだ、いまの。

「古竜《アシュタロト》の王に挑むらしいな」

以前より身長が伸びたのか、威圧感が増してる。鋭い眼光のジェラさんから見下ろされた。

「古竜《アシュタロト》の王と再戦の約束をしてるんですよ」

「既に一生遊んで暮らせる富と栄誉を手に入れたはずだが、まだ貰《もら》い足りないらしいな。やはりおまえはそうじゃないとな」

ジェラさんにニヤリと笑われた。いや、そういうつもりはないんですが。

「知っていると思うが、今のここの責任者は俺だ。出撃するなら伝言を残しておけ。細かいことは言わん。好きにしろ。ああ、砦《とりで》は壊すなよ？」

えらく寛大な言葉だった。あの暴君ジェラルドさんとは思えない。

もっとも、俺は徹夜で太陽の騎士団の参謀が作成した、第三次北征計画書に目を通している。

「ちゃんと作戦には従いますよ」

　と言うとジェラさんは、つまらなそうな表情になった。

「おまえ、あの計画書に従う気か？」

「はい、精霊魔法を使いすぎるとご迷惑かけるようで……」

　俺が言うと、ジェラさんは大きなため息を吐《つ》いた。

「あれな……、本国の大貴族や聖職者共がこれ以上他国の英雄に手柄を立てられないように口を出して作られたものだ。無視していいぞ、高月マコト」

「そうなんですか？」

　知らなかった。

「太陽《ハイランド》の国の本国から、『これ以上、水《ローゼス》の国の英雄に手柄を立てさせるな』というお達しだ。貴族共や聖職者たちから恐れられているな。……気づいてなかったのか？」

「気づいてませんでした」

　密《ひそ》かにガーンとなっていると。

「マコト、ハイランドの王都じゃ扱い悪かったわよ」

「ねー、もっと丁重に扱われてもいいのに」

ルーシーとさーさんにツッコまれる。

どうやら俺は太陽の国《ハイランド》のお偉方から煙たがられているらしい。

「本国の貴族共はどいつもこいつも平和ぼけだ。呑気《のんき》に利権争いをやってやがる。大魔王《イヴリース》は復活しても、ずっと大人しいからな。このままにらみ合いが続くと思っているんだろう」

「でも海魔《フォルネウス》の王が攻めて来たんですよね？」

それを桜井《さくらい》くんが討伐したという話だ。

「光の勇者が一撃で仕留めたからな。すっかり油断しきっている」

「そうでしたか」

確かに王都シンフォニアの人々は、日々の平和を疑っている様子はなかった。

「……それに今の女王の政策はぬるいからな。王に反発する連中にまで温情をかけている。結果、ハイランドの内部がずっとゴタゴタして……いや、これはおまえには関係なかったな」

「ノエル女王……大変そうですね」

「まったくだ。反対派なんぞ、さっさと粛清すればいいものを」

ジェラルドさんは過激だ。

「まぁ、いい。何もない砦だが、ゆっくりしていけ。わからないことは、さっきおまえたちを案内した者に聞け。もっとも後ろの女二人のほうは何度か来ているから、勝手はわかっているだろう」

「そうね。部屋はいつものところでいいのかしら？」

「ねーねー、オルガちゃんは？」

「高月マコトの部屋は別だ。水の国《ローゼス》の英雄を冒険者用の部屋と一緒にはできん。オルガは
勝手に探せ。どうせ、竜狩りにでも行ってるから夕方には戻るだろ」

「ふぅん、わかったわ」

「はーい、勝手に探しますー」

ルーシーとさーさんは将軍相手でも、態度が変わらないんだなぁ。

ジェラさんも特に気にしてない様子だ。

「では、俺は失礼しま」

「高月マコト」

部屋を出る直前、ジェラさんに名前を呼ばれた。

「この砦の兵士は、おまえに助けられた奴《やつ》が多い。あとで兵士たちに顔を見せてやってくれ」

「わかりました」

同じことを見張りの人にも言われたな、と思い出す。

返事をして俺は将軍の執務室をあとにした。

「高月様、こちらがご用意させていただいた部屋となります。どうぞご自由にお使いください。鍵はこちらに」

「ありがとうございます」

案内された部屋を見ると、広くも狭くもない普通の部屋だった。

水の街《マッカレン》の中級ランクの宿屋の部屋といったところか。

「うわ、広っ！」

「えー、なんで一人用なのにベッドが二つあるのー？」

「ここ、広いの？」

「「広いよ！」」

ルーシーとさーさんの反応は、俺の感想と大きく違った。

どうやら戦場の最前線であるブラックバレル砦の住居スペースはとても狭いらしい。

殆《ほとん》どがカプセルホテルのようなベッドが置いてあるだけの場所だとか。

それを考えると破格の扱いらしく、少々申し訳ない。

「それでは私はこれで！　御用があれば一階の待機室におりますので」

案内をしてくれた女性は、ピシッと敬礼する。

砦の施設を案内すると申し出てくれたが、どうやらルーシーとさーさんが知っているようだったのでお断りした。

ちょっと残念そうな顔をされた。

案内をしたかったのだろうか。

俺たちは持ってきた荷物を部屋に置いた。あとは自由行動だ。

「じゃあ、どこに行こうか？」

俺がルーシーとさーさんに尋ねる。

「みんなが集まっているところがいいのよね？　どこかしらアヤ。訓練場？」

「それより食堂がいいんじゃないかな、るーちゃん」

「そうね。どうせ使うことになるし」

「ご飯は美味《おい》しくないけどねー。がっかりしちゃ駄目だよ、高月くん」

「そうなの？」

そんな雑談をしながら砦の中を案内された。

二人は勝手知ったるという感じで歩いていく。

ルーシーとさーさんは、水の国《ローゼス》の冒険者代表として何度か砦の防衛依頼を受けたことがあるそうだ。

竜《ドラゴン》の撃破数は、さーさんと灼熱《しやくねつ》の勇者オルガさんがトップなんだとか。

「ルーシーは？」

「私？　うーん、それがねー……」

どうやらルーシーの魔法は、『みんなまとめて吹き飛ばす』せいで撃破数がカウント不能らしい。

「実際はるーちゃんが一番多いんじゃない？」

「アヤはそう言ってくれるけど、証拠がないのよねー」

「でもマコトならあっと言う間に、一番になれるわよ！」

「そうだよね！　高月くんの魔法だったら全部凍らせちゃうし」

「そんな上手《うま》くいくかな……」

第一線の冒険者としてバリバリやってきた二人に言われても、少し自信がない。

千年前の時は『命を大事に』でやってきたからなぁ。

（マコト、結構無茶苦茶やってたってイラから聞いたわよ）

ノア様の声が聞こえた。イラ様は大げさなんですよ。

……そういえば、イラ様の声が最近まったくしないな。

どうしたのだろうか？

「着いたわよ、マコト」

ルーシーの声で我にかえる。そこは地下にあるだだっ広い空間だった。

長机と丸椅子がずらりと並んでいる。

どうやら食事の時間は終わりかけのようで、食事中の兵士の姿はまばらだった。

「高月《たかつき》くん、お腹《なか》すいてる？　まだ残ってるみたいだよ」

さーさんが指差すほうには、黒いパンとスープをよそう人がいた。

俺たちは数人の列に並び、食事を受け取った。

そして、空いている席に適当に座る。

「ここのパン硬いのよね……。おかわりは好きなだけしていいんだけど」

「このスープ、味が雑だよねぇ、るーちゃん。下処理があんまりされてない」

「美味しい」

「「え？」」

俺が呟《つぶや》くと、ルーシーとさーさんがびっくりした顔をする。

いや、でも本当に美味しい。

俺の舌がおかしいのだろうか。

「マコト……千年前は何を食べてたの？」

「高月くん……苦労してたんだね……」

ルーシーとさーさんにえらく同情された。

千年前は、味付けが塩くらいしかなかったからなぁ。

そうか、俺の舌は何でも美味しいと食べられるように進化したのか！

（違うわよ）

違いますね。

女神様《ノア》からそんなツッコミをいただいていた時。

「……もしや、水の国《ローゼス》の勇者様では？」

誰かが俺の顔を見て立ち止まった。

「……ローゼスの……、高月マコトさま？」

「……いや、まさか。魔王との戦いで半身麻痺《まひ》の呪いをかけられたはず」

「しかし……、あのお顔は……」

次々に他の兵士たちが集まってくる。

「隣にいるのって、ルーシーさんとアヤさんだよな？」

「あの二人が男を連れてる……？」

「男っ気が皆無の『紅蓮《ぐれん》の牙』の二人が男を連れてくるとなると！」

「ああ！　間違いない！　ローゼスの勇者様だ！」

徐々に騒ぎが大きくなる。

さっきの通路の時と違って、騒ぎを止める人はいない。

これは……、名乗りを上げたりとかしたほうがいいんだろうか？

「アヤさん！　お隣の男性は誰ですか!?」

一人の兵士が意を決したように質問してきた。

「私の旦那の高月マコトくんですー！」

さーさんが腕を絡めながら、にっこりと宣言した!?

「さーさん!?」

「ちょっと、アヤー。私たちでしょ？」

その紹介は適切なのか、という俺のツッコミやルーシーの声は兵士の人たちの声でかき消された。

「やっぱりだ！」

「水の国《ローゼス》の勇者様！」

「戻ってこられたのですね、高月様！」

「月の国《ラフィロイグ》では、助けていただきました！」

「私は第一次北征戦争で命を救われました！」

「シンフォニアの魔物の暴走《スタンピード》を止めた雄姿は忘れておりません！」

「魔王の呪いは大丈夫なのですか!?」

「ついに一緒に戦うことができるのですね！」

「高月様の精霊魔法を再び見ることができるとは……」

あっという間に取り囲まれた。

「あの……ちょっと……」

俺があわあわとしていると。

「ほら、堂々としてなさいよ、マコト」

「みんな高月くんに会いたかったんだってー」

ルーシーとさーさんに背中を叩《たた》かれた。

「……わかったよ」

二人に言われ、俺は姿勢を正した。

どうやらここの兵士さんたちには、心配をかけていたようだ。

なら元気なところを、きちんと見せよう。

それからは質問攻めだった。

もっとも兵士の皆さんは、軍人らしく俺が『何らかの極秘任務についていた』という空気を察してか、行方不明期間のことは詳しく聞いてこなかった。

代わりに『精霊魔法』についてはがっつり質問されたが。

どうやら月の国《ラフィロイグ》やら獣の王《ザガン》との戦いで見せた精霊魔法を見ていた兵士さんが、ブラックバレル砦《とりで》には大勢いるらしい。

当時の話や、今の精霊魔法の腕が鈍《なま》ってないか、みんな興味を示している。

しかも――

「おい！　非番の連中は全員呼んでこい！　水の国《ローゼス》の英雄様がお越しだ！」

「ああ、獣の王《ザガン》の結界に光の勇者様が囚《とら》われた時の話を直接聞けるぞ！」

「酒はないのか!?　こんな美味しいツマミはないぞ」

「貯蔵庫にあっただろ！　全部もってこい！」

「……ジェラルド将軍に怒られないか？」

「節度を守れば大丈夫だ。最近のジェラルド様は丸くなられた」

「それもそうだな！」

――宴会になった。

一応、砦全体に結界が張ってあり音を外に逃さないようになっているそうだ。

そういう問題でもない気がするが……。

最前線で、大丈夫なのだろうか。

「貴様ら！　何をしている！」

どんちゃん騒ぎをしていたら、さっき案内をしてくれた怖い女性が怒鳴り込んできた。

が、ルーシーとさーさんになだめられて懐柔された。

どうやら実は一緒に騒ぎたかったらしい。

案内の女性も第一次北征計画で、前線にいた一人だった。

俺の話を聞きたかったらしい。

直接聞いてくれればいいのに。

……結局、夜遅くまで騒ぐことになってしまった。

ただし、流石《さすが》というべきか兵士の中で酔いつぶれるような者は一人もいない。

宴《うたげ》が終われば、皆持ち場へ帰ったり、明日に備えて寝所に帰っていった。

酔ってしまったのは身内だけだ。

「うーん……」

「むにゃ、むにゃ……」

ルーシーとさーさんは隣のベッドで気持ちよさそうに寝ている。

二人は、この砦の兵士の間で人気者なのでいっぱい飲まされていた。

(……楽しかったな)

俺もたくさんの兵士さんと話すことができた。

かつての戦場でやったことが、皆の記憶に残っているというのは悪い気はしなかった。

そして、ここの砦の兵士が恐れている『古竜の王《アシュタロト》』。

だからこそ、俺という『精霊使い』が期待されているのだろう。

(これは負けられないな)

改めてそう感じながら、俺も眠りについた。

◇

（……ここは）

眠りについたと思った瞬間、俺は幻想的な空間に立っていた。

ノア様の空間……なのだが。

いつもと少し空気が違う。

煌《きら》めく銀髪と白いドレスが眩《まぶ》しいノア様。

輝く金髪と青い麗しいドレスの水の女神《エイル》様。

そしてもう一柱《ひとり》。

長身で凜々《りり》しい女神様が、ノア様やエイル様と談笑している。

——太陽の女神《アルテナ》様。

女神教会の主神。全宇宙の支配者がいらっしゃった。

初対面では、冷徹な眼差《まなざ》しと威圧感に圧倒された。

二回目の対面は、とても苦労してそうな印象を受けた。

そして、今回。

「来たか、高月マコト！」

アルテナ様は太陽のような笑顔でこちらへ振り向いた。

「太陽の女神様《アルテナ》？　ご、ご無沙汰しております」

「そう畏《かしこ》まるな、高月マコト。君はよくやってくれた！」

「恐れ入ります……」

久しぶりに会うアルテナ様の前で少し緊張する。

「アルテナってば、どうしてもマコトにお礼を言いたかったんですって」

暇な女よねー、と腕組みをしているノア様は機嫌が良さそうだ。

「やっほー、マコくん☆　お勤めご苦労さま」

いつも明るい水の女神様《エイル》が、よしよしと頭を撫《な》でてきた。

やはりエイル様は癒やし系だ。

（あれ……？　イラ様は？）

てっきり来ていると思ったのだが、ちっこい女神様の姿は見当たらない。

「イラちゃんはねー、絶賛仕事中よ。忙しいんだって」

心を読んだエイル様が教えてくれた。そっかぁー、忙しいのか。

「あの子は……、もう少し仕事を部下に任せることを覚えればいいのだが」

「そうですよねー、アルテナ姉様。全部自分でやろうとするから、タスクがパンクしちゃうのよ」

どうやらイラ様の多忙は変わってないようだ。

「あら、マコトってば随分イラを気にするわね。まさか、私からあの女神《こ》に乗り換える気？」

一瞬で俺の後ろに回り込んでいたノア様が、俺の首に腕を回してきた。

「まさか、そんなつもりはありませんよ。……あのノア様？　爪が首に食い込んでるんですが。痛い、ちょっと痛いです」

「なーんか、イラのことばっかり考えてないかしら？」

「いえ、それは千年前では随分お世話になりましたし……、あと最近は声が聞こえないんですよ」

「ふぅん、だから寂しいんだぁ？」

「いや、違っ、俺はノア様一筋ですよ」

何だ、一体!?　今日のノア様はちょっと怖いぞ！

「ほう……、珍しいな。ノアが信者にそのように執着するとは」

アルテナ様が興味深そうな声を上げる。

「あったり前でしょ！　マコトはね！　私が丹精を込めて育てた大切な大切な使徒なの！　他の信者とは全然違うんだから！」

「……育てられましたっけ？」

どちらかというと放任されていた気がする。

おかげでのびのびやれたわけだが。

「ふっ……、ノアの自慢の使徒というわけか。確かに君は優秀だな」

「ねー、アルテナ姉様。もうマコくんは『天界入り』でもいいんじゃないかなぁ」

「ふぅむ、大魔王《イヴリース》まで討伐すればそれも良いかもしれんな」

「ちょっとちょっと！　何を勝手なことを言ってるのよ！　天界なんて聖神族《あんたたち》が支配してるんだから実質マコトがあんたらの眷属《けんぞく》になっちゃうじゃない！」

アルテナ様とエイル様の会話に、ノア様が慌てて割り込む。

俺は『天界入り』という耳慣れない言葉が少し気になった。

その心の声を聞いたのか、エイル様の目がキラリと光る。

「マコくんー、天界入りに興味ある～？　天界は神様《わたしたち》の場所だから病気も怪我《けが》も寿命もない夢の国よ？　全ての民の最終目標地点……」

「寿命も!?」

死ないってことですか。何その天国。

「そうそう、地球じゃ天国って呼ばれてるんだっけ？　ねぇ、マコくん、天国行きたいでしょー？」

エイル様が耳元で囁《ささや》く。ふわぁ、ぞくぞくする。

「やめなさいー、駄目よマコト。誘惑されちゃ」

「いいじゃないか、ノアも聖神族《われわれ》の仲間に入れば」

「嫌よ！　アルテナ！　私たちは宿敵同士なのよ！」

「意固地にならなくてもいいだろう？　昔のように仲良くしよう」

「ふん！　馴《な》れ合うつもりはないわ！」

朗らかに笑うアルテナ様と、ぷいっと横を向くノア様。

目の前で馴れ合いが繰り広げられている。

どうやら太陽《アルテナ》の女神様は、ノア様を味方に引き入れたいらしい。

女神教会の八番目の女神としてノア様を認めたくらいだし、本気なのだろう。

かたやノア様も口では反発しているが、満更でもないように見える。

これはまさか……聖神族とティターン神族の長きにわたる争いに終止符が打たれてしまうのだろうか。

アルテナ様とエイル様は、ノア様を口説いている。まずはノア様に勇者と巫女《みこ》を選ぶようにも説得している。どうやら聖神族の流儀に合わせて欲しいらしい。

俺は口を挟まずそれを聞いていた。

「ま、考えとくわ」

最後にノア様は答えを保留にした。その時。

リーン……リーン……リーン……リーン
と鈴のような音が響いた。

「む……、『世界崩壊の兆し』に関する呼び出し……またか」

アルテナ様の表情が、げんなりとしたものになった。

「また第十七宇宙で問題ですか？　アルテナ姉様。あそこの蛮神族もこりませんねー」

「いや、今度は第五十三宇宙の禍神族の領域だ。邪神が復活しようとしているらしい」

「あら、それは大変」

「我らに敗れたのだから大人しく魔界に潜んでいればいいものを」

急に聞いたことのない単語がポンポン飛び出してきた。

第十七宇宙？　蛮神族？

「アルテナは、多元宇宙を管理しているから。視《み》てるのはこの世界だけじゃないのよ。マコトが気にする必要はないわ。要は数多《あまた》ある異世界よ」

「多元宇宙……異世界……」

ノア様が教えてくれた。どうやらアルテナ様の管轄は、とてつもなく広いらしい。

全宇宙どころではなかった。

「別にいちいち細かく管理しているわけじゃない。基本的には私が居なくても世界は廻《まわ》る体制にしてある。たまに緊急事態で呼ばれるだけだ。責任者だからな」

アルテナ様が苦笑した。

「別に放っておけばいいじゃない。強い子が勝手に生き残るわ。それが自然の摂理でしょ」

「駄目だ。弱き民を正しく導くのが神の役目だ。進むべき道を示してあげねばか弱き子らは迷うだけだ」

ノア様とアルテナ様の意見がぶつかっている。

俺はそれを横で聞きながら水の神殿の図書館で学んだことを思い出していた。

二柱の女神様の御言葉《おことば》は、聖神族とティターン神族の教義にそのまま当てはまる。

聖神信仰の基本は『秩序』と『精進』。

か弱い民はルールを守って、みんなで力を合わせなさい。

そして自分を磨き、成長していきましょう、という教えだ。

ティターン神信仰は、『自由』と『調和』。

地上の民の人生は短いから自由に生きなさい。

ただし皆仲良くしてね、という教え。

（かなり違うなぁ……）

仮にノア様が聖神族に入るなら、このあたりの教義が変わってしまうのかもしれない。

「マコくんの生き様は『精進』そのものだから、別にいいんじゃない？」

水の女神様《エイル》に横からツッコまれた。

「俺はノア様の教えの通り『自由』にやってますよ」

「マコくんは自由過ぎるからなぁ～」

エイル様が苦笑した。

その時、アルテナ様の周りに七色の魔法陣が幾つも浮かび上がった。

「アルテナ、行くの？」

「ああ、このままだとあの世界は滅亡する。導いてこよう」

「ご苦労なことね」

「じゃあなノア、またくる。聖神族の一員になりたければいつでも言ってくれ」

「一応……考えておくわ」

「エイル、あとは任せた。ゆっくり話すことができず、すまないな。高月《たかつき》マコト」

そう言ってせわしなく太陽の女神様《アルテナ》は、去っていった。

イラ様とはまた違った意味で忙しい女神様だ。

その後、ノア様とエイル様と千年前の苦労話や現代の話で盛り上がった。

ノア様からルーシーやさーさんとの関係を進めろとせっつかれ。

エイル様からは、ソフィア王女に手を出しなさいと神託された。

ああ、この感じ。現代に戻ってこれたんだなぁ……。

視界がぼやけた。そろそろ目覚めの時間のようだ。

「それでは、失礼します」

「気をつけるのよ、マコト」

「じゃーねー☆　マコくん」

二人の女神様が手を振る姿が光の中に消えていった。

◇

「あれ？」

目を覚ました場所はブラックバレル砦《とりで》の一室、……ではなかった。

ふわふわの高級そうな絨毯《じゅうたん》がどこまでも広がっている。ぽつぽつと乱立する扉と本棚。

バラバラと散らばっている大小様々な本。

そして、様々な可愛《かわい》らしい『ヌイグルミ』が至る所でせわしなく動き回っている。

……ああ、この場所は。飽きるほど見てきた場所だ。

「運命の女神《イラ》様、……ですよね？」

イラ様の空間だった。

「ん………、高月マコト。……いらっしゃい」

弱々しい声が聞こえる。

目の下にくまを作って、でっかい机に突っ伏しているイラ様だった。

「随分とお疲れのようですが、大丈夫ですか……？」

「あー、うん。この書類終わらせたら仮眠取るから……。あら？　書類はどこだったかしら」

「幻覚見えてますよ」

何もない空中で何かを摑《つか》もうとしているイラ様の腕を取る。

そのままベッドまで引っ張っていった。

「うーん……、まだ寝ちゃ駄目なのー。仕事がー、まだ終わってないのぉー……」

ぶつぶつ言っているイラ様をベッドに寝かせる。

見た目中学生くらいのイラ様の口から、ブラック企業に勤めるサラリーマンのような言葉が出てきてヤバい。

この女神様、仕事が終わらないと無限に寝ないからヤバい。

俺の三徹など比較にならないくらいヤバい。

「寝てください」

「あ……だめ……」

俺はイラ様をベッドに転がした。

「すー、すー」

程なくして微《かす》かな寝息が聞こえてきた。穏やかな寝顔だ。

あれ、そう言えば俺ってイラ様に呼ばれて来たんだよな？

これ、どうすればいいんだろう。とりあえず、起きるのを待つか。

俺はいつものように、イラ様の空間で水魔法と運命魔法の修行をして過ごした。


「はっ！　今何時!?」

がばっと起きたイラ様が、キョロキョロと辺りを見回す。

時間は貴女《あなた》が好きに操れるでしょう。

「おはようございます、イラ様。働きすぎですよ」

「……悪かったわね。心配かけて」

乱れた髪を整えながら、イラ様がベッドから起き上がった。

まだ寝ぼけているのか、表情がぼんやりしている。

「ところで、最近話しかけてくださらなかったのは忙しかったからですか？」

俺が尋ねると、イラ様が「はっ！」と目をぱちっと見開いた。

「それを私も困ってたの！　急に高月マコトと念話ができなくなるんだもの！　ほらこっち来なさい」

「はぁ……」

イラ様に呼ばれ、隣に腰掛ける。

どうやら話しかけてこなかったのは、忙しかったからではなく念話ができなくなっていたようだ。

イラ様は、俺が首にかけているネックレスに触れる。

「んー……、私の神気《アニマ》は残っているわね。じゃあ、念話ができなくなったのはノアの影響かしら」

「ノア様の影響？」

「高月マコトが現代に帰ってきて、ノアの使徒に戻ったでしょ？　その時に、私との繫《つな》がりが途切れちゃったんだと思うわ」

「ノア様は何も言ってませんでしたよ？」

ノア様なら教えてくれると思うけど。

「前に言ったでしょ。ノアはアルテナお姉様と同格の女神よ。私みたいな若い女神とは比較にならないくらいの格上の神格。多分ノアは意識してないけど、私との繫がりをノアの神気《アニマ》が打ち消したみたいね」

「はぁ、凄《すご》いんですね。ノア様」

「封印されてもこれだもの。本当に恐ろしいわね」

「でも、……それじゃあ今後はイラ様の声が聞こえないんですか？」

何だかんだ、千年前からずっとお世話になっていたイラ様の声。

イラ様の声が無くなるとなれば、心細くなる。

「大丈夫よ。何のために高月マコトを私の部屋に呼んだと思ってるの。ほら、こっちに寄りなさい」

「えっと……え？　イラ様？」

既に隣に座っていたのに、さらにイラ様に腕を引っ張られた。

マシュマロのように柔らかいイラ様の身体《からだ》が、ぴったりと密着する。

「えい」

イラ様が俺の身体に両腕を回した。つまり、抱きしめられた。

ええええええっ!?

「あの～……、イラ様。何を……」

ドキドキしながら質問した。

「集中しているから黙ってて！　私と高月マコトで魔力連結《マナリンク》を再接続してるの」

真剣な声で言われ、俺は大人しく従った。

イラ様がますます、ぎゅぅっと俺を強く抱きしめてくる。

小柄なのに力が強い。

「ノアの神気《アニマ》が邪魔しているのかしら……、うまくいかないわね。ちょっと、高月マコト。貴方《あなた》からも私を抱きしめ返しなさい」

「え、えぇ……」

「早く！」

「は、はい……失礼します」

言われた通り、イラ様の小柄な肩に腕を回す。

どれくらいの力を込めればいいいんだろう？

あんまり強くすると失礼じゃなかろうか。

「いいから！　もっと強く！」

「はーい」

余計な配慮だったらしい。もういいや。

言われた通り、俺は強くイラ様を抱きしめた。

――ドクン。

と一瞬、身体全体が脈打ったような錯覚を覚える。

全身の熱がぐわっと上がったような気がした。

「ふぅ……、これで高月マコトと魔力連結《マナリンク》で繋がれたわ。これまで通り念話もできるわよ」

「ありがとうございます」

そう言ってイラ様から離れた。明鏡止水スキルは発動中のはずだが……動悸《どうき》がうるさかった。息を整え、冷静さを取り戻す。

「このために、イラ様の空間に呼んでくださったんですか？」

「そうよ、文句ある？」

「いえいえ、もちろん感謝しています。でもノア様の空間にアルテナ様やエイル様がいたので、一緒でも良かったんじゃないかと……」

と言って、自分の愚かな発言に気づいた。

イラ様が俺を呆《あき》れた目で見ている。

「あんた……、さっきのをノアの目の前でやるの？」

「さっきの……」

魔力連結《マナリンク》を繋ぐという目的があるとはいえ、五分以上はイラ様と抱き合っていたわけで。

あれをノア様の前で……？

「あとが怖いです」

「恐ろしいことを言わないで」

身体が震えた。別に悪いことはしていないはずだが……。

「ま、とにかくこれから古竜の王《アシュタロト》と戦うんでしょ？　困ったことがあれば、私にも相談しなさい」

「ありがとうございます、イラ様」

感謝を述べた。それにしても、他神族の使徒である俺に対してイラ様のサポートが手厚い。

ここまでして頂いて良いのだろうか。

そんな俺の心を読んで、イラ様が口を開いた。

「逆よ。邪神……じゃなかったわね。ティターン神族の女神ノアの敬虔《けいけん》な使徒・高月《たかつき》マコト。あんたの行動はこうでもしないと私の未来視にまったく映らないの。魔族連中は信仰心が低いから、割と未来が視《み》やすいんだけど……。ノアの信者は無理ね。現代も千年前も一緒」

「カインも信仰心はＭＡＸでしたからね」

千年前に海底神殿へ挑んでいた時は、ノア様の話題で盛り上がったものだ。

「今回の魔族との戦争。勝ち筋は見えてるんだけど、私の未来視に映らない高月マコトが変な動きをしたら全部予定が狂うの。だから無理やりにでも繋がっとく必要があるわけ」

「なるほど」

手厚いサポートではなく、野生の獣に付けられた発信機のようなものだったらしい。

ふとイラ様の言葉に気になる単語があることに気づいた。

「勝ち筋は見えてる……、つまり大魔王《イヴリース》は倒せるということですか？」

以前に聞いた話では、最終的な勝率は五割より少し悪かったはず。

「えぇ、現代の光の勇者……、あんたの幼馴染《おさなじみ》の桜井《さくらい》リョウスケくんが復活した大魔王《イヴリース》を倒してくれる……はずよ」

「そうですか、よかった……」

ほっと胸をなでおろす。

「ちなみにどうやって……？」気になる。

「あんたに教えたら邪魔はしないでしょうけど、絶対に首を突っ込むでしょ？」

「見学するだけですよ」

「信用できないわ」

「ひどい」

すっぱり言い切られた。

「ヒントだけね……。現在の大魔王《イヴリース》は復活したばかりでしょ？　余力を残して復活をしたから単独の力は強いけど、魔王軍の戦力は千年前と比べるとごくわずか。西の大陸の人間の軍勢のほうが遥《はる》かに多いわ。魔王は残り少ないし、強い魔族も数を減らしている。だから大魔王《イヴリース》自らが光の勇者に奇襲をかけてくる可能性が極めて高い」

「大魔王《イヴリース》自ら!?」

それはまた……随分と思い切った行動だ。

魔族の総大将がやるようなことではないと思うが。

「他に打つ手がないのよ。大魔王《イヴリース》が想定していたより千年後は魔族側が劣勢だったってことね」

「厄災の魔女《ネヴィア》は、千年前より強くなって大魔王《イヴリース》が復活すると言ってましたよ？」

「単体で強くても数の暴力には敵《かな》わないわ。現代の勇者はみんな健在だし、月の国《ラフイロイグ》なんてどんどん国力を増してるもの。……ちょっと、暴走しているみたいだけど」

「そうですよ、太陽の国《ハイランド》と月の国《ラフイロイグ》が仲悪すぎなんですけど。なんとかなりません？」

先日の会議のゴタゴタを思い出した。

「そのせいで私がどれだけ調整に労力を割いていると思っているの……。どの国も好き勝手して……」

「あー、そうでしたか」

どうやらイラ様を悩ませているのは、まさに国家間の紛争問題だったらしい。

「今一番怖いのは、西の大陸の国家間の争いで戦力が割れちゃうことよ。一丸となってもらわないと困るのよ」

「ですよねぇ……」

「他人事《ひとごと》みたいに言ってるけど、水の国《ローゼス》だって問題あるのよ？」

「水の国《ローゼス》が？」

何でだ。ソフィア王女は、連合軍会議でも殆《ほとん》ど喋《しゃべ》っていないはずだけど。

弱小国家として大人しくしている。

「大人しいのが問題なのよ！　今の水の国《ローゼス》は新しい英雄も輩出して、月の国《ラフィロイグ》や木の国《スプリングローグ》に大きな貸しを作って七カ国連合でも重要なポジションなの。ごたごたしている太陽の国《ハイランド》に代わって全体を仕切って欲しいくらいなのに、まったく積極的に動いてくれないし」

「ソフィア王女……ですからね」

水の国《ローゼス》のトップはもちろん国王だが、外交はソフィア王女に一任されている。

彼女が、月の国《ラフィロイグ》や太陽の国《ハイランド》の重鎮を引っ張っていく……姿は想像できなかった。

「難しいのでは？」

「はぁ……、無茶言ってるのはわかってるのよ。私も」

イラ様がしょんぼりとうなだれる。

残念ながら俺では、イラ様の心労を取り除くことはできなかった。

その心の声が聞こえたのか、イラ様がこちらを見上げる。

「ま、いいわ。一番の懸念だった『ノアの使徒』と連絡とれない問題は解消したから」

「……それはなによりです」

イラ様の寝不足の原因は俺でした。

「さて……と、そろそろ仕事に戻るわ」

イラ様がうーん、と大きく伸びをした。お邪魔になる前に、俺は去ったほうがよさそうだ。何か困ったことがあれば、相談しよう。

「ねぇ、高月マコト」

「何でしょう？」

イラ様が、世間話のような調子で話しかけてきた。


「貴方は……、私たちを裏切ったりしないわよね？」


何を言ってるんです？　と苦笑しながら返そうとしてその真剣な目に言葉を選んだ。

「裏切る予定はありませんけど。何故《なぜ》、そんなことを？」

「ノ、ノアに命令されても……かしら？」

そう言われ少し考える。ノア様が「大魔王《イヴリース》側に寝返れ」と命じる姿は想像できなかった。

それに……。

「俺はちょくちょくノア様の言葉に反抗してますよ？」

初対面で信者になる時は、渋ったし。

その後、危険を避けるよう指示があっても首を突っ込んでいくほうが多かった。

俺の言葉にイラ様が「ふっ」と笑った。

「念のための確認よ。稀代《きたい》の精霊使いにしてノアの使徒である高月マコトに裏切られたら戦況がひっくり返るもの」

「大丈夫ですよ、ノア様とはさっきも話しましたけどアルテナ様やエイル様と仲よさげでしたよ」

「みたいね。アルテナお姉様はノアを聖神族に引き入れたいみたいだし」

ついさっきの会話を思い出す。アルテナ様はノア様を、聖神族陣営に引き入れようとしていた。ノア様もまんざらでもない態度だった。

「というわけで俺は裏切りませんよ。安心してください」

力強く言い切った。

「そう……、だったら良いわ」

ふわ、とイラ様が小さくあくびをして、近くにあった缶コーヒーをぐびっと飲み干した。

……もっといいモノ飲めばいいのに。

同時に目の前がぼやける。やっと目覚めるようだ。

「お仕事はほどほどに、イラ様。ちゃんと寝てくださいね」

「私より自分の心配をしなさい、高月マコト。暴走するんじゃないわよ」

「わかってますよ」

「本当かしら」

疑わしげな表情のイラ様の姿が徐々にぼやけていった。

◇

目を覚ました。

視界に映ったのは、ブラックバレル砦《とりで》の一室の天井だった。

起きて着替えた後、俺はルーシーとさーさんにブラックバレル砦の施設案内をしてもらった。食堂で質素な朝ごはんを食べたあとにやってきたのは……。

「マコト、ここが訓練場よ」

「汗臭いから私苦手なんだよねー」

地下にある兵士たちの訓練場だった。野外にあったハイランド王都の太陽の騎士団の訓練場と違い、薄暗くそこまで広くない。が、多くの兵士の熱気に満ちている。

さーさんの言う通り、少し湿度が高い。俺たちは、ぐるりと訓練場を一回りした。

皆訓練に集中しているようで、特に話しかけられることもなかった。

昨日の宴会で、あらかた挨拶はできたからだろう。

俺も一緒に訓練をしたかったが、残念ながら地下の施設に水の精霊はとても少なかった。

ここでの修行は効率が悪そうだ。

「ルーシー、さーさん。次の場所に……」

「アヤ！　ルーシー！　やっと見つけた！」

しゅたっと、突然目の前に誰かが現れた。褐色の肌につややかな黒髪。

露出の多い戦闘鎧《せんとうよろい》。なによりも燃え上がるような闘気《オーラ》には、覚えがあった。

「オルガちゃんー！　やっほー」

「オルガ、昨日はいなかったわね」

「そうなのよ！　昨日は魔大陸で魔物狩りしてたの！　そしたら、あなたたちがきてるってさっき知って。もうー！　教えてくれたら、急いで戻ってきたのに！」

その女性はルーシー、さーさんと親しげに話している。

俺の記憶にある彼女は、もっと剣呑《けんのん》な空気を纏《まと》っていた。

空腹の猛獣のような凶暴なイメージがあったが、今の彼女はフレンドリーだ。

「お久しぶりね、水の国《ローゼス》の英雄さん」

俺の方を振り向き、彼女は小さく微笑《ほほえ》んだ。

少し髪が伸び大人っぽくなった灼熱《しゃくねつ》の勇者——オルガ・タリスカーさんだった。

七章　高月マコトは、勇者と語る

「水の国《ローゼス》の英雄くんは、あんまり変わってないんだね〜」

相変わらず露出の多い戦闘鎧。

記憶にあるより大人びた容貌のオルガさんが近づいてくる。

最初に会った時は火の国《グレイトキース》の王都で、突然襲われたものだがそんな剣呑な雰囲気は微塵《みじん》も無かった。

「マコトって外見が歳《とし》をとらなくなったらしいわ」

「ずるいよねー、オルガちゃん」

「…………えっ？　と、歳をとらない？　ふ、ふうん？」

ルーシーとさーさんの説明に、頭に『？』を浮かべるオルガさん。

冗談を言っていると思われたのかもしれない。

「運命の女神様《イラ》の時間転移《タイムスリップ》の魔法の影響で三年間くらいこのままの姿なんですよ。なんか女神様の奇跡の後遺症らしいです」

「運命の女神様《イラ》の後遺症……、三年!?　へぇ、凄《すご》い！」

オルガさんの目がキラキラしだした。

「話を聞かせてよ！　救世主様に会ったり大魔王《イヴリース》と戦ったりしたんでしょ！」

「そういえばマコトから千年前の話を詳しく聞いてないかも」

「会えたのが嬉《うれ》しくて聞いてなかったね、るーちゃん」

というわけで、三人に千年前の出来事を話すことになった。

◇

使われていなかった会議室の一室にて。

「うわ……！　不死の王《ビフロンス》ヤバ！　よく勝てたわね」

「そっかー、曽お祖父《ひいじい》ちゃんってそんな人だったんだ……」

「大賢者さんって、そんな感じだったの!?」

「え……私の聖剣って、千年前でも折れちゃったの？　そんなぁ……」

「なんか、思ったよりもバタバタしてたのね、マコト」

「救世主様ってもっとすっごい強いかと思ってたよ、高月《たかつき》くん」

オルガさん、ルーシー、さーさんたちは多少脚色した俺の話に盛り上がってくれた。

頑張って語ったかいがある。

「ところで最近の大魔王《イヴリース》の動向を教えてもらえませんか？」

今度は俺が質問する番だ。

するとオルガさんは、ルーシーとさーさんの顔を不思議そうに見つめた。

「あなたたちが説明してないの？」

「多少はしたけど……、第三次北征計画以上の情報は知らないわよ」

「そうそう、私たちの情報源ってソフィアちゃんとふーちゃんくらいだし」

「……水の国《ローゼス》の王女と月の国《ラフィロイグ》の女王じゃない。十分でしょ」

オルガさんが呆《あき》れたようにため息を吐《つ》いた。

「残念ながら私も持ってる情報は似たようなものね。英雄くんへ情報提供できなくて申し訳ないけど」

と本当に申し訳無さそうな顔をされた。オルガさん、丸くなったなぁ。

「そうですか。てっきり大魔王《イヴリース》が光の勇者《さくらい》くんを奇襲する対策の詳細を知っているかと思ったんで」

昨夜、運命の女神《イラ》様に教えてもらった情報をぽろりと口にした。

「な、なんでそれを知ってるの!?」

オルガさんが、ガタンと椅子を倒す勢いで立ち上がる。

「え？　何それ？」

「高月くん、本当？」

ルーシーとさーさんは、まったく初耳のようできょとんとしている。

「そ、その話は一部の勇者と太陽の国《ハイランド》の上層部しか知らない、最重要機密なのに……」

オルガさんが目を見開いている。

どうやら俺の口にした内容は、極秘情報だったらしい。

「その情報源は………、って教えてくれないわよね。……、えっとでも、水の国《ローゼス》の英雄を締め上げるわけにもいかないし……えー、どうすれば……」

オルガさんがオロオロしていると。

「面白そうな話をしているな」

突然扉が開き、バタン！　と閉まった。

誰かがズカズカとこちらへやってくる。

鋭い目つきに、金ピカの鎧。

ジェラルド・バランタイン将軍――前線基地の最高責任者だった。

「高月マコト。大魔王《イヴリース》の襲撃とその討伐作戦は、太陽の国《ハイランド》の大陸における地位を盤石にするための最重要機密の軍事作戦だ。情報提供者を教えてくれ……といっても大体は予想がつくが」

ジェラさんは、今まで見た中で最も真剣な目をしている。

正直に言わないとどうなるか――、という雰囲気すらあった。

……別に隠すつもりはないんだけど。

「運命の女神様《イラ》ですよ」

「………………ん？」

俺の言葉にジェラさんが、予想外だという表情になる。

「女神ノアじゃないのか？」

訝《いぶか》しげにジェラさんが尋ねてきた。あー、そりゃそうか。

俺はノア様の使徒なんだから。

「ノア様は、細かい情報はくれないんですよ。そーいう話を教えてくれるのは大抵イラ様ですね」

「待って！　マコトは二柱の女神様と会話できるってこと!?　うわ、凄っ！」

俺の言葉にルーシーが、ひゃーという顔をする。

「ノア様と一緒によく水の女神様《エイル》もいるので三柱ですかね。よく御声《おこえ》を聞けるのは」

「「…………」」

俺の言葉に、ジェラさん、オルガさん、ルーシーが黙り込む。

「ねぇねぇ、オルガちゃん。それって凄いの？」

「……普通は頭のおかしい奴《やつ》のたわ言って思われるわ」

ピンときていないさーさんが、オルガさんに質問している。

いや、俺だって水の神殿で『女神様の御声』がどれだけ神聖なものかは習ったんですよ。

三柱の女神様の声が聞こえるなんて言ったら、頭がおかしいと思われて病院送りだ。

（でも、女神様たち気軽に夢に現れるからなぁ……）

しかもエイル様とかめっちゃおしゃべり好きだし。

イラ様は、ぽろっと重要情報教えてくれるし。

ノア様は……いつも自由だ。

「わかった。運命の女神様《イラ》からの直々の伝言なら、どこからも情報は漏れていないということだな。……いや、それはそれで別の問題はあるが……」

ジェラさんが、頭痛がするようにこめかみを押さえている。

おお！　あのジェラさんが苦労人っぽくなっている！

「高月マコト……おまえ、何か失礼なことを考えてないか？」

「ソンナコトナイデスヨー」

危ねぇ！　ジェラさんにまで表情から読まれるようになった！

「ちなみに大魔王《イヴリース》をどうやって倒す作戦なんです？　具体的な場所や作戦内容はイラ様も教えてくれなくて」

俺が尋ねると。

「それは駄目ー！　いくら英雄くんでも教えられないから！」

オルガさんが、手をクロスして『×』を作った。

やっぱ駄目かぁ。

(仕方ない、口が軽いエイル様辺りに聞いてみようかな)

「おい、高月マコト。……何か知るあてがありそうだな?」

ジェラさんがずいっと迫る。

「……はて?」

俺は目をそらした。

あかん。表情で全部バレる。

「……ここだけの話だ」

「えっ!? ジェラっち、言っちゃうの!?」

「三柱の女神の声が聞けるやつに隠し事なんぞ無駄だ。曖昧な情報を元に適当に行動されて作戦がふいになったら最悪だ。正確な情報を伝えたほうが安全だろう」

というジェラさんから、正確な作戦内容を教えてもらった。

「……大魔王《イヴリース》が太陽の国の王都に現れる、ですか?」

「そうだ。運命の女神《イラ》様からの神託だ」

「で、今王都シンフォニアを中心とした巨大な結界を生成中なの。といっても結界は完成

して て、強化中ね。大魔王《イヴリース》が率いる魔族連中をまとめて弱体化させる『準神級』の結界魔法なんだー。完成すると、西の大陸全体を守護できる結界になるんだって。それを聖女のノエルちゃんが頑張って強化してるの」

作戦の内容は、至ってシンプルなものだった。

大魔王《イヴリース》は、自分を倒し得る唯一の存在である『光の勇者』を狙う。

そのため、光の勇者は最も安全な太陽の国《ハイランド》の王都から動かさない。

さらに、多くの勇者や冒険者たちで光の勇者の警護を固めている。

確かに風樹の勇者マキシミリアンさんや、氷雪の勇者レオナード王子もシンフォニアにいた。さらにノエル女王が聖女の力を使って、巨大な結界を生成中らしい。

なんでも聖女のスキルである『勝利の行軍歌《さくらいくん》』を使って、太陽の国《ハイランド》中の結界師を強化《バフ》しているとか。

以前会った時に疲れていたのは、その影響なのかもしれない。

とにかく、作戦内容は理解できた。大魔王《イヴリース》を罠《わな》にかけるということだ。

「ところでジェラさんは、何で王都にいないんですか？」

てっきり大魔王《イヴリース》と戦いたがると思ったんだけど。

「ジェラっちは、待つだけの作戦は性に合わないんだって。あと、元カノ、と一緒にいるのは嫌だよねー」

オルガさんがニヤニヤしながらジェラさんの肩を叩《たた》くと、彼は非常に忌々《いまいま》しそうな表情になった。

「勇者を王都に集めすぎると罠が疑われる。大魔王《イヴリース》には運命の女神様《イラ》の『未来視』通りに光の勇者のところに攻め込んでもらわないといけない。どのみち前線基地にも戦力は必要だ。『古竜の王《アシュタロト》』の監視が必要だからな。……ノエルは関係ない」

ということだった。

そういえばジェラさんは、ノエル女王の元婚約者だっけ……？

なるほどねぇ。そうか、王都で待っていれば大魔王《イヴリース》がくるのか……。

俺も残っていたほうが良かったんだろうか。

でも、古竜の王《アシュタロト》との再戦の約束もあるし。うーむ、と悩んでいたら。

「太陽の国《ハイランド》の将軍として、正式に依頼をしたい。その情報は、おまえたち三人の中で収めてどこにも漏らさないでくれ。対価は払おう。何か希望はあるか？　俺が決められる範囲なら、大抵の要求は飲もう」

そんなことをジェラさんから提案された。

ジェラさんは『稲妻の勇者』であり、『北天騎士団団長』。

そして、四聖貴族バランタイン家の次期当主だ。

本当に大抵のことは叶《かな》えてくれそうな気がするが……。

俺はルーシーとさーさんのほうを見た。

「私はないわね」

「高月《たかつき》くん、決めてー」

「俺もないです。でも誰にも話しませんよ」

ルーシー、さーさん、俺が答えるとジェラさんとオルガさんが顔を見合わせた。

「タダでいいって、ジェラっち」

「そんなわけにいくか！……あとで水の国《ローゼス》の外交大使のソフィア王女に連絡する。水の国《ローゼス》の防衛に貸し出している北天騎士団の費用を割り引こう。それでいいか？　高月マコト」

俺たちの返事をストレートに受け取るオルガさんの言葉を、ジェラさんが却下した。

なるほど、そういう交渉に使えるわけか。

……イラ様がぽろっと喋《しゃべ》っただけの情報なのに。

「問題ないです」

ソフィア王女に相談はしてないけど。費用が減るのはいいことだろう。

「ありがとう、助かる。オルガ行くぞ。そろそろ定例会議だ」

「え～、もっと英雄くんの話聞きたかったし、アヤやルーシーと話したかったなぁー」

ジェラさんにお礼を言われ、オルガさんが連行されていった。

「またねー」と言いながら、ジェラさんに腕を巻きつけてオルガさんは去っていった。

俺とさーさんとルーシーが会議室に取り残される。
ここにいても仕方ないので、一旦部屋に戻ることになった。
俺はゴロンと、自分の部屋のベッドに寝転がる。
「大魔王《イヴリース》の襲撃か……」
俺はさっきジェラさんに聞いた話を、思い出していた。
もっとも何か自分にできることがあるわけじゃない。
俺は俺で、これから『古竜の王《アシュタロト》』という最強の魔王に挑むわけで。
余計な雑念は捨てるべきだと思う。
が、やっぱり王都に残った知り合いたちのことは気にかかった。その時。
「ねー、マコト。これからどうするの？」
「何か予定ある？　高月くん」話しかけられた。
当然のようにルーシーとさーさんは、俺の部屋にいる。
「別にないかな。予定は」俺は短く答えた。
ちなみに部屋はそこそこ広いと言っても、ビジネスホテル程度の広さにベッドが二つと
クローゼットがあるだけの簡素な部屋なので、三人も入ると手狭だ。
特にベッドはシングルなのだが、ルーシーとさーさんは器用に二人で寝転んでいる。

狭くないのかな？　と思ったらさーさんがこちらを見て悪戯《いたずら》っぽい表情をした。

「そう言えばさぁ、高月くん。オルガちゃんのことなんだけど」

気がつくとさーさんが、俺のベッドの上に移動していた。

さーさんもさっきの話を思い出しているのだろうか。

「オルガさんがどうかした？」

「ジェラルドくんとラブラブなんだよ！　羨ましいよね！」

話題が急に変わった。

「ラブラブ？」

「あの二人がデキてるってことよ。マコト知らなかったっけ？」

「……知らなかった。そうなんだ？」

確かにさっきのジェラさんとオルガさんの距離は近かった。

（ん？）

とするとさっきオルガさんは、ジェラさんの恋人なのに「元カノが～」とか言ってたのか。

何か深い意味がありそうで怖いな……。

ジェラさんの表情が、微妙だった理由はそれだろうか。

「オルガちゃんってさぁ、ジェラルドくんと毎晩『一緒に』寝てるんだってー。いいよねぇー、高月くん？」

　気がつくとさーさんが猫のように、俺の体の上に乗っていた。

「別にいいじゃない、アヤ。他人の情事のことは。ま、オルガの毎度毎度のノロケは
ちょっとうっとうしかったけど」

　そんなことを言いながらルーシーが、俺の上着のボタンに手をかけていた。

「あの……さーさん？　ルーシー？」

　さーさんに身体《からだ》の自由を奪われ、ルーシーに衣服を脱がされる。

　俺はベッドに寝転んでおり、さーさんとルーシーがこちらを肉食獣の目で見下ろしてい
る。

　こ、これはっ……!?

（お、ついに男になる時が来たわね！　マコト！）

（あちゃー、ルーシーちゃんとアヤちゃんが一番乗りかー）

　ノア様とエイル様の声が響く。

　……めっちゃ女神様たちに視《み》られている。

（ちょっとドキドキするわね、エイル。ついにマコトが大人の階段を昇るわよ）

（私はソフィアちゃん派だけど、ルーシーちゃんとアヤちゃんの一途《いちず》さは応援したくなっ
ちゃうかも）

まじで黙っててくれませんか？　女神様たち。

「なーんか、マコト。冷静じゃない？」

「千年前から戻ってきてから、高月くんって少し冷たい気がする」

脳内の雑音で集中できない俺に、ルーシーとさーさんがツッコむ。

「そ、そうかな……？」

ごめん、覗《のぞ》き見《み》している女神様たちのせいです。

そんな俺を見て、ルーシーが小さく微笑《ほほえ》んだ。

「でも、いいわ。だってマコトがここにいるんだもの！」

ルーシーが俺のベッドに潜り込み、抱きついてきた。

気がつくと、上着のボタンが外れ下着が見えている。

「そうだね……、これからはずっと一緒にいられる……」

さーさんがすとんと身体を預けてきた。

こちらも服がはだけ、際どい格好になっていた。

バクバクと心臓が早鐘のように鳴り始める。その音が二人には聞こえたらしい。

「ねぇ、アヤ。マコトがドキドキしてるわ……」

「うん……、よかった」

とろけるような笑みでこちらを見つめるルーシーとさーさんから目が離せなかった。

異世界に来て、最初に仲間になったルーシーと。

中学からの友人で、異世界で再会できたさーさん。

ずっと待っていてくれた、大切な二人と……。

「ねぇ、マコト……」

「高月くん……」

「ルーシー、さーさん……」

俺は二人をそっと抱きしめた。

ルーシーとさーさんが、それに呼応するようにこちらの身体に腕を回す。

ルーシーは相変わらず体温が高くて。

さーさんの低い体温が、それすら上がっている気がした。

「……いいよね？　マコト」「……高月くん、……抱いて」

両耳からの囁《ささや》き声《ごえ》に、頭がクラクラした。

『魅了』魔法が効かないという体質は、失われたのだろうか。

いや、……これは魅了なんぞではなく、本気の『恋の魔法』だ。

などとバカなことを脳が勝手に考えていた。

その間にも、二人によって俺は全ての服を脱がされそうになり、もしくは俺が二人の身体を……。

「……っ……!!」

「……あっ……!」

「……襲……だ!!」

遠くから喧騒《けんそう》が聞こえた。何かのサイレンのような音も交じっている。

……はぁ、……はぁ、……はぁ、……はぁ、……はぁ
が、ルーシーとさーさんの息の音にかき消される。

あるいは、自分の呼吸音なのかもしれない。

外が騒がしい気がするが、この部屋に於《お》いては何の影響もなかった。

そのはずだった。バーン！　とドアが開いた。

「アヤ！　ルーシー！　どうせここにいるんでしょ！　大変よ！　魔王軍が攻めてき……」

「「「…………」」」

――静寂が訪れた。

ドアを開いたオルガさんと、半裸の俺たちの目が合った。

オルガさんが気まずそうに目をそらす。

「あ……ごめんね。ジェラっちには、英雄くんとアヤとルーシーは二、三時間ほど遅れるって伝えておくね」

と言ってドアを閉められた。いや、ちょっと待ってくれ！

魔王軍が攻めてきたって言ってなかったか？

俺たちは慌てて服を着直して、外へ向かった。

◇

「あれ？　もう終わったの？」

俺たちが砦《とりで》の外に出ると、ちょうど竜《ドラゴン》の息吹《ブレス》を聖剣で切り裂くオルガさんの姿があった。

砦を取り囲むように多くの竜が、空を旋回している。

それと交戦する数多《あまた》の飛竜《ワイバーン》騎士やペガサス騎士たち。

あれが古竜の王《アシュタロト》の軍勢……。俺が気を引き締めていると。

「思ったより少ないわね」

「なーんだ、慌てて出てきたのに」

ルーシーとさーさんの緊張感のない会話が聞こえてきた。流石《さすが》は歴戦の冒険者……。

「ねぇねぇ、まだ十五分も経《た》ってないわよ？　英雄くん、早過ぎじゃない？」

「…………何ガデスカ？」

非常に失礼なことを言われている気がする。

「そんな訳ないでしょ！　魔王軍が襲ってきたんだから、防衛に参加するわよ！」

「そーだよ、オルガちゃん！　高月《たかつき》くんは早くないよ！……きっと」

「ふうん？　まぁ、見ての通りいつもの強行偵察ってところかしら。ほとんどが若い竜だけど、中には古竜《エンシエントドラゴン》も交ざっているから気をつけて。って、アヤとルーシーには言うまでもなかったわね」

三人の会話から、今来ている魔王軍は本隊ではないと知った。

竜の数は数百。その規模の竜の群れに襲われれば、通常の都市なら壊滅の危機だ。

が、流石は対魔王軍の前線基地だけあって堅牢《けんろう》なようだ。

「なぁ、ルーシー」

「なぁに、マコト？」

「古竜《エンシエントドラゴン》の見分けかたってどうやるんだっけ？」

さっきのオルガさんの言葉では、竜の中に強力な個体である古竜《エンシエントドラゴン》が交ざっているらしい。

「あら？　マコトのほうが得意でしょ。魔力《マナ》感知でより魔力《マナ》が大きい竜を区別すればいいのよ」

「うーん……、やってるんだけど……」

空を飛んでいる竜たちを見回しているのだが、どれも同じようにしか感じない。

どれが古竜《エンシエントドラゴン》なんだろう？

「わからない？」

「……残念ながら」

「じゃあ、私の見分けかたを教えてあげるよ！　高月くん」

ルーシーが心配そうな表情をすると、さーさんが横からぴょこんと入ってきた。

「そう言えばさーさんは魔法使いじゃないから魔力《マナ》感知できないよね？　他に見分けかたがあるの？」

「うん、聞いて、聞いて」

ニコニコとさーさんが教えてくれた。

「まず竜を睨《にら》みつけるの！　そしたら目をそらしたらただの竜で、睨み返してきたら古竜《エンシエントドラゴン》だよ！」

どやぁ、とさーさんが胸を張った。

「…………いやそれは」

「「その方法がとれるのは、アヤだけだから！」」

俺のツッコミの前に、ルーシーとオルガさんの声がハモった。

相変わらずさーさんは感覚派だ。つーか、普通の竜はさーさんから目をそらすのかよ。

もっと頑張れ、竜《ドラゴン》！　その時。

「うわあああ！」

空中で竜と交戦していたペガサス騎士の一人が、襲われそうになっていた。

「まずいわね！　テレポ……」

ルーシーが魔法を発動させようとしている。けど、少し遅いかもしれない。

「水魔法・氷結界」

俺の魔法が竜と戦士の間に割り込む。巨大な氷の壁と竜が激突した。

その間に、ペガサス騎士が体勢を立て直している。

「……速くない？　マコトの魔法」

「悪い、邪魔した？」

「ううん、そんなことないけど」

魔法を使おうとして割り込まれたルーシーが、杖《つえ》を構えたままの少し間抜けなポーズで固まっている。

「るーちゃん！　私たちも行こう！」

「えぇ！……でも、マコトが」

「俺はここから、みんなの援護をするよ」

どうやら二人は空中の混戦に参加するようだ。

俺はどれが危険な古竜《エンシエントドラゴン》なのかもわからないし、遠距離サポートに徹しよう。

「先に行ってるわよ！」

オルガさんは『飛行魔法』を使って、飛び出して行った。

「じゃあ、私も。空間転移《テレポート》！」

ルーシーの身体《からだ》の周りに小さな魔法陣が発生し、光と共にかき消える。

凄《すご》いな、短距離のテレポートまで使いこなしているのか。

「さーさんは、空を飛べるの？」

「ふふーん、見ててね！　とりゃ！　『二段ジャンプ』！」

そう言って、空中をぴょ、い、い、ぴょんぴょんと飛び跳ねていった。

(どこが二段やねん……)

心の中でツッコむ。

きっと『アクションゲームプレイヤー』スキルの能力の一つだろう。

さーさんの強靭《きようじん》な身体能力とぴったりなスキルだ。

「きゃああ！」

悲鳴が聞こえる。おっと、俺も戦わないと。

「水魔法・氷結界」

どこかで竜に襲われている女騎士がいたので、竜と女騎士の間に結界を張る。

「グギャ！」

氷の結界に激突した竜は、目を回しながら落下していった。

「…………あ、ありがとうー!!」

女騎士さんが、こっちに手を振っている。

俺も手を振り返しておいた。

(さて、他に困ってそうな人は……?)

『千里眼』スキルと『RPGプレイヤー』スキルの360度視点を駆使して、戦場を見回す。

危なそうな人がいると、水の結界魔法を使ってサポートをした。

結構、集中力を要するな……。

「我が王。私に任せていただければ、まとめて吹き飛ばしますが?」

気がつくと水の大精霊《ウンディーネ》のディーアが、俺の後ろに控えていた。

確かに水の大精霊《ディーア》の魔力《マナ》を借りれば、もっと早く片がつくだろう。けど。

「駄目だよ。みんなを巻き込んでしまう」

「……そうですか。では、私が必要になればお呼びくださいませ」

そう言って水の大精霊《ディーア》は、残念そうに霧となって消えた。

そして、しばらくは水魔法を使って遠距離からのサポートを続けた。

「意外だな。てっきり精霊魔法で暴れていると思ったが」

また後ろから声をかけられた。金髪に全身が金ピカの鎧《よろい》。ジェラルド将軍だった。

「どうも俺は竜と古竜《エンシエントドラゴン》の区別がつけられないみたいで。安全を考えて遠距離からのサポートに徹しますよ」

「……そうか」

ジェラさんが何か言いたげな表情になり、言葉を飲み込んだように見えた。

「ジェラさんこそ、戦闘には参加しないんですか?」

「俺がここの最高責任者だからな。突っ込むわけにはいかん。現場の指揮はオルガに任せてある」

「へぇ……」

かつての猪武者《いのししむしや》が嘘《うそ》のようだ。もっとも足をコツコツと叩《たた》き、少し苛《いら》ついている様子から実は自分も戦いに出たいのかもしれない。

「ほらー! 隊列を崩さない! 危なくなったら下がって! こんなところで死んじゃ駄目だよー」

灼熱《しやくねつ》の勇者のオルガさんが、竜と戦って押されている部隊へ別の部隊を回したりと、忙しく指揮をとっている。

あとで聞いたところ、彼女は対魔王連合軍の師団長も務めているらしい。

「それにしても今回は『紅蓮《ぐれん》の牙』がいるから助かるな」

ジェラさんがぽつりと言った。

「ルーシーとさーさんが？」

「ああ。あれを見ろ」

とジェラさんの視線の先には――

「あはははははははははははははっ！」

笑いながら全身が真っ赤に燃えるルーシーの周りで、花火のような爆発が起き、竜ですら近づけていない。

あれは――紅蓮《ロザリー》の魔女さんと同じ『火の精霊纏い《ドレスオブスピリッツ》』だろうか？

あと、なんかルーシーのテンションが異様に高い。母と同じ血筋か……。

「テレポート！」

そして自身が燃える隕石《いんせき》のように、竜にタックルをしかけている。

…………グァァァアアアア！！！

翼を焼かれた憐《あわ》れなドラゴンが、悲しげな声と共に落下している。

ルーシーは魔法を当てるより自分が突っ込んでいくほうが確実と判断したらしい。

さて、紅蓮の牙のもうひとりは……。

「うりゃ！」

可愛《かわい》いかけ声と「ドガン！」というトラックが正面衝突したような可愛くない音が響く。

さーさんが空中で竜に踵落《かかとお》としを食らわせていた。

悲鳴すらあげられず、竜が落ちていく。

そしてさーさんは空中でぴょんぴょん跳ねながら、逃げ回る竜たちを追い回している。

……………竜が逃げてるじゃん。

「あいつら無茶苦茶だな」

ジェラさんがため息交じりに言った。

「無茶苦茶ですね」

「どっちもお前の女だろ」

「前に会った時は、あそこまでじゃなかったんですけどね」

「あの調子なら、そろそろ竜どもは撤退するだろう……………む、あいつは」

余裕のあった表情のジェラさんの眉間に皺《しわ》が寄る。

視線の先には、一匹の黒と紫の斑《まだら》の竜がいた。

「ジェラさん、あれは？」

「毒の古竜《エンシエントドラゴン》だ。あいつには何度も部隊を全滅させられたことがある。やつの息吹《ブレス》をくらうと即死だ。今まで隠れていたな」

そう言っている間に、毒の古竜《エンシエントドラゴン》が大きく口を開く。

「ちっ！　カリバーン！」

ジェラルドさんが、腰の剣を引き抜く。
同時に、刀身が稲妻のように光を放った。そして、構えをとる。
――稲妻の勇者が持つ、太陽の国《ハイランド》の聖剣『カリバーン』。
その斬撃は、音速すら超えると言われているが……。
（古竜《エンシェントドラゴン》の息吹《ブレス》のほうが若干早いか……？）
運命魔法・精神加速でそう判断した。ならば俺がやるべきは。
「ディーア」
「はい、我が王」
姿は視《み》えずとも、側《そば》にいた水の大精霊《ディーア》が俺の呼び声に応える。
その冷たく美しい青い腕を摑《つか》む。
ゼロ秒で水の大精霊《ディーア》と同期する。
そして、俺はその魔法を口にした。
「水と運命の魔法・時よ、凍れ」
グワンと魔力《マナ》の波が、周囲へ広がる。
そして、竜が、竜と戦う騎士たちが、喧騒《けんそう》が、風が……止まったように見える。
実際には、限りなく時の流れを遅くしただけだ。
完全に時を止める魔法は神級魔法なので、俺には使えない。

「高月《たかつき》マコト……おまえ、何をした？」

「説明はあとで。ジェラさん、あの古竜《エンシェントドラゴン》に攻撃を」

「……わかった」

即座に俺の言葉に頷《うなず》き、稲妻の勇者ジェラルド・バランタインは聖剣を振るった。

「雷光剣《ライトニングスパーダ》！！！」

ジェラさんの放った光の斬撃が、一秒後には黒と紫の古竜《エンシェントドラゴン》を真っ二つに切り裂いていた。

「ふぅ……」

同時に俺は、水と運命の魔法を停止する。上手《うま》くいってよかった。

「どうやら竜どもは退却するようだな」

「さっきの毒の古竜《エンシェントドラゴン》が、あいつらの切り札だったみたいですね」

竜たちが一体、また一体と向きを変え去っていった。

「ところで高月マコト……さっきの魔法は……」

「ねぇ!!　凄いじゃない、ジェラっち。さっきの毒の古竜《エンシェントドラゴン》ってずっと手こずってたやつよね！」

「ちょっと待て、オルガ。俺はこいつと話を」

「今日は味方の被害が全然ないよー！　やったー！　褒めて！」

オルガさんが空から降ってきて、ジェラさんに抱きついている。

「マコトー！　さっき何か魔法使った？」

「急に身体が重くなったよね？　るーちゃん」

「え？　そ、そうだったかしら？　一瞬、よくわかんない魔力《マナ》に包まれたのは感じたんだけど」

「うーん、魔力《マナ》はよくわかんないけど急に竜の動きが止まっちゃったんだよねー。チャンス！って思ったら私の身体もすっごく遅くなって、大変だったよー」

ルーシーとさーさんもやってきた。

（さーさん……、凍った時の魔法の中でも普通に動けるのか……）

対魔王用にと考えてたやつだけど、魔王クラスには通じなさそうだなぁ。

さーさんが魔王より強い、という可能性もあるが。

「なんか毒の古　竜《エンシェントドラゴン》ってのがいて、そいつの足止めに魔法を使ったんだよ。さっき、ジェラさんが倒してくれたよ」

「へぇ、どんな魔法か教えてよ、マコト」

「いいよ」

「それより部屋に戻ろうよ、高月くん。外はちょっと寒いし」

「とか言って、さっきの続きをする気かしら？　アヤ」

「別にいいじゃんー、るーちゃんも一緒に行こうよー」

「そういえばそうね」

そんな他愛ない会話をしている。

正直、魔王軍の襲来ということで緊張したが、あっさりと終わってしまった。

偵察部隊ということだし、あんなものだろうか。その時。

「高月マコト」

ジェラさんに、呼び止められた。

「何か？」

振り返ると、ブラックバレル砦《とりで》の最高責任者が険しい表情をしていた。

「さっきの戦闘……手を抜いていたな？」

「はあっ!?　何言ってるの！」

「そんなことしないよ！　高月くんは！」

ジェラさんの言葉に、俺より先にルーシーとさーさんが反応する。

「ちょ、ちょっと。ジェラっち、私も見てたけど英雄くんは危なくなった騎士たちを助けてくれてたよ？」

オルガさんがオロオロとしている。

「どうなんだ？」

が、ジェラさんの目は真剣に俺を射抜いてくる。

「まぁ、全力は出しづらかった……ですね」

俺は正直に答えた。

「そうなの？　マコト」

「精霊魔法を使うと、みんなを巻き込んじゃうからさ」

水の大精霊《ディーア》が声をかけてきたが、俺はそれを断った。

ディーアの手を借りれば、さっきの竜たちを倒せていただろうけど、きっと戦っていた騎士たちを巻き込んでしまっていただろう。

だから俺は攻撃的な魔法を一切使えなかった。

「おまえ竜と古竜《エンシエントドラゴン》の区別がつかないと言ったな？　つまり区別を付ける必要がないんだろう？　どっちもお前にとってただの雑魚だということだ」

「「「え？」」」

ジェラさんの言葉に、ルーシー、さーさん、オルガさんが驚きの声を上げる。

それは……はっきりと自覚していたわけじゃないが。

確かにどの竜を見ても、俺には大差ない魔力《マナ》しか感じなかった。

最後にジェラさんが斬った『毒の古竜《エンシエントドラゴン》』とやらについても。

他の竜とあまり変わらないな、と感じた。

俺の無言を肯定と受け取ったのか、ジェラさんが真剣な表情になった。

「おまえに頼みがある。北の大陸へ渡り『古竜の王《アシュタロト》』の軍勢と戦って欲しい。本来なら俺たちも共に戦うべきだろうが、足手まといになるだけだろうな……」

ジェラさんが、自嘲気味に笑った。

「高月くん、どーするの？」

さーさんが上目遣いで尋ねる。俺の答えなどわかっているだろうに。

「勿論《もちろん》、いいよ。行ってくるよ」

俺は応えた。そのためにここに来たのだから。

「助かる。ではこれから『古竜の王《アシュタロト》』の住処《すみか》を北天騎士団に捜させる。やつらは定期的に住処を移動して、場所を悟らせない。だが、おまえを送り込むには敵の正確な居場所は必須だ。数日以内に必ずその場所を見つけ出し……」

「いや、今から行こうか」

俺は提案した。

「何？」

「いや、無理だよー、英雄くん。相手の場所がわからないのに……」

ジェラさんが訝《いぶか》しげな表情をし、オルガさんはきょとんとしている。

（ふっ、俺には強い味方がいる）

「イラ様ー。視てます？」

俺は首にかけているネックレスに魔力《マナ》を込め、天を仰ぐ。

——何？　高月マコト。

不機嫌な声が聞こえてきた。

「え？」

「わわ！　天から声がきこえるよ！」

ルーシーとさーさんが騒ぎ出した。

あれ？　何でイラ様の声がみんなにまで？

——あら……、この前の魔力連結《マナリンク》を強化し過ぎたのかしら。声が届きすぎてるみたいね。

いいのだろうか、それは。

——用件をさっさと言いなさい。

「古竜の王《アシュタロト》の場所を知りたいんですけど！　イラ様なら知ってますよね？」

不機嫌なイラ様の声に、慌てて用件を告げる。

どうやらまた残業中で睡眠不足なのだろう。

——あー、そっか。古竜の王《アシュタロト》の住処ね……、地図とペンはある？

「ジェラさん、地図とペンある？」

「誰かいないか！」

ジェラさんが怒鳴ると、兵士がさっとやってきてすぐに地図とペンを用意してくれた。

――高月マコト、一瞬身体《からだ》を遠隔操作《リモート》するから大人しくしてなさい。

「はぁ…………ひっ！」

身体中がぞわぞわっと震えた。

「え？」

右手が自身の意図しないまま動く。

そして、北の大陸の地図のある地点に『×』をつけた。

――そこが現在の『古竜の王《アシュタロト》』の住処よ。七日後には移動すると思うからそれまでに向かいなさい。

「大丈夫ですよ。今から行くんで」

――あんたねぇ……。まぁ、いいわ。準備は十分にしていくのよ？　回復アイテムと食料は余らせるくらいたくさん持っていきなさい。危なくなったらすぐ退却するのよ？

「わかってますって」

――はぁ、じゃあ気をつけて。私は仕事に戻……

「あ、あの！　イラ様！」

声が小さくなっていったイラ様をオルガさんが呼び止めた。

――何かしら？　灼熱《しゃくねつ》の勇者オルガ。

「そんな簡単に古竜の王《アシュタロト》の場所がわかるのであれば、もっと早く教えていただければ……」

やや不満そうなオルガさんの声だが、確かにもっともだ。

どうして教えてあげなかったんだろう。

――それは私の神気《アニマ》と繋《つな》がっている高月マコトが、北の大陸に近い位置にいるからよ。さらにさっきあなたたちは竜の群れと戦っていたでしょう？　古竜の王《アシュタロト》の軍勢との因縁が深くなっているから、高月マコトの目を借りて未来を見ることができたの。太陽の国《ハイランド》の王都にいる巫女《みこ》エステルの目じゃ、ここまで詳しい『未来視』はできないわ。

「な、なるほど……」

オルガさんが納得したように頷《うなず》いた。

そうか、じゃあイラ様に尋ねるタイミングとしては良かったんだ。

「マコトと……イラ様が繋がる？」

「高月くんって……運命の女神様《イラ》と仲良いの？」

今度は、ルーシーとさーさんが不審げな目を向ける。

「いや、仲良いというか……お世話になっているというか」

なんだろう。

別にやましいことは一切ないはずなのに。

――じゃーね、高月《たかつき》マコト。またあとでね。

イラ様の声は聞こえなくなった。

「あとで!?」「何それ!?」

ルーシーとさーさんが俺に詰め寄る。

「ゆ、夢の中に女神様が現れるんだよ。前に説明したろ？」

ノア様が夢に現れることは以前も二人には説明したはずだ。

もう一度それを説明したのだが、納得してもらうのが大変だった。

ひと息つき、地図を眺める。北の大陸の奥地。この辺りは高い山脈が連なる場所のはずだ。確かに場所がわからないと厳しいだろう。

「ルーシー、ここまで空間転移《テレポート》で跳べる？」

「……できるけど。あとで運命の女神様《イラ》との関係についてはじっくり聞かせてもらうからね！」

どうやらもう一度問い詰められるらしい。

「ねーオルガちゃん。北の大陸って寒いよね？　上着ないかなぁ」

「ちょっと待って、アヤ。用意させるから。それから最上回復薬《エリクサー》もいくつか持っていきなさい」

「はーい、ありがとうー!!」

さーさんは、オルガさんと装備と持ち物の確認をしている。

三十分後くらいには出発できそうだ。

そして、俺はさっきから無言のジェラさんに話しかけた。

「というわけで行ってきますね」

「…………」

「…………ジェラさん？」

俺の言葉に、ジェラさんは応えず俺の顔を奇妙な生き物を見る目で見つめた。

そして、ゆっくり口を開く。

「さっき紅蓮《ぐれん》の牙が無茶苦茶だと言ったな。訂正しよう。お前が一番デタラメだ」

大きくため息を吐《つ》かれた。

◇ルーシーの視点◇

「おい、高月マコト。こいつを持っていけ」

「これは？」

「通信用の魔道具だ。強固な結界魔法もすり抜けて念話ができる。余裕があれば、情報を共有してくれ。必要なら援軍を向かわせる」

「ありがとうございます。連絡しますね」

「ああ、無理をするなよ。危なくなったら逃げろ」

「気をつけます」

ジェラルド将軍とマコトが真剣な表情で会話している。

「わーい、ふかふかで暖かいー」

「ねぇ、アヤ。いくらなんでもそのダウンジャケットは動きづらくない？」

「大丈夫大丈夫。私って寒いほうが動きが悪くなるから」

「ああ……、あなたの体質のせいだったわね。とにかくその魔法のジャケットは防寒対策はばっちりだけど、防御性能は普通の服と変わらないから注意してね」

「了解ー、オルガちゃん」

「ゆるいわねー、これから古竜の王《アシユタロト》と戦うんでしょ？」

「高月くんがいるからねー。余裕余裕」

「油断は駄目よ。ほら、ここに持っていく魔道具をまとめておいたから」

あっちではオルガがアヤに、装備やアイテムを渡していた。

「ルーシー様！　空間転移《テレポート》先の最終確認をお願いいたします！」

私をぐるりと取り囲んでいるのは、ブラックバレル砦《とりで》の参謀チームだ。

運命の女神様《イラ》に教えてもらった古竜の王《アシユタロト》の潜伏先。

そこから魔王軍の布陣を予測し、なるべく敵の数が少ないところから侵入する予定だ。

地図とにらめっこする。ここかぁ……。行ったことのない場所だなー。

「それに私の空間転移《テレポート》は目的地から外れることが多いのよね……」

私は小さく呟《つぶや》き、頬を掻《か》く。

紅蓮の魔女《ママ》や大賢者先生なら、きっと正確に転移できると思うけど。ちょっと不安。

「大丈夫だよ、るーちゃん！」

「そうそう、いざとなったら逃げればいいし」

アヤとマコトが、私の呟きを聞いていたらしい。気にするな、という顔で元気づけてくれた。

いつも頼もしいアヤと、出会った時から変わらず冷静なマコト。

（そうね、この三人だったら）

「行きましょうか！」

私はマコトとアヤの腕を掴《つか》んだ。

「行こう」「うん！」

マコトとアヤが私の腕を掴み返す。

「武運を祈る」

「無茶しちゃ駄目よー！」

「「「お気をつけて！」」」

ジェラルド将軍や、オルガ、そして多くの砦の兵士たちに見送られ、私は魔大陸の古竜の王《アシュタロト》の住処《すみか》へと空間転移《テレポート》した。

◇

「ここが……目的地？」

マコトの声が聞こえる。キョロキョロと辺りを見回している。

「わー、やっぱり冷えるね……」

寒がりのアヤが、嫌そうな顔をしている。辺りは険しい山々が連なる山脈に囲まれている。

ゴツゴツとした岩肌がどこまでも広がる。兵士の人から聞いていた事前情報と、景色は一致している。おそらく目的地からそう離れた場所ではないはずだ。

「とりあえず身を隠せる場所を探しましょう」

私は提案した。魔大陸は魔王領だ。ここは見晴らしが良すぎる。

すぐ敵に見つかってしまう。その時だった。

……ズズズズ、と大きな岩が動いた。

違う、あれは岩じゃない！

「魔物？」

「岩の古竜《エンシェントドラゴン》だよ、高月くん！」

「くっ！　まずいわね、既に見つかっているわ！」

仲間を呼ばれる前に、黙らせないと！

アヤも同じことを思ったようで、私より先にかけだそうとして――マコトに止められた。

「待った、ルーシー。さーさん。どうやらここは敵の結界内みたいだ」

「「え？」」

マコトの声に、私とアヤの動きが止まる。

――ォォォォオオオオオオオオオオオオオオ！

大気が震えた。それは目の前の岩竜の雄叫《おたけ》びかと思ったが、そうではなかった。

バサリという、風切り音に上を見上げると……

「うそ……」

空を埋め尽くすほどの竜の群れだった。

「高月くん、るーちゃん、こいつら……全部、古竜《エンシェントドラゴン》だよ……」

アヤの声が遠くから聞こえたような錯覚を覚えた。目眩《めまい》がした。

「罠《わな》……かな。さっきの岩竜が見張りとして山脈全体に結界を張ってたみたいだ。で、侵入者がいれば待機していた竜たちが一斉に取り囲むと。なかなか組織的だね」

マコトの冷静な声で、はっとなった。

「に、逃げなきゃ！　こんな数の古竜《エンシエントドラゴン》を相手になんてできっこないわ！」

なるべく敵の少ない場所から攻めるという作戦は失敗した。

「そーだよ、るーちゃん！　テレポートはやく！」

私は呪文を唱え、アヤが急《せ》かす。

（……あ、あれ？）

集中できない。

いつものように魔力《マナ》が一点に集まっていく感覚がない。

「るーちゃん！　何やってるの!?」

「待って！　焦らせないで！」

アヤの悲鳴に私は大声で言い返す。その時、ぽんと肩に手を置かれた。

「ルーシー。空を見ろ」

マコトの声で、上を見上げる。そこには『灰色の』空が広がっていた。

「あれは……？」

「魔法封じの結界だな。魔力《マナ》の制御を悪くして、繊細な魔法が使えなくなる結界みたいだ。

俺も今は細かい魔法が扱えない」

マコトの声に、私は視界が暗くなった。そ、そんな……。
——カッ！！！
と複数の竜が息吹《ブレス》で攻撃をしてくる。
炎や雷撃、岩石や暴風の息吹《ブレス》が襲ってくる。
ま、まずい！
防ぐか逃げるかしないと……と思っていると。
「水の大精霊《ディーア》、結界を」
「はい、我が王」
マコトと水の大精霊《ディーア》の冷静な声が聞こえた。分厚い氷の結界が幾重にも現れる。
古竜《エンシエントドラゴン》の強力な息吹《ブレス》が、マコトの結界に阻まれた。
あぁ、でも！　マコトの結界が次々に砕かれていく。
私も加勢しなきゃ！　なのに魔力《マナ》が上手《うま》く練れない！
「なんで！　何で魔法が発動しないの!?」
取り乱して叫ぶ！　理由はわかっている。
マコトが言った通り、魔法封じの結界のせいだ。
いつものように魔法が扱えない。なおも無理やり魔法を発動させようとした時。
……トントン、と肩を叩《たた》かれた。

「るーちゃん、るーちゃん」

「アヤ！　どうしよう、マコトがこのままじゃ」

「るーちゃん……、ほら高月《たかつき》くんの顔をよく見て？」

「…………………え？」

アヤに言われて気づいた。古竜《エンシエントドラゴン》に囲まれ、パニックになっていた私は気づかなかった。

マコトの表情は……。

◇佐々木《ささき》アヤの視点◇

（高月くん、楽しそうだなぁー）

中学の時からよく見ていた顔。

ゲームをしている時の顔であり、何かイタズラを思いついた時の顔でもある。

あの顔の高月くんは、何か企《たくら》んでいるんだ。

「トカゲたちの攻撃が鬱陶しいですね」

水の大精霊《ディーア》さんが言った。

「こっちも何かやり返そうか？」

世間話をするように高月くんが、

――水と運命の魔法・微睡《まどろ》みの暴風雪《ブリザード》。

そう言った瞬間、下から雪が舞い上がった。

同時に空に分厚い雲が広がる。

「…………………え？」

るーちゃんのあっけにとられた声が聞こえる。一瞬だった。

瞬《まばた》きするほどの間に、殺風景だった山肌が真っ白に雪化粧された。

「さ、寒っ！」

慌てて私はるーちゃんに抱きつく。

高月くん、そういう魔法を使うなら一言声かけて！

「あ、ごめん。さーさん」

私の声が聞こえたのか、こっちへ申し訳無さそうな顔をしてやってきた。

――水の大精霊《ウンディーネ》、おいで。

高月くんの声に、幼い青い女の子が現れる。

「さーさんとルーシーが凍えないように、二人の護衛をお願いね」

「はい！　我が王サマ！」

「よろしく」

と言って高月くんは、再び古竜《エンシエントドラゴン》たちに向き直る。

もっともその間にも、古　竜《エンシエントドラゴン》の群れは高月くんに攻撃をしかけようとやっきになっているのだが近づくことすらできていない。

私たちの側《そば》には、ニコニコした小さな青い女の子が立っている。

「は、はじめまして。あなたは水の大精霊《ウンディーネ》……なの？」

「いつもマコトの近くにいるディーアって女とは別よね？」

私とるーちゃんが恐る恐る話しかける。

「いえいえ～、私はいつも皆さんの近くにおりますよ。私たちは全ての水の化身ですから」

「は、はぁ……」

精霊魔法に馴染《なじ》みのない私にはイマイチ、ピンとこない。

「で、でもあなたはマコトを助けなくて大丈夫なの……？」

るーちゃんは、水の大精霊《ウンディーネ》の一人が私たちの護衛になっていることを心配しているようだ。

「ええ、我が王サマにはお姉サマたちがついておりますから」

私がぱっと高月くんのほうを向くと、さっきまで居なかった青い肌の綺麗《きれい》な女の人たちが、わらわらと集まっていた。

「水の大精霊《ウンディーネ》がいっぱい!?」「……す、凄《すご》い」

るーちゃんが驚くのは勿論《もちろん》、魔法に疎い私でもわかった。あれは……ヤバいやつだ。

「「「……………」」」

気がつくと、あれほど激しかった古竜《エンシエントドラゴン》の攻撃が徐々に減ってきている。

その間にも雪が積り続ける。私たちの周りだけ、水の大精霊《ウンディーネ》の女の子の張った結界で寒くない。結界から外に出たら、私なんてあっと言う間に凍えてしまいそうだ。

そして、古竜《エンシエントドラゴン》たちも動きが鈍い。でも……変だ。

とてつもない身体能力と生命力を持っている古竜《エンシエントドラゴン》が、たかだか吹雪くらいでどうにかなるとは思えない。

私の考えに気づいたのか、るーちゃんが口を開いた。

「マコトが降らせている雪から嫌な魔力《マナ》を感じるわ……。何かしら……呪い……みたいな？」

「えっ!?」

ぎょっとする。さっきまで美しく見えた雪景色が気味の悪いものとして映る。

呪いの雪？

「我が王が好んで使う魔法ですね。水魔法、運命魔法、月魔法の複合魔法です。単に雪に触れると眠くなるというだけの単純《シンプル》な魔法ですよ」

水の大精霊《ウンディーネ》の女の子が教えてくれた。

簡単でしょ？　と言いたげだが、そんな単純な話でないことはるーちゃんの表情から察した。

「……どうなってるの？　魔法封じの結界内よ？　私の視界に納まりきらないくらいの規模で三種の複合魔法って……、しかもどれだけの魔力《マナ》が必要だと思ってるのよ……」

るーちゃんがぶつぶつ言いながら頭を抱えている。

私は高月くんの氷の結界を破ろうと頑張っている古竜《エンシェントドラゴン》さんたちに視線を向けた。

確かによく見ると、攻撃を受けたというより眠そうにフラフラしている。

「何とかなりそうだねー」

「ええ、我が王サマにとってこの程度のトカゲの群れは何てことありま…………おや？」

ニコニコしていた水の大精霊《ウンディーネ》の女の子の表情が変わった。

――グォオオオオオオオオオオオオオ！！！！！！！

身震いするほど強烈な圧迫感を持った獣の雄叫びだった。

雪がぴたりと止《や》む。高月くんの魔法を中断させるほどの存在。

空気がビリビリと揺れている。

共鳴するように、地面が震動していた。

周りの古竜《エンシェントドラゴン》より一回り大きい。全身は漆黒で、朱《あか》い瞳。

身体中《からだじゅう》から燃え上がるような瘴気《しょうき》が溢《あふ》れている……。

私は見るのが初めてだったけど、その特徴は散々聞かされている。

出会ったら、必ず戦わずに逃げるようにと。

「るーちゃん！　あの竜を見て！」

「……あれって、まさか……」

私の喉が鳴る。

――古竜の王アシュタロト。

一対一なら、私やるーちゃんでも敵《かな》わない太陽の騎士の団長さんたちが、束になっても、手も足も出なかった怪物。

『光の勇者』って凄いスキルを持っている桜井《さくらい》くんですら、まともに戦うと危ないと言われている最強の魔王。

肌がぞわっとした。あの竜はまずい。

『アクションゲームプレイヤー』スキルの無敵時間《スーパースター》を使っても勝てるかどうか……。

そこへ高月くんが、ひょこひょこと軽い足取りでやってきた。

「マコト！　古竜の王《アシュタロト》が現れたわ！」

「高月くん、注意して！」

るーちゃんと私が心配して声をかけるが、高月くんはまったく動じていなかった。

……どーいう神経してるのかなぁ？

「なぁ、ルーシー。あれって古竜の王《アシュタロト》？」

「当たり前でしょ！　何を言ってるのよ！　見ればわかるでしょ！」

「さーさんもそう思う？」

「うん！　だって他の古竜《エンシェントドラゴン》と全然違うよ！　間違いなく魔王だよ！」

「うーん……そっかぁ」

高月くんは何かが、納得いかないのかしきりに首を捻《ひね》っている。

「どうしたの？　マコト」

「前に会った時と少しイメージが違うから……」

「でも、それって千年前なんでしょ？」

高月くんの話では、救世主さんと一緒に古竜の王《アシュタロト》と戦ったらしい。

その時は、決着つかずで終わったそうだ。よくあんなのと戦って、無事に済んだと思う。

「ま、いっか。本人に聞けばいいし」

古竜の王《アシュタロト》に及び腰になる私やるーちゃんと違い、高月くんは平静そのものだ。

「ルーシー、拡声魔法って使える？」

高月くんが変なことを聞いてきた。

「普段なら使えるんだけど……、今は魔法封じの結界のせいで難しいかも……」

「そっかぁ。うーん、困ったな」

高月くんは、古竜の王《アシュタロト》に話しかけたいらしい。何で？

「ねぇねぇ、高月くん。大きな声を出したいなら、私が言おうか？」

「さーさんが？」

高月くんが、きょとんとした顔になる。これでも私はラミア女王。

心外ながらも災害指定の魔物だ。身体能力は、高月くんやるーちゃんより遥《はる》かに高い。

遠くにいる古竜《エンシエントドラゴン》たちに聞こえるくらいの声なら出せるはず。

「じゃあ、こう言ってもらえるかな」

高月くんから聞いた言葉は、少し変わった内容だった。

それを聞き、私は大きく口を開いた。

「お――――――い！！！！」

腹の底から声を張り上げる。

ちなみに、高月くんとるーちゃんには耳をふさいでもらっている。

多分、鼓膜が破れちゃうと思うんだよね……。

「古竜の王《アシュタロト》！！！　高月マコトが千年前の約束を果たすためにやってきたぞー！！！！」

と叫んだ。どうやら、高月くんは古竜の王《アシュタロト》と再戦の約束をしていたらしい。

だからって、バカ正直に言う？　普通。私はちょっと呆《あき》れた。

高月《たかつき》くんは、ワクワクした顔で返事を待っている。

が、黒い古竜《エンシエントドラゴン》からの返事はなかった。

周りの竜たちを含め、こちらを忌々《いまいま》しげに睨《にら》むのみだ。

「…………あ、あれ？」

「マコト、忘れられてるんじゃない？」

「千年前だし、仕方ないんじゃないかなー」

「そ、そんな……」

私とるーちゃんが言うと、高月くんがショックを受けたように項垂《うなだ》れた。

「き、来たわよ！」

「マコト、どーするのよ！」

古竜の王《アシュタロト》が、他の竜たちを率いこちらへ近づいてくる。私とるーちゃんが悲鳴を上げる
が、高月くんの顔は少しだけ腑《ふ》に落ちないようだった。

「よーし、じゃあ思い出させてやるか。ディーア、あれをやるぞ」

「かしこまりました、我が王。千年前の屈辱を返して差し上げましょう」

高月くんが右腕をまくった。

その腕は青く、透き通った海のような色をしていた。

「…………あぅっ!?」

「……………えっ⁉」

るーちゃんが、息ができなくなったかのように喉を押さえる。

私も一瞬だけ、深海に放り込まれ溺れそうな錯覚を感じた。

（魔力《マナ》の海……？）

魔法使いではない私でも認識できるほど、濃密な魔力《マナ》が空間に満ちていた。

……パァァ、と高月くんの周りに数百の魔法陣が浮かぶ。

そして、花火のように弾《はじ》け、拡散していった。

一体、どんな魔法を使う気……？

「精霊の右手――彗星落とし」

「…………………は？」

私とるーちゃんの声がハモる。す、彗星《すいせい》？

それって、前に火の国の王都《グレイトキース》を滅ぼそうとした魔法じゃ……。

急に景色が薄暗くなる。何気なく、私は空を見上げた。空が割れた。

いや、空が落ちてきた。吹雪を引き起こしていた雪雲。

それを突き破り、とてつもない大きさの『何か』が空いっぱいに広がっている。

「ちょっ！！！　マコト！　何で！」

「た、た、た、た、高月くん！　私たちも巻き込まれちゃうよ！」

るーちゃんと私が慌てふためく。

「あはは、可笑《おか》しい。お二人とも、大丈夫ですよ。私と一緒にいるのですから何の心配もございませんよ」

水の大精霊《ウンディーネ》の女の子が、ケラケラと笑っている。

「…………」

私はるーちゃんと目を合わせる。そして、改めて空を見上げた。

「…………」

視界いっぱいに広がる、巨大な彗星。

それがぐんぐんと迫ってくる『この世の終わり』のような光景。

ええ……、これが心配ない？

う、嘘《うそ》でしょ。信じられない。

そして、私たちよりも慌てるものたちがいた。古竜《エンシエントドラゴン》たちだ。

そりゃそうだろう。このままだと自分たちの住処《すみか》が全てふっ飛ばされてしまうのだから。

そして、慌てる古竜《エンシエントドラゴン》の中で『古竜の王《アシュタロト》』さえ戸惑っているようだった。

む、無茶苦茶してる……。

「ねぇ、マコト……、聞いてもいい？」

るーちゃんが低い声で言った。

「なにを？」

振り向く高月くんの顔は、憎たらしいほどいつも通り。

「マコトの今の水魔法の熟練度っていくつなの？」

るーちゃんの質問は、私も気になったものだった。

かつて火の国を襲った『彗星落とし《グレイトキース》』は、沢山の奴隷の生命力を生贄《いけにえ》に発動させたものだった。

それを高月くんは、『たった一人』で発動してみせた。

「ほい」

高月くんは、何かの紙切れを私たちに見せてきた。

「高月くんの魂書《ソウルブック》……？」

それは高月くんの身体能力やスキルについて書かれた紙。異世界の個人情報書類だ。

ちなみに私——ラミア女王のステータス《ステータス》は高い。

筋力や敏捷性《びんしょうせい》が、ゆうに100を超えている。

これは勇者であるオルガちゃんにも匹敵する。

私は魔法が使えないけど『アクションゲームプレイヤー』スキルの能力も相まって、

神鉄《オリハルコン》級の冒険者として認められた。

比較すると高月くんのステータスは、総じて低い。筋力や敏捷性なんて、3~4しかない。

ついでにいうと魔法使いなのに、魔力《マナ》がたったの4。

代わりに水魔法の『熟練度』という項目だけが飛び抜けて高くて、それと精霊魔法によって勇者になったのが高月くん。

最後に聞いた高月くんの魔法『熟練度』は999。

るーちゃん曰《いわ》く、そんな魔法使いは大陸中探してもいないらしい。

しかし、千年前に行ってきっとさらに強化したんだろう。

一体、どれほどの水魔法の達人になったのか……。

グシャ、と高月くんの魂書《ソウルブック》の端が握りつぶされた。

「……………………………………………」

るーちゃんが、高月くんの魂書《ソウルブック》を見て絶句している。

私も魂書《ソウルブック》を覗《のぞ》き込み——その数値が見えた。

水魔法の『熟練度』：5096、、、

（…………ナニ……コレ？）

見間違いかと思って、三度見した。でも、見間違いじゃなかった。

異世界の魔法に疎い私でもわかる。これはない。

ご、五千オーバー？

何をどうやったら、そんな馬鹿げた数値になるの？　るーちゃんは、未《ま》だ固まったままだ。

同じ魔法使いとして、ショックが大き過ぎたんだろう。

この一年、少しでも高月くんに追いつくんだって頑張ってたし。

実際、大陸有数の魔法使いになったはずなんだけど。

「あのー、高月くん？」

「どしたの、さーさん」

のほほんとした顔を向ける、この愛《いと》しくも空気読めてない男に私は言い放った。

「高月くんのステータス、壊《バグ》れてるからー！！」

◇高月マコトの回想（千年前）◇

ゆっくりと目蓋を開く。

目に入ってきたのは、神聖な優しい光だった。ぼんやりと辺りを見回す。

「あれ……？」

脳裏にはさっき見送ってくれた光の勇者《アンナ》さんと大賢者《モモ》様の泣き顔が残っている。

次に目を覚ますのは、千年後だと思っていた。

黒い棺《ひつぎ》で、俺は長い長い眠りについたはずだ。しかし、ここは――

「ん？」

こっちを見つめる不機嫌そうな一人の美しい少女の姿があった。

「イラ様？」

「あら……高月マコトじゃない？　どうしたの？」

机の上で眠そうに頭をガシガシ掻《か》いている、運命の女神《イラ》様の姿があった。

「いえ、特に用事があったわけじゃないんですが……」

「あー、もしかしたら運命の女神《わたし》と縁が強くなりすぎて、精神体がこっちに来ちゃったのかしら。ま、そのうち戻れるんじゃない？」

「はぁ……ちなみに俺が冷凍睡眠《コールドスリープ》してからどれくらいの時間が経《た》ったんですか？」

「んー、十分くらい？」

全然経ってなかった！

さっき寝たばっかりじゃん。

「ところで、あんた今暇よね？」

ずいっとイラ様に詰め寄られる。

「ま、まぁ……千年間寝てるだけですからね」

「この書類のチェック手伝って！　見るのはここの項目だけでいいから！　ここは……こういう意味で、それからこっちを……こうで……」

「ちょ、ちょっと待ってください！　メモします！」

俺は慌てて、イラ様が早口でまくし立てる内容を記録する。

「はい！　これとこれ！　できる？　わからないことがあったら聞いて！」

「……やってみます」

イラ様の剣幕に、俺は流されるままに手伝いをすることになった。

俺はイラ様に渡された書類に目を通す。初めて見る文字だが、なぜか意味を理解できた。

運命の女神《イラ》様の執務スペースだから、特殊な魔法がかかっているんだろうか？

（……この書類……これから生まれる人の才能《スキル》について書かれてる……魂書《ソウルブック》の原本？）

異世界では、運命の女神《イラ》様がスキルを与えていると言われている。

俺はどうやらそのスキル所持の証明書である、魂書《ソウルブック》に漏れがないかのチェックをしているらしい。

……って、めちゃくちゃ重要な仕事じゃないか！

異世界転移の当初、弱いスキルで苦労した身としては、もしもスキル付与漏れで生まれた子がいたらその悲劇は計り知れない。こ、これは……絶対にミスできない。

俺は『明鏡止水』スキルを使って、集中して作業を行った。

ちなみに——スキル付与漏れは、二人ほどいた。


「イラ様……、スキルの付与漏れになったらどうなるんです？」

「一応、運命の女神《わたし》の神殿に来てもらえれば、後付けしてるわよ」

「あぁ……そうなんですか」

よかった。ずっとスキル無しの人生になる可哀想《かわいそう》な子はいないんだ！

「でも、そうなると余り物のスキルになるから弱くなっちゃうのよね……」

「絶対に見逃しません！」

というわけで、超集中してチェックした。……疲れた。


半日後。

「ふぅ……、高月《たかつき》マコトのおかげで今回の仕事は早く終わったわ。今日は少し寝られそうね」

「寝てないんですか？」

「んー、前に寝たのは半年前だったかしら？」

こともなげにイラ様は言った。

「…………」

想像のはるか上をいっていた。

かつて三徹を自慢げにふじやんに語っていたのが恥ずかしい。

しかも、俺はゲームしてただけだし。イラ様の生活、ヤバくない？

「じゃあ、そろそろあんたは冷凍睡眠《コールドスリープ》に戻りなさい。私が帰してあげる」

そう言って俺の頭に指を置こうとしたイラ様の手を取った。

「しばらく手伝いますよ。どうせ暇ですから」

「……いいの？　別に手伝ったからって、何かお礼をあげたりできないわよ？　神界規定で、地上の民に過度な干渉はできないから。特に私は謹慎中だし……」

イラ様が申し訳無さそうな、少し期待するような目を向ける。

「気にしないでください。それよりイラ様が寝ている間に、俺ができる仕事ってありますか？」

「そうね……じゃあ、この書類の仕分けをお願いしていいかしら」

「了解です」

こうして俺は、運命の女神《イラ》様の雑務を手伝うこととなった。

数日後。

「はい、こっちの書類のチェック終わりました。納期順に並べ替えておきました」

「ありがとう、高月マコト。じゃあ、次はこれをお願いしていい？」

「はーい」

ただの人族である俺は、女神様の主要な仕事は代行できない。なので、やっていることは身の回りの細々した雑用だ。それでもイラ様的には助かるらしい。

ちなみに、そこら中で忙《せわ》しなく動き回る魔法のヌイグルミたちがいるのだが、彼らはイラ様が記入を終えた書類を提出に行ったり、未完了の書類を持ってきたりと、ただの運搬係だった。

俺と同じことはできないらしい。

「ところでイラ様」

「何よ？」

俺は手を止めず、イラ様に話しかける。

「前に水の女神様《エイル》に、普通は女神様の仕事って天使が代行してるって聞いたんですけど。イラ様のところは天使はいないんですか？」

しょっちゅうノア様のいる海底神殿に遊びに来ているエイル様に、仕事はないのかと聞いたら教えてもらった話だ。

イラ様だって、天使《ぶか》の力を借りればいいのに。

が、俺の言葉にイラ様は不機嫌そうな顔になった。

「前はいたんだけど、みんな辞めちゃったのよ……」

「そ、そうですか……」

聞いちゃいけない質問だったのかもしれない。

「あの根性無しども！　一週間くらい休憩が無かったからって何よ！　私を見習いなさいよ！」

「ブラック過ぎる……」

それは上司《イラサマ》が悪い。

「私のせい!?」

「労基は守ってくださいー」

もっとも神界に労働基準法があるのか、どうかは知らないが。

「でもあんたはずっと働いてくれるのね」

「え？」

言われて気づく。

そういえば、ここ数日寝てないし、何も食べていない。

眠くならないし、お腹《なか》がすかないのだ。

「それは運命の女神の空間だからね。私の奇跡で睡眠欲と食欲は湧かなくなってるの」

「……便利ですけど、少し怖いですね」

神様って何でも有りなんだなぁ。

俺は『明鏡止水』スキルのおかげで、集中力を切らさない。

イラ様は相変わらず、難しい顔で難しそうな書類を睨《にら》んでいる。

(……コーヒーでも淹《い》れるか)

ここ数日で、イラ様の空間の備品も把握してきた。

多少の休憩は挟んだほうが、作業効率が上がるだろう。

そう思い、俺は席を立った。

さらに数日後。

「ねぇ、高月マコト」

「何ですか?」

俺は書類に目を通しながら、冷えきったブラックコーヒーをすする。

不味《まず》い。一段落ついたら、淹れ直そうかな。

「あんた……水魔法を使いながら書類チェックしているけど、大丈夫? ミスしないでよ？」

「大丈夫ですよ。コツは摑《つか》みましたから」

やることはワンパターンなので、俺は雑用をしながら水魔法の修行をすることにした。

流石《さすが》に聖神族であるイラ様の空間で精霊魔法は使えないが、水魔法に関しては問題ない。

「器用な男ね」

「寝ながら仕事しているイラ様に言われたくないですが」

空き時間ができたら寝てください、って言ってるのに寝ながらも仕事してるのだ。

この仕事中毒女神《ジャンキー》は。

「だって終わらないんだもんー」

「採用かけましょうよー」

「募集してるけど、誰も来ないの！」

それはイラ様の職場がブラックだって噂《うわさ》になっちゃったからじゃ……。

「仕方ないでしょ！　魔王との決戦を控えてる世界の運命の女神なんて一番多忙なんだから！　そんなの天界の常識なのよ！」

「まぁ……確かに」

戦争もよく起きるし、歴史が大きく動くタイミングだ。

運命の女神様《イラ》の仕事が多いのは理解できた。

「コーヒー淹れますね」

「濃い目のアリアリで」

「はいはい」俺は席を立った。

アリアリは『砂糖』『ミルク』を両方入れるという意味らしい。

……この知識は、異世界で役に立つのだろうか？


半年後。

「流石に飽きましたね……」

イラ様の仕事の手伝いにはすっかり慣れたが、これをあと999年。

ずっとは無理な気がする……。『明鏡止水』スキルでも、耐えられそうにない。

俺の呟《つぶや》きを聞いたイラ様が、はっとしたように振り向いた。

「悪かったわ。高月マコトは人族だから千年なんて精神が保たないわね。運命魔法・忘却の魔法を教えてあげる」

「忘却の魔法……？」

イラ様の不穏な言葉に首をかしげる。なぜ、そんな魔法を？

「ここは高月マコトにとって夢の世界なんだから、夢の記憶をずっと持ってるなんて意味ないでしょ？　脳にも負担がかかるし。だから、自分で忘却の魔法を使って適度に記憶を消しなさい」

「それは……折角の水魔法の修行が無駄になりませんか？」

「それは問題ないわ。記憶を消しても、水魔法を使った練度まで消えるわけじゃない。きちんと経験は残っているわ。魔法の熟練度はきちんと上がってるわよ」

「なるほど。じゃあ、忘却の魔法を教えてください。……ちなみに、イラ様が記憶を消してくださってもいいのでは？」

「それは駄目。地上の民への直接干渉になるわ」

「………仕事を手伝っている時点で、似たようなものだと思うんですけど」

「ち、地上の民が、神族に干渉するのはルール上は問題ないからいいの……」

「はぁ、そうですか」

都合が良い気がするけど、問題ないらしい。

というわけで俺はイラ様に『運命魔法・忘却』を教わった。

運命魔法を司《つかさど》る女神様から直々に教わるという、贅沢《ぜいたく》な話だ。

もっともお返しにイラ様の仕事を手伝っているわけで、ギブアンドテイクである。

仕事を手伝いつつ、俺は水魔法の修行も続けた。

たまに運命魔法と組み合わせたり、太陽《アルテナ》の女神様にもらった太陽魔法・初級の修行もしたり。そして、定期的に自分の記憶を消して、また仕事と修行を続けた。

こうして、千年の眠りの間。

俺は夢の中、運命の女神《イラ》様の空間で過ごしてきた。

水魔法の熟練度が一千をゆうに超えていることに気づいたのは、手伝いを始めてから随分経《た》ってからである。

◇

そして、現代。

空を覆うほどの巨大な彗星《すいせい》。かつて火の国の王都《グレイトキース》で絶望した光景。

しかし今の俺は、穏やかな心地でそれを眺めていた。

なんせ今回の『彗星落とし』を発動したのは俺自身なのだから。

正確には、巨大なただの氷の塊なので彗星とは呼べないのかもしれない。

これははったり用の魔法だ。

千年かけて修行してきた水魔法。

お披露目の場ということで、派手な魔法をチョイスしてみた。

ルーシーとさーさんにカッコいいところを見せられただろうか？

と振り向いたところ、二人ともドン引きした目で俺を見ていた。あれー？

「ま……マコ……あんた……」

「高月《たかつき》くん………あのさぁ……」

ルーシーとさーさんの表情を見るに、どうも惚《ほ》れ直した、みたいな顔ではない。

頭おかしいやつを見る目だ。あれ？　何を間違えた？　そんなことを考えていた時。

「おい！　精霊使いくん！！！」

懐かしい声で呼ばれた。千年ぶりである。少し離れた位置。

長身を白いドレスで包んだ、凄《すご》みのある女性が宙に浮いていた。

「白竜《メル》さん！　お久しぶりです」

それはかつての仲間。一緒に旅した白い古竜《エンシエントドラゴン》のヘルエムメルク――メルさんだった。

「元気そうでなにより……と言いたいところだが、まさかいきなり『彗星落とし』とは
……。そう言えば魔王の住処《すみか》に超破壊魔法をぶつけてくるのが、君のやり方だったな」

苦々しい表情のメルさん。

「駄目でした？」

「いいわけがないだろう！」

「じゃあ、一旦止めますね」

俺は落下中の彗星を、空中でストップさせた。

巨大な氷の塊が、空を覆っている。

「よくもまぁ、そんなに簡単に止められるな」

「ただの水魔法ですよ」

「ぬけぬけと……」

白竜さんが大きくため息を吐《つ》く。この会話が懐かしかった。

「ねぇねぇ、マコト！　どうして敵と親しげに話してるのよ！　あいつも古竜《エンシェントドラゴン》でしょ！」

「高月くん、あのモデルみたいな女の人誰？」

ルーシーとさーさんが、俺の側《そば》にやってきた。

「彼女は千年前にお世話になった白竜さんだよ。今の時代だと『聖竜様』って呼んだほうがいいのかな」

「「えぇー!!」」二人にめっちゃ驚かれた。

「聖竜様って、救世主様の仲間になってくれたんでしょ!?」

「魔王側に寝返っちゃったってこと？」

いや、そういう訳じゃなくて……。どう説明したものかと思っていると。

「失礼な小娘たちだな。誰が寝返るだ」

すぐ側から白竜さんの声がした。

「「!?」」

ルーシーとさーさんがびくりとする。

空間転移《テレポート》で移動した白竜さんが、すぐ隣にいる。

「私は精霊使いくんに敗れたから仲間になっていただけだ。精霊使いくんがいなくなれば人族に味方する義理はない」

ふん、とクールに鼻を鳴らす白竜さん。俺はその言葉にニヤリとした。

「そんなことを言いつつ、モモの修行には付き合ってくれたんですよね？」

「…………まぁ、一応な。それなりに強くなるまでは鍛えたさ。私の弟子だからな」

それなり――が、大陸最強の魔法使いなんですが。

白竜さんも、感覚がちょっとズレてるよなぁ。そんな会話をしていた時。

「ヘルエムメルク！　何を呑気《のんき》なことを言っている！　そもそも古き神の使徒に、私でも十分勝てると貴様は言っただろう！」

黒竜が初めて口を開いた。その口調に違和感を覚える。

仮にも準神級魔法・地獄の世界《コキュートス》が通じなかった相手だ。

この程度の魔法に後れを取るはずがない。はずがないのだが……。

どうも古竜《エンシエントドラゴン》たちを率いる巨大な黒竜――魔王アシュタロトは、俺の『彗星落とし』に戸惑っているように見える。

「兄上、確かに千年前の精霊使いくんならいい勝負をすると思っていたが、どうやら今の精霊使いくんは私の知る彼ではないらしい」

白竜さんの言葉に、ぱっとそちらを見る。

「兄上？　あちらはメルさんの親父《おやじ》さんでは？」

「ん？　違うぞ、あれは魔王代行の我が兄だ」

「あー、そうでしたか」

やっぱり別人だった。

「そ、そんなはずないわ！　私たちが知ってる古竜の王《アシュタロト》の特徴と一致しているもの」

「そうだよ、太陽の騎士団を壊滅させたのはあの黒竜だって！」

「うん？　我が父上は千年前から人族の前にはほとんど姿を現していないぞ？　君等《きみら》が勝手に勘違いしていたんだろう」

「「…………」」

白竜さんの言葉に、ルーシーとさーさんが絶句する。俺も驚いた。

西の大陸の全員が古竜《アシュタロト》の王の姿を誤認していたのだ。

太陽の騎士団が敗北したのは、古竜《アシュタロト》の王相手ではなかった。

「じゃあ、メルさん。本物の古竜《アシュタロト》の王はどちらに？」

「あぁ、我が父上に会えるのは兄上を倒した勇者のみという話になっていてな……」

その言葉に、俺は改めて巨大な黒竜に向き合う。

「なるほど……では」

俺は『精霊の右手』を発動する。落下を止めていた彗星が、ゆっくりと動き出した。

「ま、待て！　それを落とされたらここ一帯が更地になる！　ヘルエムメルク!!　貴様も古竜《エンシェントドラゴン》の一族ならば、その精霊使いの仲間の一人でも人質にとるか、殺してみせろ！」

「なっ！」

「くっ！」

その言葉に、ルーシーとさーさんが慌てて身構える。もっとも当の白竜さん本人は。

「あっはっはっはっは！」

大きく笑うのみだった。

「何を笑っている！」

「よく視《み》てくれ、兄上。私の周りにいる水の大精霊《ウンディーネ》たちを」

その言葉とともに、周囲に降る雪の中からディーアを始めとする水の大精霊《ウンディーネ》たちが姿を見せる。

「久しぶりですね。もしや我が王を裏切るのかと思いましたよ」

「……そんなわけないだろう。兄上！　見ての通り、少しでも不審な動きをすれば私が水の大精霊《ウンディーネ》に殺されて終わりだ」

「ぐっ……」

黒竜――メルさんのお兄さんが悔しげにうめく。
もっとも白竜さんが本気で襲ってくれれば、結構危ないと思うんだけど。
ちらっとメルさんの横顔を見ると、小さく笑顔を向けられた。
(彗星を止めてくれた礼だ……。頼むから落とすのは止《や》めてくれよ？)
(ギリギリで止めておきますね)
そんな小声の会話をかわす。その時。
――熱風が吹いた。
山脈を覆っていた雪が、一瞬で蒸発する。地面が熱を発する。
「え……？」
ルーシーが小さく息を吐いた。巨大な光の柱が地上から天を切り裂いた。
空を覆っていた、俺の『彗星』もどきが砕け散った。
その破片が、粒子となって消える。同時に、黒い霧――瘴気《しょうき》が辺りを覆った。
そして、久しぶりに『危険感知』の警告音《アラート》が脳内に響く。
「た、高月くん……この瘴気って……」
さーさんが震えている。
普段は、災害指定の魔物ですらその覇気で道を譲らせてしまうさーさんが。
「精霊使いくん。どうやらこの騒ぎが耳に届いたようだ……我が父上に」

白竜さんの言葉に、小さく頷《うなず》く。記憶が蘇《よみがえ》った。

地獄《コキュートス》の世界の中で感じた威圧感。他の魔王とは桁違いだった存在感。

ズシン、と地面が揺れた。爆発が起きる。

俺たちを取り囲む山々が噴火した。マグマが吹き上がる。その中からゆっくりと漆黒の黒竜が姿を現す。他の古竜《エンシエントドラゴン》たちはゆっくりと離れていく。

王の出現を畏れ敬うように。もしくは巻き添えをくわないように。

こっちも倣ったほうがいいかもしれない。

「ルーシー、さーさん。遠くへ離れて」

本気の精霊魔法を使うと、周りへの影響が心配だった。

「精霊使いくん、君の仲間の面倒はみよう。心配するな」

白竜さんが請け合ってくれた。それは心強いのだが……。

「いいんですか？　メルさんは、一応古竜側《あちら》ですよね？」

白竜さんが人質とかはとらないと思うけど。

露骨にこっちの味方をしてもいいんだろうか？

「我が父上は千年間、君との約束を果たすために待っていたんだ。どうか全力で応えてやってくれ」

肩をすくめられた。

「待ってたんですか？」

「古竜《エンシエントドラゴン》族は約束を守る種族だ、と言わなかったか？」

そう言えばそうだった。律儀に待ってくれていたらしい。

「ルーシー、これ持ってて」

俺はジェラさんから預かった通信用の魔道具をルーシーに渡した。

「う、うん。マコト！……大丈夫、だよね？」

「高月くん、頑張って……」

ルーシーとさーさんが不安そうに俺を見つめる。

「ああ、頑張ってくるよ」

ひらひらと手を振る。

そして、真っ直ぐに小山ほどもある黒竜に向き直った。

正面からこちらを見下ろすのは最強の魔王――古竜の王《アシュタロト》。

千年前は敵《かな》わなかった。あの時と違ってイラ《イラ》様の神気《アニマ》の助けはない。

代わりにあるのは、運命の女神様の空間で修行した千年の訓練の熟練度だ。

「……………随分と待たせてくれる」

低い声が発せられると、それだけで暴風を巻き起こした。

「お待たせしました。では、いざ尋常に」

俺は透き通る青い腕を、古竜の王《アシュタロト》へ向ける。

こうして、千年前からの因縁の再戦と相成った。

八章　高月マコトは、最強の魔王と戦う

地面が赤く燃えている。

古竜の王《アシュタロト》から発せられる瘴気によって、空気は黒く淀《よど》んでいる。

日中にもかかわらず、古竜の王《アシュタロト》を中心に世界が夜になったかのように暗い。

周りの山脈から、真っ赤なマグマが溢《あふ》れ出る。

ドクドクと大地が流血しているようだ。

「ディーア」

俺は水の大精霊《ウンディーネ》の名を呼んだ。

「はい、我が王」

すぐにディーアが応え、跪《ひざまず》く。

その後ろには何百人もの水の大精霊《ウンディーネ》が並んでいる。

巨大な分厚い雲が空を覆い、深々《しんしん》と雪が降る。

俺の周りを中心に、静謐《せいひつ》な白銀の景色が広がる。

全ての生物が死に絶えたかのように静かな世界が在った。

「こ、これは……精霊使いくん……腕を上げたな」

白竜《メル》さんがドン引きした顔でこっちを見ている。

「「…………」」

ルーシー、さーさん、古竜の王代理《メルさんの兄さん》が、ぽかんとこちらを見ている。

「この星の……全ての水の精霊を呼び出したか」

古竜の王《アシュタロト》が呟《つぶや》く。数百の水の大精霊《ウンディーネ》たちを見ても、特に慌てる様子はなかった。

「全部ってわけじゃないけどね」

俺は素直に答える。本当に全ての水の精霊を呼び出すと、世界の天気が狂ってしまう。

と、運命の女神様《イラ》に注意された。だからこれが限界《ギリギリ》だ。

古竜の王《アシュタロト》が纏《まと》う真っ黒な瘴気。

水の大精霊《ウンディーネ》たちの透き通った青い魔力《マナ》。

黒と青の世界が、押し合いせめぎ合っている。

どうやら力は拮抗《きっこう》しているようだ。その時。

――あらあら、楽しそうなことをしているわね？

ゾクリとする美声が耳に届いた。

最強の魔王と相対しているというのに、そちらを見ざるを得ない不思議な引力があった。

視線の先にいたのは、雪よりも眩《まばゆ》い銀髪を輝かせ、透き通るような白い肌のこの世のものとは思えない美貌の持ち主——女神ノア様だった。

「ノア様、どうやってこちらに!?　海底神殿にいるはずでは？」

また水の女神様《エイル》の奇跡で、一瞬だけ地上に降臨したのだろうか？

「あれは二度とやらないって、エイルに言われちゃったわ」

ノア様は可愛《かわい》らしく肩をすくめた。

「何やってるのマコト!!」

「よそ見しちゃダメだよ!!」

ルーシーとさーさんから叱責が飛んだ。

「ああ、わかってる。気をつけるよ」

俺は返事をした。二人の言う通り、古竜の王《アシュタロト》を目の前に余所見《よそみ》など論外だ。

そして、二人の発言で気づく。

「こちらにいるノア様は幻ですか？」

かつて獣の王《ザガン》と戦う桜井《さくらい》くんを救出した時と同じ状況らしい。

聖神族の支配が弱まった空間において、俺にだけ視えるノア様だった。

「ま、そーいうことね。それにしてもここの空気はいいわ。忌々《いまいま》しい聖神族の支配から外れて……、私の好きな精霊たちと、懐かしい『竜の神』の気配に満ちている……」

ノア様が上機嫌で語る。要するに外の空気を吸いに来たらしい。

精神体のみであるが。

「一応、相手は最強の魔王なんですが……。応援してくださいよ？」

「ふふっ、私はいつもマコトの勝利を信じてるわ」

一片の曇りもない瞳で見つめられた。

敬愛する女神様からそんな目で見られたら、頑張るしかない。

さて、やるか……、と俺は女神様の短剣を構えた。

が、古竜《アシュタロト》の王の様子がおかしい。

ノア様のほうに視線を向け、驚いた顔をしていた。

「あら、貴方《あなた》は私が視《み》えているのね？　『竜の神』の末裔《まつえい》、アシュタロトちゃん」

ノア様が優しく語りかけた。古竜《アシュタロト》の王が、ゆっくりと口を開いた。

「ティターン神族最後の一柱となっても天界の聖神族へ抗《あらが》い続けた勇敢なる女神にして、この世の全てを魅了せし、自由の女神ノア殿。まさかお会いできるとは……光栄にございます」

まさかの古竜《アシュタロト》の王がノア様へ敬意を払った!?

「流石《さすが》は竜の神の末裔、わきまえているわね。でも気にすることないわ。だって貴方はこれからマコトに倒されてしまうんだもの」

普段の俺へと接するような慈愛溢れる表情ではなく、氷のような酷薄な笑みを古竜の王《アシュタロト》へ向けた。

その目に怯《ひる》みすらせず、古竜の王《アシュタロト》は答える。

「残念ながら女神ノア様の使徒は、私に殺されるでしょう……。竜神様の血が覚醒した私には、女神様の使徒と言えど敵いますまい」

古竜の王《アシュタロト》は、はっきりと高月《たかつき》マコトに勝つと断言した。

その言葉を聞いても、ノア様の表情は変わらない。

「ふふふ、そうよね。既にこの世界を去った『竜の神』の末裔……その中でも神の血が覚醒したのは古竜族《エンシエントドラゴン》の中でも貴方一人だけ。世界で最強になってしまったがゆえに誰とも本気の勝負をできなかった哀れな強者」

「あれ……。でも、大魔王《イヴリース》のほうが強いんですよね？」

俺はノア様の言葉に反論した。

古竜の王《アシュタロト》は最強の魔王ではあるが、あくまで大魔王《イヴリース》の配下のはずだ。

「我《われ》が竜神様の血に目覚めたのは、あの御方《おかた》——イヴリース様との戦いによってだ。異界から流れてきた神族であるあの御方のおかげで我は強くなることが出来た。しかし、あの御方を除き我とまともに戦える者は地上から居なくなってしまった……」

そう語る古竜の王《アシュタロト》は、心なし落ち込んでいるようにも見えた。

「光の勇者がいただろ？」

俺が聞くと、古竜の王《アシュタロト》は静かに首を振るだけだった。

「期待をしていたが、実際は精霊使いがいなければ我とまともに戦うことはできなかっただろう。あの程度では……な」

「む」

千年前のアンナさんのことを悪く言われたようで少し腹が立った。

が、初めて古竜の王《アシュタロト》と戦った時点では『光の勇者』スキルの扱いも、イマイチだったのは確かだ。後半はもっと強くなってたんだけどなぁ……。

「今代の光の勇者もいかほどのものか……」

「おっと、情報不足だな、古竜の王《アシュタロト》。今の光の勇者は俺より強いよ？」

「ほう……」

俺の言葉に、アシュタロトの眉がピクリと動く。

長くアンナさんと一緒にいた俺が感じているから間違いない。

桜井くんの『光の勇者』スキルは、アンナさんの比じゃない。

『光の勇者』バージョン2だ。性能が違う。

ちなみに太陽の女神様《アルテナ》が、数多《あまた》いる勇者候補から『光の勇者』スキルを異世界人である桜井くんに渡したのは、どんなに強大な力を得ても悪用しない可能性が最も高かったかららしい。

まぁ、桜井くんは聖人か？ってくらい根が善人だからなぁ……。

あとはアルテナ様はイケメン好きらしい。

……不運だったな、桜井くん。

ちなみに「スキルって運命の女神様《イラ》が与えるのでは？」とイラ様に聞いたら。

「基本的には、この世界に生まれた聖神族の信仰者へスキルを与えるのは運命の女神《わたし》の仕事よ。でも勇者や巫女《みこ》なんかの特別なスキルは、各女神が選んで後付してるの。あとは、高月マコトたち——異世界人に付与されるスキルは『ランダム』ね。……だから管理が大変なのよ」

ということだった。そんなことを思い出しながら、俺は古竜の王《アシュタロト》へ向き直る。

「……貴様を倒した後、光の勇者へ挑むとしよう」

古竜の王《アシュタロト》の瘴気《しょうき》が膨れ上がった。

（くるか……）

俺は『精霊の右手』を常時発動したまま、女神様の短剣を構える。

ふと、ちらっと気になってノア様に視線を向けた。

ノア様は、ニコニコとしてこちらを見ている。

「頑張りますね」

「ええ、頑張って」

優雅に足を組み、ひらひらと小さく手を振るノア様。

次の瞬間、古竜《アシュタロト》の王の咆哮《ほうこう》が大気を震わせ、黒い閃光《せんこう》が空を切り裂いた。

◇白竜《ヘルエムメルク》の視点◇

（なんと……初撃から全力の息吹《ブレス》とは）

父上の息吹《ブレス》は、そこらの古竜《エンシエントドラゴン》のものとは訳が違う。

山脈を貫き、街一つ消し飛ばす威力がある。

本来なら人族の魔法使いが喰《く》らえば、塵一《ちりひと》つ残らない。

「よかったぁ……マコト」

仲間の赤毛のエルフの言葉通り、精霊使いくんには傷一つついていない。

水の大精霊《ディーア》が張った結界が、見事にそれを防いでいる。

しかし、我が父上の息吹《ブレス》は神気《アニマ》を含む、必殺の攻撃。

ただの結界魔法で防げるはずがないのだが……。

「んー、高月くんの周り……何か変じゃない？」

「え？」

「ん？」

精霊使いくんの周りに幾つもの波紋のようなものが広がっては消えている。

あれは……もしや。

「何だか息苦しいわ……」

「ちょっと気持ち悪いかも……」

精霊使いくんの仲間二人が青い顔をしている。これはいかん。

「もう少し離れよう、精霊使いくんの周りの空間が『霊気《エーテル》』で満ちている。あれは天界の天使や魔界にいる悪魔が扱うものだ。地上の民にとっては、浴び続けると精神に異常をきたす劇物だぞ」

「そんなっ！　マコトは大丈夫なんですか!?」

「高月くん！」

仲間から悲鳴があがるが、私は淡々と説明を続けた。

「精霊使いくんなら平気だろう。本来なら地上の民が触れたら瞬時に正気を保てなくなる『神気《アニマ》』すら運命の女神様《イラ》から借りて操っていたからな。千年前も『霊気《エーテル》』自体は普通に扱っていたぞ」

「「あー……」」

私の言葉に二人の少女は、納得したように頷《うなず》く。

　しかし、空中にある魔素から魔力《マナ》を取り出し操るのが我々魔法使い。

　その魔力《マナ》を精錬することで『霊気《エーテル》』となる。

　霊気を用いれば、魔法の威力は魔力《マナ》とは比べ物にならないものとなる。

　が、山程の魔力《マナ》を使って得られる霊気はほんの少し。

　地上の民がやるようなことではない。古竜《エンシエントドラゴン》族ですら無理だ。

　しかし、今の精霊使いくんは何百体もの水の大精霊《ウンディーネ》を使役している。

　無限の魔力《マナ》に取り囲まれている。

　千年前は、あんな真似《まね》はできなかったはずだ。一体、どうやって……。

　その時、父上が真っ赤な息吹《ブレス》を放つと同時に、幾つもの黒い閃光が精霊使いくんを襲った。

　だが精霊使いくん――の周りにいる水の大精霊《ウンディーネ》たちが間に入り、どの攻撃も届かない。

「強くなったな！　精霊使い!!」

　珍しく父上の言葉に、感情が滲《にじ》んでいる。

　おそらくは……喜びの感情だ。父上はずっと戦いに飢えていた。

　戦神でもある『竜の神』の血によって、圧倒的な力を手にした。

　しかし、同時に大魔王《イヴリース》以外に戦えるものがいなくなった。

　一度敗れた大魔王《イヴリース》へ再戦を申し込むことは、古竜《エンシエントドラゴン》の誇りに反する。

だからこそ決着が付かなかった、精霊使いくんとの再戦を心待ちにしていた。

(父上があんなに楽しそうに……)

千年ぶりに、父上が感情的になっている姿を目にした。そして、もう一人。

「千年修行をしたからね」

飄々《ひょうひょう》と答える精霊使いくんの表情に焦りや危機感はない。

よくわからないことを――いや、案外本当のことを言っているのかもしれない。

千年前、ともに魔王や大魔王《イヴリース》と戦った。

その時も無茶ばかりしていたが、久しぶりに再会した彼は、もはや別次元の何かに変わっていた。

戦いはますます激しくなっていく。

大地は裂け、溶岩が溢《あふ》れ、空からは、山程もある氷の塊が次々に降ってくる。

数百の稲妻が落ちるこの世の終わりのような光景だ。

私たちは、巻き込まれないように距離を取っていたが。黒い突風に襲われた。

「ぐっ……」

濃い瘴気を含んだ暴風。戦いの余波が、まるで攻撃魔法のようになっている。

「大丈夫か?」

精霊使いくんに任された仲間二人のほうを向くと。

「ほい！」

町娘のような少女が、風を殴った。

は？……私は少女を二度見した。どんな理屈だ。

喰らえば傷を負う瘴気の暴風だったが、何も殴って防ぐことはあるまい。

「君たちは結界魔法は使わないのか？」

「私、魔法自体使えなくて」

「私は結界魔法は苦手で……」

「私が結界を張ろう」

二人の言葉に、私は呆《あき》れつつ魔法を使った。

二人とも相当な使い手のようだが、随分と能力が偏っている。

精霊使いくんの仲間らしいとも言える。

「あのー、貴女《あなた》はマコトと千年前に仲間だった聖竜様なんですか？」

赤毛の魔法使いが話しかけてきた。

「その通りだ。聖竜という呼び名には慣れていないが、精霊使いくんの仲間だった」

「へぇ……、でも古竜の王《アシュタロト》はお父さんなんですよね？　いいんですか？」

町娘のような少女に、「別に良いんだ」と返した。

父上は実に生き生きと戦っているし、どの道、私に止められるようなものではない。

私と精霊使いくんの仲間、あとは古竜《エンシエントドラゴン》族の家族たちも見守ることしかできなかった。

結局――我が父上と精霊使いくんの戦いは、丸一日を費やしても終わることは無かった。

◇高月《たかつき》マコトの視点◇

（……疲れた）

二十四時間魔法を撃ち続ければ、流石《さすが》にこたえる。

どうやら熟練度が五千オーバーで、水の大精霊《ウンディーネ》の力を可能な限り借りても古竜の王《アシュタロト》には勝てないらしい。

もっとも向こうも同じような状況で、こちらへの決め手に欠けているようだ。

（ルーシーとさーさんは……？）

遠くのほうで祈るようにこちらを見ている。

どうやら一睡もせずに、応援してくれていたらしい。

白竜さんを始め、他の古竜《エンシエントドラゴン》たちもこちらを遠巻きに見ている。

戦況は互角だが、停戦の申し出はない。

以前、メルさんに聞いたが古竜《エンシエントドラゴン》族の生命力は地上最強なので、七昼夜戦い続ける体力があるらしい。

俺の魔力《マナ》は水の大精霊《ディーア》に借りているため尽きないが、七日間戦い続ける体力はない。

しかし、決定打には欠ける。

（もう無理よ！　千年修行した高月マコトと互角だなんて！　何なの『古竜の王《アシュタロト》』のチートっぷりは！　こんなやつがいるから、私が未来を読み違えるのよ！　高月マコト、さっさと逃げなさい！）

ちなみに戦いが始まってから、数時間後に運命の女神様《イラ》が慌てた声で、俺に色々と助言をくれている。

が、現在は有効な助言も尽きたようだ。

（高月マコト、聞いてる!?）

「聞いてますよー」

俺は古竜の王《アシュタロト》との戦いが始まってから、ずっと『明鏡止水』スキルを100％で発動し続けている。

精神が麻痺《まひ》するため、良くないことはわかっているのだが古竜の王《アシュタロト》相手では致し方なかった。

（早く逃げなさい！）

「打つ手が無くなったら、そうします」

イラ様はそう言うが、俺には何かが引っかかっていた。

俺は少し離れた位置で、ふわふわと浮いているノア様に視線を向けた。

「ふわぁ……」

と小さく欠伸《あくび》をしている。ノア様にとってはレベルが低すぎて退屈らしい。

（でも、残ってくれている……）

海底神殿に帰る様子もなく、ニコニコしたまま俺と古竜《アシュタロト》の王の戦いを見守っている。

イラ様と異なり、特に助言する様子はない。

が、何か言いたそうな……。

――ゴオオオオ！！！

幾度目かわからない、古竜《アシュタロト》の王の息吹《ブレス》が空を切り裂く。

それを霊気を用いた結界魔法で防ぐ。このままでは古竜《アシュタロト》の王には勝てないだろう。

良くて引き分け、もしくは体力の差でじりじりと不利になっていく。

イラ様の言うように逃げるのも手だが、大魔王《イヴリース》と光の勇者《さくらいくん》が万全に戦うため、古竜《アシュタロト》の王との決着は先延ばしにしたくない。

――ここをひっくり返すには『何か』が要る。

すぐそこに答えがありそうな……そんな気がした時、ふわりと空中に文字が浮かんだ。

『女神ノアに……捧げますか？』

　はい

　いいえ

　その文字を見て、次のアクションが決まった。

（そういうことか……）

　ノア様を見ると「やっとかしら？」と言いたげな微笑《ほほえ》みを向けられた。

（高月マコト……何か変なことを考えてない？）

　イラ様の不安げな声が響く。

「すいません、イラ様。ご面倒おかけします」

（だ、駄目よ！　ノア！　止めて！　歴史が……また歴史が……変わっ――）

　イラ様の悲鳴が響く。

「駄目よ、イラ。だって私は何も助言してない。マコトが自力で辿《たど》り着いたのだもの」

　ノア様は全てがわかっていたかのように微笑むだけだ。

　――俺は右手に構えた短剣を、左手に突き立てた。

　明鏡止水スキルによって、痛みは感じない。

左手からドクドクと血が溢《こぼ》れる。

それが短剣の刃をつたい、鈍く輝いた。

「…………貴様、何を」

古竜《アシュタロト》の王が不審げな目を俺に向ける。

すぐにわかるさ。

「ノア様に……捧《ささ》げます。……一度だけ……の力を借りることをお赦《ゆる》しください」

俺は生贄術《いけにえじゅつ》を用い、ノア様へ訴える。捧げる相手は、すぐ隣にいる。

「赦すわ」

短い答えが返ってきた。

イラ様の「絶対に許さない～！」という声は聞き流した。

ノア様の寛大な御言葉《おことば》を聞き、俺は精霊語で呟《つぶや》いた。

「××××××《ときのせいれいさん》、×××××××《ちからをかして》」

――視界が歪《ゆが》んだ。

◇古竜の王《アシュタロト》の視点◇

生まれた時から、竜族の中でも格別に力を持った竜の王として育てられた。

若輩の頃は魔王として他大陸へ侵攻し、幾人もの勇者と戦い、全て返り討ちにした。

世界を支配したことは、一度や二度ではない。

しかし女神の勇者は、雑草のように現れる。

その度に討ち滅ぼし、やがて挑んでくる者は減っていった。

各地では北の大陸の古竜の王《アシュタロト》には手を出すな、という言葉が広まっているらしい。

やがて誰も、私に挑んでこなくなった。逃げ回る勇者を狩るつまらない日々。

私は失望した。

強者《つわもの》と戦う機会が減る。暇な時間が増える。

古竜《エンシエントドラゴン》の家族は、北の大陸で繁栄している。

私は世界を支配する欲を失い、長らく戦場から離れた。

それから数万年、魔族や人族や亜人たちが覇権を争っているようだったが、私の大陸に手を出さぬ限りは静観していた。

外の大陸の様子を自分から知ろうとはしなかったが、長年の友人である不死の王ビフロンスが千年に一度、私の住処《すみか》を訪ねてきてくれた。

「古竜《アシュタロト》の王よ。また魔力《マナ》が増したな。久方ぶりに世界征服でもしないのか？」

「不死《ビフロンス》の王。世界を支配したところで、女神共は私のいない場所で勇者を作る。そして、私が出向くと逃げていくのだ。それに何の意味がある？」

大きくため息を吐《つ》く。

「ははははは〜っ！　君は強すぎる！　生まれてくる時代を間違えたな。神代に生きるべきだった」

「言ってくれる、誰よりも長く存在していることが自慢の不死《ビフロンス》の王が。貴様の生まれた時代は、どうだったのだ」

「恐ろしい時代だぞ？　神々の癇癪《かんしゃく》で大地が裂け、女神の嫉妬で洪水が起き、天使と悪魔が戦えば星が落ちてくる。天候などあってないようなものだ。神々《やつら》の気分一つで変わってしまう。流石に神々の戦争は経験をしてないがね」

「よくそんな時代を生き延びたものだ」

「私の生まれはちょうど神代の終わり。僅《わず》かに神人や神獣が残っていたが、やがて天界に戻るか魔界へと去っていった。聖神共の掟《おきて》を守って狭い地上で過ごす事は窮屈だったらしい。おかげで私のような弱い魔族でも今では魔王などと呼ばれている」

「神人や神獣か……、そいつらが残っていれば私も退屈をしなかったのだろうが……」

残念ながら叶《かな》わぬことだ。

この世界を支配する神々は、地上へ直接干渉せぬことを取り決めていると天界から堕《お》ちてきた元大天使の魔王が話していた。

この世界に、私と並び立てる者は居ない……。

こうして無聊《ぶりょう》な日々を過ごしていた時、あの御方が現れた。

――廃神イヴリース様。

外界よりこの世界へ堕ちた神。

突如として現れたあの御方《おかた》は、瞬く間に世界を支配した。いや、世界を作り変えた。

無限の魔力《マナ》によって晴れぬ黒雲が世界を覆い、太陽の光を奪った。

地上にいる全ての生物が、支配をされる恐怖を知った。

私は古竜《エンシエントドラゴン》たちを率い、あの御方に戦いを挑んだ。

多くの古竜《エンシエントドラゴン》たちは、あの御方の姿を見ただけで冷静さを失い、戦うことすらできなかった。

私は生まれて初めての全力をもって、あの御方に挑み『敗れた』。

悔しくはあったが、悔いはない。

命を繋《つな》いだ私は、古竜《エンシエントドラゴン》の掟通りに勝者であるあの御方に従った。それに不満はない。

さらに私はあの御方によって神代に聖神族と覇権を争ったと言われる『竜神の血』の力を覚醒した。

その力が私にも眠っていたのだ。

あの御方は、『潜在能力を引き出す』能力を持っていた。

私に対してそれを使って頂いた。

「君は強い。竜神の血を目覚めさせればさらに強くなれる」

あの御方は、私の他にも次々と潜在能力を引き出していった。

もっとも、全ての者が『潜在能力を引き出す』恩恵を得られるわけでなく覚醒に失敗した場合は、忌まわしく悍《おぞ》ましい姿に変貌していた。

それでもあの御方の下《もと》に集まる者は、あとを絶たなかった。

竜神の血に覚醒したことにより、私はさらに強くなった。

それは良い。だが、私は一度敗れたあの御方にはもう戦いを挑めない。

この世界の勇者や他の生物は弱すぎる。一撃ともたない。

さらに世界が退屈になってしまった。

しかし――

(素晴らしいっ……!)

身体《からだ》が震える。空から星が降ってくる。巨大な氷の星だ。

大地は燃え、天変地異のように引き裂かれている。

時折、洪水のような津波が襲ってくる。

かつて不死の王《ビフロンス》に聞いた通りの光景が、目の前に広がっている。

「カァッ！！！」

全てを破壊できる私の竜の息吹《ブレス》を、あっさりと氷の結界で阻まれる。

ただの魔法の結界で防げるはずがない。

私の『神眼』は、その結界が『霊気』によって生成されたことを見抜いていた。

戦いは一昼夜、続いた。かつてこれほど長く戦いが続いたことは無かった。

あの御方との戦いは、ほんの一刻《いっとき》だ。

『竜神の血』に目覚める前の私では、最下級とはいえ神族であるあの御方にはまったく歯が立たなかった。しかし、今は違う。

僅かに流れる『竜神の血』を用い、神とも渡り合える。

そして相対するのは『最後の神界戦争《ティタノマキア》』を引き起こした女神の使徒。

私の攻撃を涼しい顔で流し続ける『水の大精霊《ウンディーネ》』の使い手。

かつて不死の王《ビフロンス》と語っていた記憶が蘇《よみがえ》る。

「ビフロンス。神代の連中で最もやっかいだったのはどの種族だ？」

ふとした興味で私は友人へ問うた。

「どれもやっかいだったが……、やはり神族……特に女神共は最悪だ。あいつらは気分屋で地上の民のことなど気にせぬからな……。だが、地を這《は》う虫けらである私のことなど眼中にも入れていないからある意味では楽だった。触れなければ、祟《たた》られない」

「ふむ……、ならば神人や神獣か？　もしくは天使共や悪魔か……」

「どうかな、神人や神獣は賢い。むやみな争いはせぬし、天使は神の雑用で忙しく、悪魔共はすぐに魂を欲して誘惑してくるが無視すれば良い。対処法さえ知っていればどの種族もそれほど恐ろしくは…………いや、あいつらがいたな」

あまり表情を変えない不死の王《ビフロンス》が苦い顔になった。

「あいつら？」

「精霊共だ……。やつらは悪意無くこちらに近づいて来て、引っ掻《か》き回していく」

「精霊か……」

私の知る限り精霊というのは、非常におとなしい存在だ。数は多いが力は弱い。

「四つの大精霊共を知らぬからそんなことを言う。やつらが暴れた後は、何も残らないぞ。なのに動きが予測できない。あいつらは無邪気な天災だ。最後まで対処法がわからなかった」

「ふむ……だが、神代にはその大精霊を従える使い手がいたのだろう」

「神代の伝説だな。私は出会いたくないものだ」

そんな会話だった。笑わずにはおれない。

神代を知る不死の王《ビフロンス》が、最も厄介だと言った存在が目の前にいる。

その一体一体が、古竜《エンシェントドラゴン》を遥《はる》かに超える魔力《マナ》を持つ水の大精霊《ウンディーネ》。

それが数百体。全てあの男に従っている。

無限の魔力《マナ》が、壁となって私を押しつぶそうと迫ってくる。

雨の如《ごと》く、魔法が降ってくる。

ただの魔法で神気《アニマ》に守られた私を傷つけることは容易ではない。

だがやっかいな攻撃もある。

「×××《ふふふ》……」

水の大精霊《ウンディーネ》がこちらへ突っ込んでくる。その攻撃だけは、躱《かわ》すことにしている。

先程、それを避《よ》けた時、私の後ろにあった山が丸ごと凍りついた。

いや、山というより空間そのものが凍りついたような、奇妙な攻撃だった。

この攻撃だけは、食らってはいけない。おそらく私でも無事では済まない。

「××××××××《あたりませんね～》」

「×××××××《触れさえすれば……》」

「××××××《気づかれてる？》」

「×××××××《我が王に任せましょう》」

精霊語が聞こえる。水の大精霊《ウンディーネ》たちが、私の命を狙って飛び回っている。

しかし、やつらの攻撃を私が食らうことは絶対にない。

私の『神眼』には数秒先の未来が視《み》えている。
私と精霊使いの戦いはまだまだ決着がつかない……はずだった。
突然、女神の使徒が己の手に短剣を突き立てた。
「………げます、ノア様」
小さな呟《つぶや》きが聞こえる。
(何をしている……)
戦いの緊張感に耐えられなくなったか？
そんな脆弱《ぜいじゃく》な精神をしているようには見えないが……。
「××××××《時の精霊さん》……」
そんな声が聞こえた。
その時、精霊使いの姿がぐにゃりと歪《ゆが》む。
視界が歪み、世界が揺れる。
(まだ、奥の手を残していたか！)
だが、私には未来を視ることができる『神眼』がある。どんな初見も私には通じ……
[redacted]

■■■■■■■■■■■■■■■■■■■■■■■■■■■■■■■■■■
■■■■■■■■■■■■■■■■■■■■■■■■■■■■■■■■■■■■
■■■■■■■■■■■■■■■■■■■■■■■■■■■■■■■■■■■■■■■
■■■
■■■
■■
■■

（なっ……!?）

視界が黒く塗りつぶされた。

この感覚は……あの御方と同じ。神眼に映る未来がない。

確定した私の敗北を知るのと同時に、身体の全ての機能が停止するのを感じた。

意識を失う直前、酷薄な眼で私を見下ろす女神の視線と水の大精霊《ウンディーネ》たちの笑い声が耳障りに残った。

◇高月《たかつき》マコトの視点◇

ゆっくりと古竜の王《アシュタロト》の巨体が倒れる。そして、動かなくなった。

（よかった……、この魔法は古竜の王《アシュタロト》にも通じたか……）

ほっと息を吐く。使った魔法は水と月の複合魔法――『氷獄の呪縛』。

殺傷性は低いが、敵に当たればほぼ確実に行動不能にできる。

その辺の竜に『氷獄の呪縛』を使えば、百年単位で氷漬けにできるはずだ。

古竜の王《アシュタロト》でも、一定の時間の効果はあると思っていた。

ちなみに千年間、自分自身にかけていた魔法でもある。

「お疲れ様でございました、我が王。それでは私は妹たちを元の場所へ送ってきますね」

水の大精霊《ウンディーネ》であるディーアが、微笑《ほほえ》み霧となって消える。

他の水の大精霊《ウンディーネ》たちも次々に姿を消していった。

その時、くらっと目眩《めまい》に襲われた。

左手から短剣を引き抜く。血を流しすぎたらしい。

（あっぶな……）

一度の戦いで『時の精霊』の力を借りられるのは、せいぜい一回だけ。

それ以上は、精神が保たない。おそらく生贄術《いけにえじゅつ》として捧《ささ》げる生命力も。

危うい賭けだったが、あのままではジリ貧だった。何とかなった。

俺が時の精霊にお願いしたことは、一つだけ。

——未来を固定してもらった。

　原理はよくわからないが、時の精霊の使い方としては一般的らしい。

　ちなみに運命の女神様《イラ》からは「絶対に使うんじゃないわよ！　絶対によ！」と強く念押しされている。

　結局、使ってしまったが。きっとあとで沢山怒られるのだろう。

「おつかれさま、マコト。よくやったわ」

　ふわりと隣にノア様がやってきた。花のような香りが漂う。

「ありがとうございます、ノア様のおかげです」

「違うわ。全部マコトの力よ。自信を持ちなさい。じゃあ、私はそろそろ海底神殿へ帰るわ」

　そう言うやノア様の姿は霞《かすみ》のように消えた。

　毎度ながら忙《せわ》しない。もう少しゆっくりしていっても、と思う。

「マコトー!!　凄《すご》い！」

「高月くん!!　左手の怪我《けが》！　早く手当しなきゃ！」

　ルーシーが俺に抱きつき、さーさんが包帯を巻いてくれた。

　ズキズキと今頃痛みが襲ってくる。

……ズズズ、と何かが動く音がした。

巨大な黒竜の首が持ち上がった。もう復活したのか!?

「「…………」」

俺とルーシーとさーさんは、緊張した面持ちで古竜の王《アシュタロト》と向き合う。

が、首だけを立ち上げた古竜の王《アシュタロト》はこちらへ攻撃をしかけてくることはなかった。

「精霊使い……、勝負は私の負けだ。約束通り今後は『竜王』を名乗るが良い」

「……」

俺は古竜の王《アシュタロト》の言葉に小さく頷《うなず》く。

「勝負はまだついてない!」とか言い出されなくて本当に良かった。

正直、再戦を挑まれたら逃げるしか方法がない。古竜の王《アシュタロト》は言葉を続ける。

「……あの御方《おかた》に覚醒してもらった『竜神の血』をもってしても神代の精霊使いには敵《かな》わなかったか……。ふふ……、悪くないな」

「父上……」

白竜さんが、なんとも言えない表情をしている。

「もはやこれ以上生き恥を晒《さら》すことはない。精霊使いよ、その神の短剣で我の命を絶つが良い。さすれば全ての古竜《エンシエントドラゴン》はお前に従うであろう」

「父上! 何もそこまでっ!?」

「ヘルエムメルクよ。我はあの御方の配下だ。ここで精霊使い殿に負けたからといって、お前と同じように精霊使い殿に従うわけにはいかぬ……」

「し、しかし……」

「ねぇ、マコト。古竜の王《アシュタロト》の言う通りにするの？」

「あの人、白竜さんのお父さんなんだよね？　殺しちゃうのはちょっと……」

古竜の王《アシュタロト》、白竜さん、ルーシー、さーさんの喋《しゃべ》る声が聞こえる。

聞こえるのだが……、言葉が耳から通り過ぎていく。

遠くのほうでみんなが喋っているのをぼんやりと聞いているような感覚だった。

「……というか、……もう限界で」

そんな言葉が口から発せられた。

「え？　マコト……？」

「高月くん？　顔が真っ青……」

「おい、精霊使いくん！」

皆の焦ったような声がだんだん遠くなっていく。

数百体の水の大精霊《ウンディーネ》の使役。

『明鏡止水』スキル１００％の乱用。

生贄術による血の流しすぎ。

最後の時の精霊の呼び出し。

どうやら身体《からだ》と精神はとうに限界が来ていたらしい。

ルーシーとさーさんに支えられたまま、俺は意識を失った。

◇

「ここは……？」

ぱっと目を覚ますと。

「あ、あら……高月マコト!?」

「イラ様？」

お互いきょとんとした顔で見つめ合う。

どうやら運命の女神様《イラ》の空間へやってきたらしい。

「「…………」」

しばし無言で見つめ合う。

んー？　『時の精霊』を使役したこと、そこまで怒ってないのかなー、と思っていたら
イラ様がみるみる茹《ゆ》でダコのように真っ赤になった。お怒りだった。

「あ・ん・た・は～!!」

胸ぐらを掴《つか》まれ、がくがく揺さぶられる。

「す、すいませ……すいません、イラ様」

「絶対に、絶対に、絶対に、時の精霊は使うなって言ったでしょーが!!」

「で、でも、他に方法が……」

「…………」

イラ様の手がぴたっと止まる。

「そうね、多分他に勝つ道は無かった……。私には高月マコトが古竜の王《アシュタロト》に敗北する姿が視《み》えていたわ」

真剣な目で見上げられる。そ、そうだったのか。

道理でしきりに逃げろと言っていたわけだ。

「でも、何とかなりましたよ」

俺はぎこちない笑みを浮かべるが、イラ様の表情は冷たい。

「これを見ても同じことが言える？」

すっと手渡されたのは、『魂書《ソウルブック》』——俺の魂書《ソウルブック》だった。

ざっと目を通して、特に気になる箇所は……


——残り寿命『三分』。

「………え」

これは……、ヤバいのでは？

カップ麺に湯を注いで、食べる前に死んでしまう。

「で？　どーすんのよ、高月《たかつき》マコト」

「ど、ど、ど、ど、どうしましょう!?」

焦った俺が震える声でイラ様にすがるような視線を向けると、「はぁ～」と大きなため息を吐《つ》かれた。

「こっち来なさい」

と言われ腕を引き寄せられた。

「あ、あの……？」

「さっさとあんたも私を抱きしめなさい」

そして、がしっと両腕を背中に回される。

「は、はい」

よくわからないまま言われた通りにする。

イラ様の身体は華奢《きゃしゃ》なのに、抱きしめると信じられないくらいに柔らかい。

さらに不思議な良い匂いがする。

「まったく世話が焼けるわねー」

とブックサ言われつつ、抱きしめられていると身体に何かが流れてくるような感覚があった。

「イラ様、これは？」

「高月マコトの寿命を延ばしてあげてるのよ。古竜の王《アシュタロト》を倒した褒美だから千年くらいあげてもいいんだけど、人族の身体じゃ無理ね。とりあえず百年にしておくわ」

さらりととんでもないことを言われた。

寿命ってイラ様が延ばせるんだ……と思ったけど運命の女神様《イラ》なのだから当たり前だった。昔、神殿で習った。

「ほら、終わったわよ」

ぽんぽんと背中を叩《たた》かれ、俺はゆっくりとイラ様の身体から腕を離す。

すぐ目の前には、とてつもない美少女であるイラ様の顔があり、思わずドキッとする。

が、ドキドキはしても決して何かエロいことをしようというような不埒《ふらち》な気分にはならない。

これは千年間、一緒の空間で仕事の手伝いや修行を見てもらっている時からずっとだった。

「あんた変なこと考えてるわね」

「いえ、逆ですよ。こんなに美しいイラ様の間近にいるのに、まったく変な気分にならないなーと」

「当たり前でしょ。私と高月マコトは女神と人族よ？　存在の階位《レベル》が違い過ぎるの。愛情だとか欲情というのは、近しい存在に対してのみできることなの。天界の神と地上の民が結ばれるなんて起こり得ないわ」

「あれ？　でも神王様は地上に隠し子が……」

神の子《アレクサンドル》のせいで酷《ひど》い目にあったんですが。

「…………あれは……例外よ。神王様——パパの女癖の悪さはどうしようもないから」

暗い目をして苦笑いされた。この話題に深入りするのは止《や》めておこう。

俺は自分の魂書《ソウルブック》を確認する。そこには『残り寿命　百年』と書かれてあった。

よかった。

「ありがとうございます、イラ様。それにしても残り三分は奇跡でしたね。危なかった……」

ほっと胸を撫《な》で下ろした。

「何が奇跡よ。残り三分なんて普通に『生贄術《いけにえじゅつ》』を使ったらあり得るわけないでしょ。ギリギリで高月マコトが生き残れるように調整したのよ、ノアが」

「ノア様が？」

「あんた、ノアに寿命を捧《ささ》げて『時の精霊』を呼び出したんでしょ。しかも、あの時の現場に精神体だけでいたみたいだし。これが目的だったのね。つまりノアには、時の精霊を高月マコトが呼び出すとわかっていた……」

忌々《いまいま》しそうに爪を噛《か》むイラ様。

そうか、ノア様が俺の寿命が尽きないように気を配ってくださったのか。

「じゃあ、ノア様にお礼を言わないと」

「ノアに文句を言ってやらないと」

俺とイラ様の言葉が重なる。

「「……」」

俺とイラ様は目を見合わせた。目的は異なるが、行き先は一致した。

「じゃあ、海底神殿に行きましょう」

「簡単に言ってくれるわね、まあいいわ。ほら」

とイラ様が俺に手を突き出す。少し迷った末、俺はイラ様の手を握った。

「じゃあ、行き先は海底神殿に空間転移《テレポート》……あら？」

「どうしました？」

イラ様が首をひねっている。

「変ね……、海底神殿に結界が張ってあるわ。力が封印されているノアにそんなことできるわけないし、運命の女神《わたし》の空間転移《テレポート》を妨げるとなると……太陽の女神《アルテナ》お姉様かしら」

「アルテナ様がどうしてわざわざ結界を？」

「わからないけど……アルテナお姉様とノアは元々仲がいいし、何か話し込んでるのかもしれないわね。千年前にノアが悪神側についちゃったのをアルテナお姉様は気にしてたみたいだし」

「へぇ……」

わざわざ結界を張ってまで何の話だろう。

「でも、それならしばらくは待機ですかね」

アルテナ様とノア様の密談なら邪魔はできないだろう。

「何を言ってるのよ。私を誰だと思ってるの」

と言うや、ぐにゃりと景色が歪《ゆが》んだ。一瞬、くらっと目眩《めまい》がする。

歪んだ景色が戻ると、周りの様子に変わったところは無かった。一体、何が……。

「ほら、一時間ほど時間跳躍したわよ。じゃあ、海底神殿に向かうわよ」

「えっ、ちょっ、待っ」

時間跳躍という神級魔法を雑談しながら使ったイラ様は、そのまま『天界』→『海底神殿』の超長距離の空間転移《テレポート》を続けざまに行った。

◇

運命の女神様《イラ》の空間とはうってかわって、何もないだだっ広い場所。

そこにぽつんとあるアンティーク調のテーブルと椅子。

肘をついてぼんやり宙を眺めているのは、いつも通り美しいノア様だった。

いつもの笑顔でなく、何やら考え事をしているのか少しだけ眉が寄っている。

その悩める姿ですら絵になっている。

が、悩ましい表情からすぐに俺たちの侵入に気づいたのかこちらを振り向いた。

「あら、マコト！……とイラは何しにきたのよ」

俺に満面の笑みを向け、イラ様に淡白な声をかける。

「ノア様、先程の古竜の王《アシュタロト》との戦いにおける助言、ありがとうございました」

俺は跪《ひざまず》き女神様に心からの御礼《おれい》を述べる。

「ふふ、強くなったわね、マコト」

ノア様が俺の頭に手を置き、ポンポンと軽く撫でた。

「ノア！　地上の民による生贄術の使用は禁止されてるのを知ってるでしょ！　高月マコトはもう少しで死ぬ所だったのよ！」

イラ様が大きな声で非難した。

「それは聖神族《あんたたち》の規則《ルール》でしょ？　ティターン神族《わたし》には関係ないわ。それに……マコトは死なかったでしょ？」

　優雅に微笑《ほほえ》むノア様。

「歴史を修正する私の身にもなってよ！」

「別にいいじゃない。大した影響じゃないでしょ。たかだか時の精霊を一人や二人呼び出したくらい」

「歴史の修正が大変なのー!!」

「あっそ、頑張って。何で私に言うのよ」

「あんたの使徒がやったんでしょ！」

「私は指示してないしー」

「止められたでしょ!?」

「どうせ、マコトは止めても聞かないわよ？　止める気は無かったけど」

　ぐぬぬ、とイラ様がうなる。

　どうもノア様に対してそこまで強くは出ないらしい。

　太陽の女神《アルテナ》様とノア様が仲が良いから、それも関係するのだろうか？

　その時、視界の隅に映った景色に引っかかった。テーブルの上にグラスが二つ。

　飲みかけの血のように真っ赤なワインが、グラスに注がれている。

「ノア様、誰かが来ていたんですか？」

「ええ、ナイア、ナイアが海底神殿に顔を出していたの」

「ナイアが!?」

何気なく応えたノア様の言葉に、イラ様が大きな声をあげる。


——月の女神様《ナイア》。


この世界を支配する七柱いや、今は八柱の女神様。

その中でもずっと謎に包まれている女神様だ。

フリアエさんの信仰する女神様でもある。

「ど、どうしてナイアが海底神殿にくるのよ！　というかこの世界にきてたの!?　てっきり別の世界で遊んでると思ってたのに」

「そういえばフリアエさんが最近、月の女神様《ナイア》が夢に現れるって言ってましたね」

「何ですって！　どーしてそんな重要なことを私に黙ってたの!?」

「重要なんですか？」

イラ様にガクガク揺さぶられた。

何故《なぜ》、運命の女神様《イラ》がここまで焦るのかわからない。

俺は助けをもとめ、ノア様に視線を送った。

「ナイアのやつは享楽主義だから、面白そうなことにはどんどん首を突っ込むけど、つまらないと感じたらすぐに居なくなっちゃうのよ。つまり……」

「何か企《たくら》んでるってことじゃない！　ノア！　教えて！　ナイアは何を言ってたの!?」

「別に大したことは言ってなかったわよ。フリアエちゃんは相変わらず真面目でつまらないとか、あれだけの才能を持ってるんだからもっと好き勝手すればいいのに、って言ってたわね」

「へぇ……フリアエさんの才能って凄《すご》いんですか？」

俺が何気なくぽつりと言うと。

「そうね、今代の月の巫女《みこ》の『魅了』と『死霊魔法《ネクロマンシー》』の才能は、人族史上では類を見ないほど天才的よ。悪用すればかつての厄災の魔女《ネヴィア》の比ではない規模で地上の民を支配できたでしょうけど……、あまり有効活用してないようね」

イラ様が不思議そうに言った。

フリアエさんの能力って、そんなに凄いの!?　知らなかった。

「でも、姫はあんまり目立たずひっそりと過ごしたいみたいですよ」

一緒に旅をしている時はそんな感じだった。

今は月の国《ラフイロイグ》の女王なので、色々と大変そうだが。

「それがナイアには退屈みたいね」

「厄災《ネヴィア》の魔女みたいになられたら困るから……」

やれやれと言うノア様と、げんなりとするイラ様。

「結局、ノア様とナイア様はどんな話をしたんですか？」

俺が尋ねるとノア様は、何度かまばたきをして、意味ありげに微笑み口を開いた。

「世間話よ」

教えてはくれないらしい。

「まさか、ノアの封印を解こうとしてるんじゃ……」

「え？」

イラ様の言葉に、思わず振り向く。

月の女神様《ナイア》が、ノア様の封印を解いてくれる？

それは願ってもない事態だ。が、ノア様は小さく肩をすくめた。

「そんなわけないでしょ。神族が女神ノアの封印を解こうとすれば、問答無用で奈落の底《タルタロス》にぶち込まれるって神界規定じゃない。私《わたし》の封印を解くことができるのは、海底神殿の攻略に成功した地上の民だけ……」

ふっ、とノア様が悲しげに目を伏せる。

「わ、わかってるわよ」

イラ様が気まずそうにそっぽを向いた。

その二柱の女神様の言葉に、ふと口を挟んだ。

「ノア様、今の俺なら海底神殿に挑めますか？」

水魔法の熟練度が五千オーバー。

史上ここまで特定の魔法を極めた魔法使いは居ないと、イラ様が言っていた。

が、俺の期待と裏腹にノア様の表情は寂しげだった。

「マコトだって千年前に散々挑戦して、わかってるでしょ？　海底神殿の周りには『精霊無効の結界』が張られてある。精霊使いでは海底神殿に辿《たど》り着けないわ」

「で、でもっ結界を壊せれば」

なおも食い下がる俺に、ノア様が優しく微笑む。

「結界を張ったのは神王の兄『海神ネプトゥス』。人族がどうにかできるものじゃない」

「……そうですか」

がっくりと肩を落とす。

古竜《アシュタロト》の王と良い勝負ができたのだから、そろそろ挑戦したいと思っていたんだけど。

「そんなに落ち込むんじゃないの。マコトのおかげでこの世界で八番目の女神になれて、信者だっていっぱいいるのよ？　マコトと出会った頃なんて信者ゼロだったわけだし」

「ノア様……」

落ち込む俺の肩にノア様が優しく手を置いた。

「ふふ、可愛《かわい》いわね、私のマコト」

ノア様の慈愛溢《あふ》れる顔に思わず見惚《みと》れた。

「何か二人の世界に入ってない？　私もいるんですけど？」

隣からイラ様の冷たい声が届いた。

「あら、まだいたの、イラ」

「いたわよ、悪いの？」

「空気を読んで去るところでしょー」

「ふん、忙しいからもう帰るわよ。高月《たかつき》マコト、二度と『時の精霊』を呼び出すんじゃないわよ！　次も寿命を延ばしてもらえると思わないことね！　ノアは使徒の教育をちゃんとしなさい！」

と言ってイラ様は「シュイン」と音を立てて消えていった。

再びあの多忙な執務室に引きこもるのだろうか。

残業の原因が俺の呼び出した時の精霊だとすると、少し心が痛む。

また、時間がある時にはイラ様の仕事の手伝いをしたほうがいいかもしれない。

「ん〜〜〜？」

その時、ノア様が俺に顔を近づけ「すんすん」と鼻を鳴らした。

「の、ノア様？」

どうしました？　という言葉の前にじとーとした目で睨《にら》まれた。

「マコトからイラの匂いがするわ」

「あ、いや……それは」

さっき寿命を与えてもらったからです、という言葉を飲み込む。

「ふーん、抱きしめられて寿命をもらったねぇ……」

そうだ！　ノア様には読心があるから意味なかった！

「いや、これはですね……」

あわあわと言い訳しようとした所。

「冗談よ。イラの言ってた通り、生贄術《いけにえじゅつ》の使用には気をつけなさい」

ジト目のノア様が、ぱっといつもの笑顔に戻り、そして目の前の景色がぼやけ始めた。

「時間切れみたいです、ノア様。もう少しお話ししたかったですが」

「そうね、私もよ、マコト。古竜の王《アシュタロト》との戦い、お疲れ様」

「はい、それではまた」

その言葉を最後に、目の前は真っ白になった。

ノア様の笑顔はいつも通り――眩《まぶ》しかった。

◇

ゆっくりと目をひらくと、目に映るのは知らない天井——ではなく、見知った顔。

「おはよう、さーさん」

「あ！　高月くんが起きた！」

ぱっと笑顔で抱きつかれる。

「心配したんだよー。倒れた時は顔色が土色だったし。聖竜さんが回復魔法をかけてくれたんだけど、全然効果なくて。でも途中から急に顔色が良くなったのー。不思議だよね〜」

さーさんが可愛らしく首を傾《かし》げている。

「あー」

それはきっとイラ様が寿命を与えてくれたからだ。

説明をどうするべきか迷っていたら。

——マコトが起きたのー!?

遠くから小さな声と、パタパタと誰かが走ってくる音が聞こえた。

さっきのさーさんの俺が起きた、という声を聞きつけたらしい。

この地獄耳の主は……

「マコト！！！」

バン！　とドアが開く。

声の主は赤毛のエルフだった。

「おはよう、ルーシー」

「よかったぁ……、無事で。あ、でもマコトと話したいって人が居て……」

ルーシーが手に何かを持っている。

それは古竜《エンシエントドラゴン》の住処《すみか》に向かう前、ジェラさんに渡された通信用の魔道具だった。

そういえば、途中経過を報告するように言われてたっけ？

忘れてた！

「おい！　高月マコトが目覚めたのか!?　無事なのか！　いや、それよりも話をさせろ！」

魔道具から聞こえる僅《わず》かな声を、『聞き耳』スキルで拾った。

ジェラさんの言葉が荒い。

それはいつものことなのだが、どうも普段とは異なる印象を受けた。

何かに焦っているような……。

「ルーシー、代わって」

「はい、どうぞ。マコト」

ルーシーから魔道具を受け取る。

「もしもし、高月マコトです」

魔道具に耳を近づけ、名乗った。

「高月マコト！　無事だったか！　古竜の王《アシュタロト》を一対一《タイマン》で退けたらしいな！　歴史に名を残す英雄になったな！　まずは祝辞を送ろう！　おめでとう！！！」

通信魔道具からジェラさんの怒鳴り声が響いた。声がでかい。

鼓膜がダメージを受けたかと思った。少し魔道具を耳から離した。

「ありがとうございます、ところで事件か何かありましたか？」

俺は御礼《おれい》を言いつつ、質問した。

「……どうしてわかる？」

「声の調子がいつもと違ったので」

俺が言うと、少しの間沈黙が訪れた。そして。

「落ち着いて聞いてくれ」

その言葉は、俺に言うというより自身に言い聞かせているように思えた。

ジェラさんの言葉の内容は、予想だにしないものだった。

「太陽の国の王都《シンフォニア》の上空に、大魔王城エデンが現れた。俺はすぐに王都に向かう。詳しい話は砦《とりで》に伝言を残すから、俺の部下に聞いてくれ」

それは太陽の国《ハイランド》への大魔王《イヴリース》強襲の知らせだった。

エピローグ　急報

――太陽の国《ハイランド》への大魔王《イヴリース》強襲。

ジェラさんの言葉に、軽く混乱したがすぐに気づく。

「運命の女神様《イ ラ》！」

思わず声を荒らげた。イラ様の未来視は⁉　知っていたはずでは！

が、天からの返事はない。

（多分、忙しいんじゃないかしら。太陽の国《ハイランド》にいる勇者たちに巫女《みこ》経由で指示していると
ころだと思うわ）

代わりの声はノア様だった。

（やっほー、マコくん☆　古竜の王《アシュタロト》との戦い、勝利おめでとう……と言いたい所だけど、
ちょっと大変なことになっちゃったわね）

明るい中にも憂いが混じるのは水の女神様《エイル》の声だった。

「一体、何が起きて……」

詳しい話を聞こうとして、次の声に遮られる。

「高月マコト！　お前はまず身体《からだ》を休めろ！　あとで太陽の国《ハイランド》で合流するぞ」

そう言ってジェラさんの魔法通話が切れた。

きっと彼は、すぐにでも太陽の国《ハイランド》へ向かって出発するつもりだろう。

「マコト……、フーリやソフィア王女は大丈夫かしら？」

「藤原《ふじわら》くんやニナさんも、太陽の国《ハイランド》にいるよね？」

ルーシーとさーさんが不安そうに尋ねてきた。

勿論《もちろん》、俺の返事は決まっている。

「すぐに太陽の国《ハイランド》に戻ろう！　ルーシー、さーさん、行ける？」

気になるなら自分の目で確かめればいい。

「高月くん、身体は大丈夫？」

「わ、私は良いけど」

てっきりいつものように即答してくれると思ったら、二人は少し気が乗らない様子だった。

（……マコト、わかってる？　さっきまで気を失ってたのよ？）

（マコくん、もう少し身体を労《いたわ》りなさい）

二柱の女神様に諭された。言われてみると、俺は倒れてたんだよなぁ。

しかし。

「大魔王《イヴリース》が来てるなら急がないと」

「はぁ……、わかったわよ」

「高月くんらしいね」

俺の言葉にルーシーとさーさんが苦笑する。

よし、じゃあ出発しようと部屋を出ようとした時。

「おいおい、精霊使いくん。千年ぶりの再会だというのにもう出ていくのか？」

部屋に誰かが入ってきた。

スラリとした長身白髪の美女。白竜《メル》さんだ。

ここで、やっと俺は自分が今どこにいるのかが気になった。

「白竜さん、さっきはありがとうございます。ところでこの場所は……」

「古竜《エンシェントドラゴン》族の住処に人族用の部屋を造った。魔法で作った簡易なものだがな」

「へぇ……」

その割に部屋には家具や絵画もあり、しっかりと作り込まれていた。

簡易な住居には見えない。

高級宿のような内装だ。

「メルさん、急ぎの用事ができたので少し出かけます。また、戻ってきますね」

「おかしいな。私には今から大魔王《イヴリース》との最終決戦に向かうという言葉が聞こえて来たのだが」

「大魔王《イヴリース》を倒せたら、改めてゆっくり話しましょう」

「だそうです、父上」

「………そ、そうか」

「「!?」」

白竜さんの後ろから、ぬっと姿を現したのは二メートル以上ある長身の大男だった。見覚えはある。

千年前に魔都で会った、古竜の王《アシュタロト》の人型バージョンだ。

ルーシーとさーさんは初見のはずだが、相手が何者かを見抜いたのかすぐに構えを取った。

「精霊使いよ。あの御方《おかた》に挑むのか」

古竜の王《アシュタロト》が、眉間に皺《しわ》を寄せ、こちらを見下ろしている。

「それは許さないと？」

俺が尋ねると、古竜の王《アシュタロト》は首を横に振った。

「貴様に敗れた私に、止める資格はない。だが、あの御方を裏切り貴様の味方をするわけにもいかぬ……。私の命を差し出すことならできるのだが」

「あいにく急いでいるんで、その話はまた今度に」

白竜さんの前で父親である古竜の王《アシュタロト》を殺す話とか勘弁いただきたい。

適当にごまかして、無かったことにしよう。

「待て、せめて私に勝った証《あかし》を渡そう」

そう言って、古竜の王《アシュタロト》が何かを差し出した。

それは虹色に光る、錐形《きりがた》の骨のようなものだった。

「これは？」

「古竜の王《わたし》の牙だ。これを見せれば、地上にいる竜族なら貴様に従うだろう。……あの御方を害する目的でなければ」

「……イマイチ役に立たないような」

まさにこれから大魔王《イヴリース》と戦うわけで。

大魔王《イヴリース》戦に使えないアイテムを貰《もら》ってもなぁ……。

（マコト～、そんなこと言わないの。文字通り古竜の王《アシュタロト》の牙を折ったんだから）

（そうよー、マコくん。その牙は『竜王の証』だから、竜族だけじゃなくてほとんど全ての魔物に見せるだけで逃げるか、服従するわよ）

な、なるほど。二柱の女神様のフォローで、どうやらとんでもない魔道具を手に入れたのだと知った。

「じゃあ、ありがたく頂きますね」

「……そうか」

俺の反応がいまいちだったせいか、古竜の王《アシュタロト》が心なししょんぼりしている。

申し訳ないことをしたかもしれない。

「父上、精霊使いくんを大魔王《イヴリース》の場所まで送り届けます」

「……む、しかし」

「私は大魔王《イヴリース》の配下ではない。それに千年前も既に反抗しているから今更ですよ」

「あの御方の怒りを買わなければ良いが……」

古竜の王《アシュタロト》の表情は、恐ろしい魔王のそれではなく娘を心配するただの父親の顔だった。

「よし、じゃあ行こうか」

俺はルーシー、さーさん、白竜さんの顔を見回した。

「こちらだ」

白竜さんの後に続き、俺とルーシーとさーさんは古竜《エンシエントドラゴン》の住処《すみか》の中を歩いた。

中は入り組んだ迷宮《ダンジョン》のようで、案内なしでは出口に辿《たど》り着けそうになかった。

気になったのは、古竜の王《アシュタロト》が付いて来たことだ。

まさか、見送りにきてくれたのだろうか。

出口に着くと、だだっ広い荒野だった。

どうやら、俺と古竜の王《アシュタロト》の戦いのせいで見晴らしがよくなってしまったらしい。

少し気まずい。

俺とルーシーとさーさんは、竜の姿に戻った白竜さんの背に乗った。

「お気をつけて！　ヘルエムメルク様！」

「ご無事で！」

「竜王様が去ってしまわれる……」

「やっと恐ろしい精霊使いが居なくなったか」

俺たちが外に出ると、古竜《エンシエントドラゴン》たちがぞろぞろと住処から顔を出して口々に何か言っている。

よく考えると、ここは『竜の巣』の中で最も危険と言われる古竜《エンシエントドラゴン》の住処だった。

360度、古竜《エンシエントドラゴン》たちに取り囲まれ、こちらにじぃっと視線を向けられると少々背筋が寒くなる。

が、どの古竜《エンシエントドラゴン》からも敵意は感じない。

やはり『古竜の王《アシユタロト》』に勝ったからだろう。

皆、こちらを頭を低くして見つめてくる。

白竜さんが地面を蹴り、宙を舞った。

数千の古竜《エンシエントドラゴン》族に見送られるのは、なかなか壮観だった。

◇

「ごめん、マコト。私の体調が万全じゃないせいで……」

「仕方あるまい、古竜の王と精霊使《ちうえ》いくんの戦いを間近で見続けたのだ。並の人族なら、魔法の余波にすら耐えられぬ」

現在、俺たちは白竜さんの背に乗って飛行している。

本来は、ルーシーの空間転移《テレポート》を活用するはずだったが、うまく発動しなかった。

いったん、休憩して体調の回復を待っている。

「さーさんは平気？」

「うん、私は元気だよ」

身体面《フイジカル》の強さでは、他の追随を許さないさーさんは今日も元気だ。

「太陽の国《ハイランド》……大丈夫かしら」

「桜井《さくらい》くんや、他の勇者さんたちもいるしきっと大丈夫だよ」

ルーシーの言葉に、俺は答えた。

が、どうしても不安は残った。

「でも、どうして今のタイミングなんだろうね？」

「そんなもの決まっているだろう」

さーさんの呟《つぶや》きに答えたのは白竜さんだった。

「メルさん、わかるんですか？」

運命の女神《イラ》様ですら、予測してなかったタイミングのはずですけど。

「当たり前だろ。精霊使いくんが太陽の国にいないタイミングを狙ったんだろ？」

　こともなげに白竜さんが言った。

「聖竜様、大魔王《イヴリース》ってマコトのことを恐れてるってこと？」

「高月《たかつき》くん、すごーい」

「いやいや、違うって」

　慌てて否定する。いくらなんでも、それはないだろう。

「謙遜するな。千年前に大魔王《イヴリース》と厄災の魔女《ネヴィア》を倒したのは光の勇者《アンナ》だが、精霊使いくんがいなければ勝てたとは思えない」

「やっぱり、そうなんだ！」

「高月くんって自分の話は控えめに話すよね!?」

「何だ、仲間にもきちんと伝えてないのか。仕方がない、私が正確に語ってやろう。どうせ、目的地まではしばらく時間がかかる」

　と言う白竜さんの語る千年前の話には、随分と尾ひれがついていた。

「……ということがあってだな」

「いや、それは言い過」

「凄《すご》い！　マコト！」

「高月くん、かっこいいー！」

俺の言い分は、聞き入れてもらえなかった。

最後は、白竜さんの言う通りですよー、と返すだけになってしまった。

やや、緊張感に欠ける時間。

しかし、この後に待っているのはかつて世界を支配していた『千年前の大魔王《イヴリース》』との対決。

三人とも明るく会話しつつも、緊張感は失っていなかった。

魔大陸の奥地にある古竜《エンシエントドラゴン》の住処から、西の大陸の中央にある太陽《ハイランド》の国の王都まで。

最速の移動手段である飛竜《ワイバーン》をどんなに飛ばしても、丸二日はかかるという距離。

それを白竜さんの高速飛行と、体調がやや回復したルーシーの空間転移《テレポート》によって数時間で到着することができた。

◇

――太陽《ハイランド》の国・王都シンフォニア。

中央にそびえる雄大なハイランド城を中心に、放射線上に広がる巨大都市。

無数の建物がひしめく、西の大陸最大の都だが、いつもと様子が違う。

最大の違和感にはすぐに気づいた。

「な、何あれ!?」

「高月くん！　島が落ちてる!?」

ルーシーとさーさんの叫び声が耳に届いた。

岩とも土とも違う、奇妙な素材でできた禍々《まがまが》しい灰色の大地。

それが王都シンフォニアをかすめるように墜落していた。

勿論《もちろん》、見覚えはある。

「ルーシー、さーさん。あれが、大魔王城エデンだよ。本来は浮遊城のはずだけど……」

「妙だな。おそらく人族の都に落として滅ぼす算段だったと思うのだが、あれでは意味がない」

白竜さんの言う通りだった。

見たところ大魔王城は、王都シンフォニアに大きな損害を与えていない。

「どうする？　精霊使いくん」

「ハイランド城に向かいましょう」

桜井くんやノエル女王がいるはず。

そして、大魔王《イヴリース》の狙いは光の勇者である桜井くんの命だ。

「わかった、精霊使いくん。城に向かおう」

俺たちは、白竜さんの背に乗ったままハイランド城を目指した。

が、シンフォニアの城壁を越えようというあたりで白竜さんが急ブレーキをかけた。

「わっ⁉」

「きゃっ！」

「メルさん？」

思いがけず、つんのめる。

「魔物避《まもの よ》けの結界……これは準神級だな。古竜《エンシエントドラゴン》族の私ではこれ以上は行けぬ……。そうかこの結界が大魔王城の落下ダメージを減らしたのだな」

白竜さんの苦しげな声が聞こえた。

よく見ると、王都の全体を薄く光の膜のようなものが覆っている。

「ねぇ、マコト。これってノエル女王が『聖女』の力で造った結界じゃないかしら？」

「そういえば、そんなことをジェラさんが言ってたっけ」

大魔王《イヴリース》に備えて、結界を準備中だと。

完成すれば西の大陸全体を覆えるらしいが、緊急措置として都全体を覆ったのかもしれない。

「魔物避けの結界なら私も入れないのかな……？　でも、私は特に苦しくないけど……」

さーさんが不思議そうな顔をしている。

「おそらく……、対象外となる者を……条件づけしているのだろう。私は……もう無理だ……」

白竜さんが、ゆっくりと地面に着地した。

「大丈夫ですか？」

「ああ……、すぐにここから離れれば問題ない。残念だが、これ以上は力になれなさそうだ」

白竜さんが悔しげに顔を歪《ゆが》めた。

「ありがとうございます、大魔王《イヴリース》に会ってきますね」

「……相変わらず気楽に言ってくれる。死ぬなよ、精霊使いくん」

白竜さんが苦笑しつつ、ゆっくりと王都から離れていった。

俺はそれに軽く手を振り、城門へと向かう。

門は開いていた。門番はいない。

そして、いつもは人でごった返している大通りにも人影はなかった。

異常な光景だ。だが、大魔王《イヴリース》がやってきているのだ。

まともな状況のはずがない。

俺とルーシーとさーさんは、慎重にハイランド城への道を進んだ。

大通り沿いには、多くの露店や商店が立ち並ぶ。

しかし、人影はない。

「静かね……」

「でも、何かの気配はあるよ」

「気をつけて進もう」

会話しつつも、急ぎ足で歩を進める。

しばらく歩き、

――シャアアア!!

竜ほどもある大蛇が俺たちに襲いかかってきた。

（魔物!? 結界内にも入り込んでいるのか！）

俺が魔法を使って迎撃しようとするより先に、赤い光が天を貫いた。

「火魔法・朱の閃光《ヴァーミリオンスパーク》！」

ルーシーの放った魔法が、大蛇の頭部を消し去る。

残ったのは、びくびくと動く大蛇の胴体だった。

「うあ……、気持ち悪っ」

さーさんが顔をしかめるのは、大蛇の胴体の模様だった。

いや、正確には模様でなく身体中《からだじゅう》に『目』がついており、ぎょろぎょろと目玉が動いているのだ。

「忌まわしき魔物……」

大魔王城エデンに生息している魔物だ。

大魔王《イヴリース》から力を授かり、それに耐えられず壊れてしまった魔物たち。

その後も、沢山の忌まわしき魔物に襲われたが全てルーシーとさーさんが返り討ちにした。

そして、魔物を倒すとちらほらと、物陰から人が出てきた。

どうやら、忌まわしき魔物が都の中を徘徊《はいかい》しており隠れていたらしい。

城に近づくにつれ、人々の姿が見え始めた。

そこら中で、神殿騎士《テンプルナイト》たちが忌まわしき魔物と戦っている。

忌まわしき魔物は弱くない。

が、結界のおかげなのか神殿騎士《テンプルナイト》たちに次々に討ち取られていくようだった。

王都シンフォニアが、大魔王《イヴリース》とその配下に支配されているのかと不安に思ったが、そうではなさそうだった。

どちらかというと、残党狩りに近い様子だ。

（でも、大魔王《イヴリース》は？）

大魔王城エデンが、王都の隣に落下しているのだ。

大魔王《イヴリース》本人が、来ていることに間違いはない。

（一体どこに……？）

その疑問に答えるように、大声で一人の神殿騎士《テンプルナイト》が走ってきた。

何かを叫んでいる。

街中に、その知らせを届かせるように。

その言葉に、耳を傾けた。

「光の勇者様が大魔王《イヴリース》を討伐しました！！！」

番外編　精霊使いと白の大賢者

「よ、モモ」

「…………」

対魔王軍最前線基地であるブラックバレル砦《とりで》へ向かう前日。

俺は大賢者様《モモ》の屋敷へとやってきた。モモはソファーに寝転び、猫のようにじぃーっとこっちを半眼で睨《にら》んでいる。

「明日の朝に出かけるからその前に挨拶しようと思って」

「…………………………」

返事はない。

「あの～……モモさん？」

「……………………………………………」

やっぱり返事はない。あれ～？　どうしたんだろう。今日は非常にモモの機嫌が悪い。

「……じゃ、じゃあ、行ってくるよ。お土産買ってくるからな」

「対魔王軍最前線基地に土産なんて売ってるわけないでしょう！」

やっと口を開いてくれた。そして怒られた。

「なんか怒ってる？」

「そりゃ、そうですよ！　こっちは千年もマコト様を待っていたのに、他の女とイチャイチャ、イチャイチャ！　私には監視魔法で全部筒抜けなんですからね！」

「筒抜けなんだ……」

それは初めて知った。そっかー。

女神様《ノア》たちだけじゃなく、ついにモモにまで視《み》られるようになったのかー。

「うー！　酷《ひど》いですよ、マコト様！　もっと構ってください。もっと抱きしめてください。もっと私とイチャイチャしてください」

モモがポカポカ叩《たた》いてくる。

「別に俺としても、もっとモモと一緒にいたいんだけどね」

俺だって千年も待っていてくれたモモにもっと構いたい。

けど太陽の国《ハイランド》で白の大賢者様《モモ》は、下手すると王族すら気を使う最重要人物。

人前でうかつに抱きしめたり、頭を撫《な》でたりして、誰かに見られたら大変だ。

それに太陽の国《ハイランド》の重鎮である白の大賢者様《モモ》の元には、毎日数多くの人が訪れる。

おかげで俺と二人になれる時間は少ない。

「はあ……、マコト様はこれから北の大陸に行くんですよね？」

「その予定だよ。千年前に約束した古竜の王《アシュタロト》との再戦だな」

「ダメ！」って言われた。

「私も行きたかったですよー」

「俺も来てほしかったんだけどね」

一応、ノエル女王と光の勇者《さくらい》くんにお伺いを立ててみたら「ダメ！」って言われた。

軍部からも「勘弁してください」と、泣きつかれたらしい。

「ま、流石《さすが》に太陽の国《ハイランド》の最高戦力を連れ出すのは無理だったよ」

千年前とは事情が違う。モモだってそれをわかっているので強くは言ってこない。

仕方がない。現代に復活しやがった大魔王《イヴリース》を倒すまでの辛抱だ。

「今夜はずっと一緒にいてくれますよね？」

「明日の朝は早いけど、そのつもりだよ」

「ふふふー、わかりました」

ようやく機嫌を直してくれたようで、モモが俺のほうに近づきぎゅーっと抱きついてくる。俺もそれを優しく抱きしめた。

「なんか……千年前を思い出すな」

あの頃は狭いベッドで抱き合っていつも寝ていた。

「懐かしいですねー」

「大迷宮《ラビュリントス》の隠れ家の部屋は小さかったからなー」

俺とモモは一つの部屋で寝泊まりをしていた。周りからは兄妹と思われていたからだ。

「そのあとの太陽の神殿は広かったな」

「そうですねー。マコト様とアンナさんと白竜師匠だけでしたから」

「今ってどうなってるんだろうな」

「マコト様は知りませんでしたっけ？　現在の太陽の神殿は、代々の巫女《みこ》や勇者が修行する場としてハイランド王家が管理してますよ。緊急時の避難場所としても使われているので場所などは、公にはされていませんが」

「ふーん、じゃあ千年前とは全然違うんだな。残念、また修行してみたかったけど」

かつての白竜さんやアンナさん、モモとの思い出の場のことを懐かしんだ。

そんな俺の言葉にモモが白けた声でツッコむ。

「でもマコト様って千年前は、太陽の神殿より海底神殿に挑んでばっかりでしたよね？」

「……そーだっけ？」

「そうですよ！　私とアンナさんは出張で不在の夫の帰りを待つ妻の気分でしたよ！」

「たとえ話の解像度が高すぎるんだけど」

言いたいことはよく伝わるが。

「しかも海底神殿の目的が女神《ほかのおんな》ノアに会うためで、同行者は魔王カインだったこともずっと秘密にしてましたし。マコト様は秘密主義者です！」

「仕方ないだろ、千年前の邪神と魔王なんだから……」

正直に言っていたら、どうなっていたことか。

「もう隠し事はないですよね？　マコト様」

「ないよー、ないはず。多分」

そう言えばノア様から昔『世界を転覆させよう』とか言われたな。

女神教会の八番目の信仰女神になって今さら世界をどうこうしようとは言わないだろうし。言わないよね？

「ふーん、ならいいですけど～」

モモが俺の首に腕を回し、身体《からだ》を預けたまま「んー」と伸びをしている。猫みたいに。

そのまま俺の身体に顔を埋《うず》めたり、ぎゅーっと抱きついてきたりする。

俺は小動物に懐かれているような感覚に陥り、モモの白い髪を優しく撫でた。

しばらくはそんなまったりとした時間を過ごしていたのだけれど。

「ところでマコト様って年下はどこまでイケるんですか？」

唐突にそんなことを言われた。

「年下？」

「私がこれだけモーションをかけているのに全然手を出してきませんし」

「モーションだったのか……」

あまりにいつも通り過ぎて気がつかなかった。

「はぁ、鈍感男ですよねー。マコト様、じゃあ私からイタダキマス☆」

何がじゃあ、なのかわからないがモモは俺の首筋に口を持ってくるとカプリと噛《か》み付いた。じわっとした痛みと同時に軽い快感が身体に広がる。

「コク……コク……」という音がモモの小さな喉から聞こた。

俺はされるがままにモモに血液を吸わせる。

しばらくして、「ぷはっ」と言ってモモが口を離した。

全身が気怠《けだる》さに覆われつつも、奇妙な満足感を得ている。いつもの感覚だ。

「はぁ……♡　やっぱりマコト様の血は格別ですね」

うっとりとした表情で頰を紅潮させるモモは、妙に色っぽい。

その時、俺はいつも思っていることを口にした。

「そう言えば……血を吸ったあとのモモはちょっとエロいと思うよ」

「…………………は？」

モモが目を丸くする。そのあと顔がみるみる赤くなった。

不死人なのになぜ赤くなるんだろう。

モモが半吸血鬼《ハーフヴァンパイア》だからかな？

「そ、そ、そんなことをいつも考えてたんですか!?　マコト様！」

「いつもは考えてないけど」

実は一回、白竜さんに「血を吸ったあとのモモってちょっとエッチな表情になるのって何でしょうね？」と聞いたことがある。

メルさんからは「アホか」とだけ返された。

「え～、じゃあ、今の私なら手を出してくれるんです？」

照れ隠しなのか、頬が赤いままのモモが俺を凄《すご》い力で押し倒してくる。

俺はなすすべもないまま、モモに馬乗りにされ、上着をはだけさせられる。

「マコト様……♡」

潤んだ瞳でモモの顔が近づき、唇を重ねてきた。俺はモモの身体を抱きしめる。

小さな身体だ。初めて出会った頃と変わらない子供のまま。

モモの小さな舌が俺の口にはいってくる。モモの舌が俺の口内を弄《まさぐ》る。モモの舌から鉄の味がした。

「なぁ、モモ」

俺はキスをしたまま話しかけた。

「ちょっとマコト様。この雰囲気でよく話しかけられますね」

「めっちゃ、血の味がするんだけど」

「そりゃ、マコト様の血を飲んだあとですからね」

「自分の血の味は嫌だなぁ」

もちろん、モモが言うような甘い味はしない。

「がまんしてくださいー、マコト様」

モモは構わず俺をさらに押し倒して激しくキスをしてくる。

だけでなくモモの細い指が俺の身体を巧みに攻める。

く……、幼い見た目と違ってえらく上手《うま》い。どこでこんな技を……。

「なぁ、モモ」

「なんです？　マコト様」

「手慣れてないか？」

「ふふふ……伊達《だて》に千年の時を過ごしてないですからね。知識は豊富ですよ～」

なるほど。耳年増《みみどしま》というやつか。

しばらくはされるがままになっていたのだが。

「…………」

モモの動きがぴたりと止まった。

それまでの愉《たの》しそうな表情から一変、泣きそうな顔に変わる。

「モモ？　どうしたんだ？」

「……結局、不死人の私はマコト様と結ばれることはないんですけどね」

「そう……なのか？」

「ええ、不死人は生きている人と子を作ることはできません。マコト様も不死人になるなら別ですけど」

そう言うモモの顔は諦め悟った表情だった。

（不死人と生者……か）

本当にどうしようもないのだろうか？

何か方法があるか、知っているとすれば。

「運命の女神《イラ》様～、視《み》てます？」

「マコト様？」

モモが変な表情になる。イラ様からの返事はない。が、俺はもう一度尋ねた。

「イラ様～、視てますよね？」

（……視てるわよ！　悪い!?）

脳内に怒ったような声が聞こえてきた。

「やっぱり視てたんですね」

「視られたんですか!?」

再びモモが真っ赤になった。さっきよりも。

（高月《たかつき》マコト！　あんたやらしいのよ！　そんな小さな子にそんな……激しく接吻《キス》して……。しかも服まで脱いで……この破廉恥！）

「キスも服を脱がされたのも、俺からじゃないんですが」

（そんな小さな子に任せるなんて情けない男！）

「それは反論の余地もありません」

「マコト様ー！　勝手に喋《しゃべ》らないでくださいよー！　運命の女神様《イラ》はなんて言ってるんですか!?」

イラ様の声が聞こえないモモが俺の身体をゆする。

そうだな、モモがイラ様の声を聞くには……。

（運命魔法・同調《シンクロ》）

俺はモモを抱きしめて同調《シンクロ》した。

「えっ!?　マコト様!?」

「イラ様、何か喋ってもらえます？」

（モモちゃん、あんた悪い男に騙《だま》されてるわよ）

「わっ！　女神様の声が聞こえました」

モモがびっくりした表情になる。

モモは運命魔法が得意だからいけると思った。

「イラ様に聞きたいことがあるんです」

（なによ？　ロリコン勇者）

酷《ひど》い言われようだ。

まあ、モモの見た目は幼いし、さっきの行為が際どかったのは確かだけど。

「モモと結ばれるにはどうすればいいですか？」

「ま、マコト様!?」

モモが動揺した声をあげる。

（…………んー、そうね）

イラ様が悩むような念話が聞こえた。

「良い方法ないですか？」

（…………）

返事はない。

「やっぱり方法なんてないんですね……」

モモの声が暗い。女神様でもわからないなら、やっぱり無理なのだろうか。

（一応……何パターンかあるけど）

「「あるんですか!?」」

俺とモモの声がハモった。

（生者と不死人で子供を作った例は、歴史上で何度かあるわ。でも、生者と不死人の子供は神界規定に微妙に反してるし、育てるのが大変よ？　中途半端な存在になっちゃうか

ら）

「「……」」

俺とモモは顔を見合わせる。

異種族間の結婚は大変と聞くし、人族と吸血鬼《ヴァンパイア》ではなおさらだろう。

子供に苦労は強いたくない。

（やっぱりさっきモモちゃんが言ってた通り、種族は同じほうがいいわ。不死人か生者、どっちかに揃《そろ》えなさいよ）

「それができれば苦労はないですよ、イラ様」

「マコト様が不死人になると精霊魔法が使えなくなりますし……」

そうなると今度は最弱の吸血鬼《ヴァンパイア》のできあがりだ。

身体能力が低く、魔力《マナ》も少ない吸血鬼《ヴァンパイア》。

が、イラ様からはあっけらかんとした回答が返ってきた。

（別に高月マコトが不死人にならなくていいでしょ。モモちゃんが生者に戻れば）

あまりにあっさりと言われて理解が追いつかなかった。

「で、できるんですか⁉」

モモの声が震えている。

（死者復活の魔法はそこまで難しくないわよ。まぁ、人族には大変でしょうけど）

「じゃあ、お願いします。イラ様」

「お願いします！　運命の女神《イラ》様」

（二人とも落ち着きなさい。勝手な死者復活は『神界規定』違反よ。先に許可をとっておかないといけないわ）

「許可？」「誰にですか？」

　俺とモモは尋ねた。

（冥府の神王、プルートー叔父様ね）

「「……」」

　なんか神話にでてくる凄く偉い神様の名前が登場したんですけど。

「どうやって許可をとれと？」

（私の叔父さんだから面識はあるんだけど……。私が小さい頃は優しかったんだけど、運命の女神に就任してからは結構厳しいのよねー。『イラちゃんは一人前の女神になったから、これからは甘やかさないね』とか言ってさー。どう思う？　あなたたち？）

「イラ様って……」

「やっぱり凄い女神様なんですね」

　当然のように冥府の神王様と知り合いだった。というか、親戚だった。

（あったりまえでしょー！　ふふん）

運命の女神《イラ》様のどやぁ、とした声が響く。

「でも、イラ様でも許可をとるのは難しいんですよね？」

さっきの話だと冥府の神王は、イラ様に甘いわけではないようだし。

（簡単にはとれないでしょうね。何かしらの条件をクリアすれば交渉できるでしょうけど）

「条件……ですか？」

（例えば、許可を得たい者が『世界を危機から救った』から、見返りに『死者復活』を希望している、みたいな交渉ならできるかもしれないわ）

イラ様の言葉に、俺とモモは顔を見合わせる。

「つまり……」

「死者復活をしたければ」

（大魔王《イヴリース》を倒して世界を救いなさい）

結局は、そういう話になるようだ。

「何事も甘くはないですね、マコト様」

「そうだな。でも、わかりやすくはなった」

全ては大魔王《イヴリース》を倒し、世界を平和にしたあとの話ってわけだ。

「じゃあ、頑張りますかマコト様」

「そうだな、白の大賢者様」

「だから二人きりの時はモモって呼んでくださいって言ってるじゃないですか！」

ぽかぽか叩《たた》かれた。

（仲いいわね、あんたたち。じゃあねー）

運命の女神様《イラ》からの念話が切れる。

と言っても、相変わらずこっちのことは観察しているのだろうけど。

「「…………」」

静かになった部屋で俺とモモは見つめ合った。

「今日は朝まで付き合ってくれるんですよね？　マコト様」

さっきと同じ質問をされた。

「ああ、出発は朝早いからほどほどにな」

「嫌です。マコト様は、一度出ていくとなかなか帰ってきませんから」

そう言ってモモが抱きついてきて、再びキスをされる。

俺はモモの身体《からだ》を強く抱きしめた。不死人の身体は冷たい。

けど、その千年変わらず小柄な身体は愛《いと》おしかった。

「大魔王《イヴリース》を倒して世界を平和にして。それから人間に戻ろうな、モモ」

「その前に古竜の王《アシュタロト》がいますよ、マコト様。大丈夫ですか？」

「一応、千年前よりは強くなってるから……」

「白竜師匠のお父さんですからね」

「そこがやりづらいんだよなー」

「そんな甘いこと言ってると死んじゃいますよ」

「わかってるよ。相手は最強の魔王だ」

会話の内容がすっかり勇者と大賢者様のものになってしまった。

でもそれがなんとも心地よい。

俺とモモは、散々おしゃべりをして、それから気がつくと同じベッドで朝まで眠ってしまっていた。

俺は千年前にアンナさんや白竜《メル》さん、ジョニィさんたちと旅をしていた頃の夢を見た。

あとがき

大崎《おおさき》アイルです。『信者ゼロの女神サマ』の12巻をご購入いただきありがとうございます。今巻は千年前から現代に戻ってきたマコトくんが、仲間《ヒロイン》たちと再会したり、千年前の因縁の対決をしたりと忙しい話でした。長らく不在にしていた看板ヒロインの女神ノア様の再登場でもあります。今回は現場の応援に来たり、イラ様に嫉妬（？）したり、ヒロイン力をいかんなく発揮していたのではないでしょうか。やっぱり、看板ヒロインがいると作品が華やかになりますね。そして！　いよいよ次回で本編の完結となります。

復活した大魔王《イヴリース》との再戦はどうなるのか？　そして、海底神殿に囚《とら》われているノア様を助けることはできるのか？　マコトの童貞はどうなるのか？　楽しみにお待ちください。

最後にお世話になった皆様へお礼の言葉を。表紙のイラ様と新デザインのルーシーとさーさんのイラストは最高です、Tam-U先生。漫画版のローゼス城は素晴らしかったです、しろいはくと先生。同じ世界観の『攻撃力ゼロ』シリーズもお世話になっております、担当のS《エス》様。そして、長きに渡って応援してくださっている読者様。皆様、本当にありがとうございます。最終巻でお会いしましょう！

OVERLAP

信者ゼロの女神サマと始める異世界攻略
12. 世界最強の精霊使いと女神の願い〈上〉

発　　行　2024年4月25日　初版第一刷発行

著　　者　大崎アイル
発 行 者　永田勝治
発 行 所　株式会社オーバーラップ
〒141-0031　東京都品川区西五反田 8-1-5
校正・DTP　株式会社鷗来堂
印刷・製本　大日本印刷株式会社

©2024 Isle Osaki
Printed in Japan　ISBN 978-4-8240-0795-7 C0193

※本書の内容を無断で複製・複写・放送・データ配信などをすることは、固くお断り致します。
※乱丁本・落丁本はお取り替え致します。下記カスタマーサポートセンターまでご連絡ください。
※定価はカバーに表示してあります。
オーバーラップ　カスタマーサポート
電話：03-6219-0850 ／ 受付時間 10:00～18:00（土日祝日をのぞく）

作品のご感想、ファンレターをお待ちしています
あて先：〒141-0031　東京都品川区西五反田 8-1-5 五反田光和ビル4階　ライトノベル編集部
「大崎アイル」先生係／「Tam-U」先生係

PC、スマホからWEBアンケートに答えてゲット!
★この書籍で使用しているイラストの『無料壁紙』
★さらに図書カード（1000円分）を毎月10名に抽選でプレゼント!
▶https://over-lap.co.jp/824007957
二次元バーコードまたはURLより本書へのアンケートにご協力ください。
オーバーラップ文庫公式HPのトップページからもアクセスいただけます。
※スマートフォンと PC からのアクセスにのみ対応しております。
※サイトへのアクセスや登録時に発生する通信費等はご負担ください。
※中学生以下の方は保護者の方の了承を得てから回答してください。

オーバーラップ文庫公式 HP ▶ https://over-lap.co.jp/lnv/